徳永恂
TOKUNAGA Makoto

異郷こそ故郷

徳永恂文芸選集

せりか書房

異郷こそ故郷

徳永恂文芸選集

目次

針葉樹林

ふりくれど　ふるさともなし
ふりしきる昏き野の涯
ひるがへる白き風花

昨日われ　何をかなせし
経る時も　吹雪乱れて
今日の日もしかとは見えず

しかすがに死にもえせずして
沈黙《シジマ》吹く　針葉樹林
ふりやめば　ふと雪明り

一　詩と思想

山猫の死

石川道雄詩集『半仙戯』によせて

虎は死んで皮を残し、人は死んで名を残す。その人は何を残したのか。

生前その人はイシカワミチオという名で呼ばれていた。晩年の幾歳か、その人は北大の文学部教授として、独文学を講じて居られた。お酒の好きな方だった。貫くような眼差しが、すれちがう人にも身に泌みたという。今その人は鬼籍の人である。訃報は、春の気配も定からぬ二月の末、この北国の街に届いた。足音がふっと途絶えたと覚しき方角を、あわただしく僕等は振り返った。名残りの吹雪の中に、まだ何かが見え隠れるように思われた。しかし生きている者はいつかは死者を忘れる。僕もやがてはその後姿を、春の霞の中に確実に見失っていったにちがいない。

だがもう一度先生は僕等の前に出現されたのである。復活祭も済んだ頃の或る日、先生の研究室を片付けていた仲間のN君が、一巻の詩集を発見した。石川道雄詩集『半仙戯』と黒く細い文字が読まれた。くすんだ焦茶とカドミウムイエローがひっそりと界を分け合っているその表紙を開いた時、僕は今迄石川先生を包んでいた重い扉が、音をたてて展いたように思った。八方破れの構えのうちに、容易にうかがい知る事のできなかった内部が、ようやく光の中に浮かんできて、僕はどっと流れ込んで行ったのである。
何はさておきまず先生御自身に登場していただく事にしよう。

風　来　坊

それがしは風の申し子でな
風来坊とまをすなり

生国は黄泉《よみのくに》と聞き及べど
月日のほどはとんと分らず

長らく人の世の空洞に巣喰うてゐたが
現在《いま》は空中樓閣の堂守にござる

手酌で一ぱいやりながら
四時の眺望《ながめ》を楽しむがそれがしの勤行

さりながら――

夜な夜な人の子の寝静まる頃ともなれば
巷に下りたち喚《おら》びわしるは何の故ぞ
あながちに酔興とのみ仰せあるな
風の遺志を継ぎなむとの悲願にござる
秒速十萬億土　宙宇の絶巓を過《よぎ》る

——てなこと言ひながら

露路の細みちかたことと
また舞ひ戻る風来坊でござる

豪華な緞帳するすると上って、今しも花道から蹌踉と、酔《え》い艶《えん》だちたる風来坊の、これは見事な登場ではないか。僕等は一斉に喝采を送る。左様、観衆はいつも名優の演戯に喝采するだけなのだ。親しく先生の講筵に列して、ホフマンやトラークルを聞いた人々の数は少ない。僕等文学の門外漢には、先生は一個の飄々たる豪傑として写っていた。薄暗い文学部の廊下あたりを、のっしのっしと歩かれる先生の後から、僕等は三歩下って随いて行ったし、偶々横丁の小旗亭等で出っくわすと、僕等は濛々と暖いおでんの湯気のかげあたりに、鋭い先生の眼光を避けたものだった。それでも何かあると僕等は先生にくっついて飲んで廻った。ちょうど文学部にゴタゴタがあった頃で、人々の眼は血走り、廊下にべたべたと張られたビラはあわただしげな人々の立居振舞を嘲っているように見えた。そんな中で、先生の姿はいかにも場ちがいな生物のように思われたのである。

一体豪傑とは何だろうか。畏怖と親愛の情を抱いてくっついて廻りながら、僕等弥次馬は時々悪戯っぽい目くばせを交し合いはしなかったか。何故って今は戦国時代ではない。いかな豪傑の大音声も近代的装備を誇る足軽組の鉄砲隊の一斉射撃には、いっぺんに吹き飛ばされてしまうだろう。屢々深更に及ぶ教授会の後で、巷に下りたつ先生の後姿には、途方に暮れた餓鬼大将のような、悲愁の影が濃かったようである。徹夜して飲み明した昧爽《まいそう》時、腰掛代りの樽の上で、先生は腕を組まれたまま既に轟然たる睡りであった。その凛とした寝姿は、僕には沈座した巡洋艦のように仰がれた。だが救いがたい弥次馬だった僕は、海底に沈んだ巡洋艦の巨砲のあたりを遊泳する小魚の群ででもあったのだろうか。先生の胸中に、その時どのような夢が去来していたか、僕には知る由もなかったのである。

「李白は酒一斗詩百篇と称せられるが、わたくしなど長年にわたって、酒こそ何十石を呑み干したかも知れぬが、詩にいたってはまことに乏しく、初期のものを除き……凡そ大半は玆に収録しえている」。あとがきの言葉である。六十年に近い詩人の生涯から見れば、この数はまことに寡いと言えるだろう。初期の詩篇はいかなる理由で除かれたのか、とにかく、これだけが生涯の果に先生が自らのものとして認知された限りでの、ほぼ全部の詩作品と見る事ができよう。制作の時期からすれば、第一部虚空の竪琴、第三部夕ざれの唄は戦後、第二部期待は戦中の作、ことごとく先生晩年の作品である。それはおそらく僕等にはうかがい知れぬ「成年の秘密」に属する季節であろう。

「半仙戯」とは一体何んな意味なのか。先生は自らの詩業を、酒仙の戯歌と目されたのか。日夏耿之介が言うように、それは「妄りに摸榻すべからざる頽落瀟洒詩体」の事なのだろうか。恐らくそのいずれも真実だろう。しかし「あとがき」で先生は吐き出すように言われている。「『半仙戯』は『ぶらんこ』である。かつて本郷森川町宮裏の、庭に縄の切れたぶらんこのある家に棲んで、昼夜を分たず魔宴に耽つていた頃に仲間と出していた雑誌名が『半仙戯』である。懐旧の情を籠めて詩集の題とした。宙ぶらりんの現在のわが身にも当て嵌る言葉であろう。いつそ首吊りのぶらんこの意味にとつた方が活気を帯びるかも知れぬ」。先生の烈しい語気に脅かされてはなるまい。先生は、この生涯の最後の季節にも、遂に我が身を義《よ》しとして肯う事をされなかったのであろう。僕には先生の自己認識の唯一の形式は、自己断罪であったように思われる。「現在の我が身」は、その切断面に於て、その瞭然たる空しさに於てのみ認識される。しかし先生自身が認知された先生だけが、果して先生の総てだったろうか。

おれは山に棲む山猫だ
山に棲んで自由気儘だ
ストライキなぞ考へたこともない

おれは人間と妥協できない
ふやけた飼猫の媚態はわが関知せざるところ
薄ぎたない野良猫の物欲しさもおれの知つたことでなし

おれは獲物めがけて精悍に岩を飛び越す
大木のてつぺんまで一気に駈け登る
おれの背筋を走る縞は無類に美しい

如何せん　わが一族はすでに死に絶えた
おれはどれだけ多くの山を嗅ぎまはつたことか
そして孤独——とはつきり覚つた

来る春も来る春も交尾期を空しく過ごす

おれの生活力は旺盛だ
しかもおれの種族はおれと共に亡びる

猫も杓子も人間に仕へればこそ栄える
人間に屠殺されるものは最もめでたく栄える
あの肥えふとつた豚を見よ

ああ真平だ　しちりけつぱいだ
おれは牙を磨こう　爪を研ごう
死んでも人里には近づくまい

山は早くも冬景色
あまり雪の深くならぬうちに
尾根へ行つて雷鳥でも狙はうか

この強烈な鮮やかさに僕は身振いするような欣びを感じる。おそらくイメージの単一な強烈さと、モチーフの強引な迄の緊張からすれば、傑作の一つであることは疑えない。だがこれが果して先生の正しい自画像だろうか。俗物への憤りは、たしかに先生の終世の業だったかも知れぬ。

しかし山猫は俗物を襲うだけではない。彼は最も烈しく自己自身を襲うだろう。孤高である事は、まさにその事に於いて被害者である。単に俗物に対する憤りからではなく、自己断罪の烈しさから、加害者であると共に被害者であるという自己矛盾を、どこ迄も烈しく追求すべく駆りたてられる怒りから、この山猫の鮮烈なイメージが躍ったのではなかろうか。その時山猫の爪によって引き裂かれているのは実は先生自身なのである。
　夕のほとぼりはしかし引き裂かれた傷口にもやさしくしのび寄る。先生は自らとして認知できる世を超えて追憶の世界に溢れて行くようである。

日ぐれの街

電信柱の片かげに
かくれん坊している女の子よ
其処にしよんぼり身を寄せてゐるのは
過ぎし世の夏の夕あかりだ

地べたにしやがんで指先で
何か画いている男の子よ
お前の耳に聞えるのは

在りし世の夏の夕の音声《もののね》だ

それはいま円タクの中で
脚をひろげている女の得しらぬもの
横断歩道で脂手で
他人の背を衝きのける男の得知らぬものだ

それはやさしい思慕《おもひ》の息づかひが籠もる
虔ましい祈禱の声の聞えるもの
それはそこはかとない郷愁《ノスタルヂア》に
一ふしの笛の音さへ交つてゐようと云ふものだ

若しお前達が大きくなつて
夕とどろきの街上を闊歩するときが来ても
絶望の夜に沈もうとするときがきても
何処かには必ず残つてゐるものだ

先生は夕近い部屋の暗がりで、紫の螢石の粉末をそっと撮《つま》んで炭火にくべて、追憶の燐光をとぼそうとされる。時にはその中に美しいメルヘンの花が咲く事もある。

春夏秋冬

僕は見た
雪かとも皚く咲きほこる杏の花枝を
それを見上げる少女の瞳がサフランのやうに匂つてゐるのを
その時なぜ僕は笛を吹く牧童ではなかつたのか

僕は見た
水車が氷柱につつまれて水晶宮とまがひ
無数の小さな虹の部屋に鍵がかけてあるのを
その時なぜ僕は魔法使のお爺さんでなかつたのか

僕は見た
槐の梢のやどり木は蝙蝠の群のように煙り
月の出を待つていつせいに飛び立たうとしてゐるのを
そのときなぜ僕は盲目の乞食でなかつたのか

僕は見た
三日月のほそく鋭い光を
それよりも更に鋭く梅の蕾がちらと素肌を見せてゐるのを
そのときなぜ僕は酔ぱらひの園丁でなかつたのか

しかしこれは飽く迄もメルヘンに過ぎまい。自己自身の居ない、自我の不在な稀薄な風土の中に、先生はいつ迄も住む事はできない。故里の見果てぬ夢を振り切って、先生はたちまち現身の我に帰ってくる。

帰去来

わがほしいまゝなりし少年時代は
一本の銀色のピンに刺されてあれど
昆虫標本箱の中で心静かに
玉虫色の夢に耽つている

其の夢の仄明りが時折りに

今のじめじめした生活の中に
ぼうつと鬼火のように映るのだ

私は矢も楯も堪らなくなる
白昼ぱつと限が醒める
蜻蛉が悠々と飛んでゐる

噫　私はいつ迄人間の姿して
ぶざまな態《さま》で鈍重に
忍ぶべからざるをさへ忍んで
彷徨してゐる身であろうぞ

私は待つてゐる
今の私を芋虫のやうに踏みつぶして下さる
神様の踵を待つてゐる

先生はやがて行手に、鬼籍にはいり行く己が後姿を、夜明けの道路に倒れ伏したその男の死骸を想い画いて居られる。己が追憶を断ち切って現在へ、現在を弾劾して未来の死へ、そして又追憶の夢の中へと、この帰去来は、幾たび繰り返された事であろうか。先生の半仙戯《ぶらんこ》はここにこそ揺れているのではないか。

今苦痛をよぎって半仙戯《ぶらんこ》が揺れた。「首吊りのぶらんこ」等という威しに僕はだまされまい。どこの梢に結ばれた綱かは知る由もないが、ぶらんこはまさしく、先生の生と死の核心を、風を切って動いているのではないか。先生は山猫の怒りの裡でしか、自己を自己として認知できなかった。自らとして諾い得ないものは、ことごとく放逐されたように見える。強烈な怒りに於て明晰判明に自己を把えるというこの認識方法は、おどろく程単純である。しかしその単純さが創り出す巨大な苦痛が、烈しい飛躍へとぶらんこを押しやったのではなかろうか。ぶらんこを押したのは山猫であろう。しかし半仙戯の揺蕩が高まるにつれて、ゆり戻され、くぐり抜け、反対側の高みへと次第に開けてくる新しい眺望の中で、山猫は次第に小さく取り残されたようである。先生は決して一匹の山猫ではなく、この半仙戯の揺蕩の全体だったのではなかろうか。山猫は先生を生かすエネルギー源だったかも知れない。しかし先生の詩は、山猫の死とともに育って行ったように想われる。「詩人は体験から遠去からねばならぬ」。ドウィノの城の詩人の言葉を僕は想い起す。

『半仙戯』の詩は、すべて強烈な Ich の振幅から生まれてくる。「言葉の錬金術師」（の亜流）を軽蔑して、「五臓六腑をあげて」その釜に叩き込む事の方を念々された先生は、しかし決して苦しみに昂ぶった輩のように、見苦しい毒汁を撒き散らす事はされなかった。見え透いた仮面の中に韜晦したつもりになぞなれなかった。素顔に似合った仮面以外にどんな仮面がかぶれるだろう。

ただ「頭はかくさずとも尻は隠すこと」は一貫した先生の戒律だった。それは決死のダンディズム等というものではあるまい。僕にはそれは礼節の問題だったように思える。この礼節こそ、先生の芸術の中心にあるものではなかろうか。佳品はそのさりげない目礼の裡に埋もれているようである。

秋なれや

或る街角の或るビルの
てつぺん近きTOILET
風さわやかに吹き通し
白き雲
白きタイル
白き便器
且つはいばりの先にもてあそぶ
ナフタリンの玉の真白きに
秋は静かにその影を映せり

冬の夜

横丁を曲つたら月がいよいよ冴えて
軒下に雪が残つてゐた

雪は泥にまみれてゐたけれど
菊の花が一束ささつてゐた

菊の花はきなちやけていたけれど
捨てられたと思へばいとほしかつた

冬の夜更けの裏通り
風流に寂し過ぎる月と雪と花と——

最も見事な自画像の一幅がここに生まれてくる。

履歴書

憶ふにわれ生後三月にして乳房に窒息せず
三歳　疫痢に殪れず
六歳　鉄道馬車に轢かれず
十歳　天狗に攫はれず
十三歳　肥後守に刺されず
十五歳　いまだ心中を解さざりしが
十七の冬なかば揣らずもスペイン風に襲はれたり

天運つよく生きのびたれば
十八の春を事もなく遣りすごし
十九歳にして厭世自殺を図りもせず
はたちになりても狂死せず
二十一歳を迎へたれど戦死せむすべもなく
酒の香やうやく身に滲みて
すずろに哀れを覚えけり

さればにや
われは死す事有り得まじと

なげきかなしみては石に伏し
思ひあがりては宙に舞ひ
たれかれの見境もなく喧嘩して
あたら血潮をどぶ泥に濺ぎつつ
三十路の声を夢かとのみ聞きつ

幸運はこれ悪運なりしかもよ
美はしきひとはみまかり
頼もしき友は夭折し
わが母は世を去り
わが父も世を去り
われは河豚のごとくにふくれつつ
盃に涙あふれてゐたりけり

さはれ身はすでに初老なり　初老ぞかし
かなしみはかなしみにして
よろこびはよろこびぞかし
何ぞしたり顔して死神と語らはむや

永生を期して恥少きを思はず
ひたすらに君国の大恩に報ひむことを誓ふ者也
右相違無之侯

先生の御葬儀は遺言により、富士見町の教会で行われたという。或る人はそれを聞いて豪傑も遂に神の軍門に降ったかと慨歎し、或る聖職者は、蕩児の帰宅をほくそ笑んだという。神を求めた仙人とは滑稽だろうか。僕には却ってそれが充全な地上の子の証しのように思える。遠い明治に生を亨けられた先生は、君国の大恩に対しても神に対しても、ひたすら無垢であられたにすぎまい。烈しかった人の子としての歩みを、ふとそこで止められた先生は、いつか又秋晴れのお天気の日など、黒糸威《おどし》の鎧を虫干しに出して僕等仲間の宴会に、とことことやってきて下さるのではあるまいか。

虚空の竪琴

今日は仲間の宴会だ
例の葡萄棚の下で　昔なじみが集るのさ
死んだやつもゐる　行方知れずのやつもゐる
でも昔なじみに変りはないさ

あの頃は酒が溢れていたね
へどを吐いてもまだ飲んだつけね
今日は――むろんわかつてゐるよ
秋空を仰いで　夙に吹かれて
それでいいのさ　それでいいのさ

崖下の方はあまり見るなよ
いづれ罪の子　禍津日《まがつび》の落し子だろうが
透影《すいかげ》のやうな者たちが犇いて
いずくの祭礼かと
坐ながら流謫の心地がするでな

今こうして　碧落《そら》の深さを測つてゐると
嘗つて地上にゐた者も
地上に残つてゐる者も
生死を超えた愛情ひとつにつながれて
運命と云つても　結局お互の愛情の問題さね

それにつけても　それにつけてもだ
季節は礼儀が正しいね
それに応ずる山河の表情は浄らかだ
秋は秋　実にすつきりしてるぢやないか

昔ながらの葡萄棚の下で
泡立つ酒はなく　弾む歌とてもないが
虚空に懸けた竪琴の
秋風さやかに鳴るのを聴けば
死んだやつも　生きてるやつも
みんな一緒に――この宴会だ

春であった。河の流れは曲り目ごとに、冬中の押し流した泥と、溺れた死骸とを置いて行く。光り眩しい河原に坐って、僕ははろばろと空を見上げる。霞む気層の上に竪琴の響が聞こえるようであった。先生を載せた半仙戯が、大きな弧をえがいて今その高みに舞い上ったようであった。それはキラリと頂点に光を残して、烈しく僕の頬の側をかすめたようであった。そして又反対の高みへ向かって地球の重心から遠ざかって行くようであった。

私はひたすら生きたい
それは私の夢である
私はひたすらに死にたい
それは私の夢である
夢の中に樹は鬱蒼と茂りに茂る

天空高くなる竪琴の響きは、今私にはあまりにも杳かである。しかし風を切るそのぶらんこの帰去来は、既に鬱蒼たる大樹のざわめきとなって鳴り渡るようであった。既に目の前に春の水はいっぱいに流れていた。

僕はあまりにも長く作品の背後を覗き込む非礼を犯してきたようである。今はもう安んじて作品だけを信じてよかろう。

人は死んで名を残し虎は死んで皮を残す。石川先生が残されたのは一枚の虎の皮ではなかったろうか。すなわち詩集『半仙戯』一巻がここにある。

リルケとウェーバー　マリアンネのエピグラムをめぐって

マリアンネのウェーバー伝

春になって毎年大勢の新入生が入ってくる季節になると、学生新聞その他から「何を読んだらいいでしょうか」といったアンケートを求められることが多い。そんな時、私はいつもマリアンネ・ウェーバーが書いた夫の伝記『マックス・ウェーバー』をあげることにしている。原文で七〇〇ページあまりの浩瀚な大著ではあるが、今では大久保和郎氏の日本語訳で容易に読めるようになった。何分大部のものだから、ところどころ脱落など目につかないこともないが、まずは調べの高いこなれた訳文だと言っていいだろう。

この本はウェーバーの専門的研究者にとって、とくに彼の人間的側面へ照明を与える基本的資料として、長らくバイブル視されてきた本である。それだけに最近では、そこから盛りこぼれた部分を掘り起こし、伏せられた反面を探索しようとする試みが見られるようになった。ミッツマンを始めとする内外のそういう試みは、時には好事家趣味に堕しかねないこともあるが、とにかくマリアンネのウェーバー像を補うものとして興味深い試みである。たしかに妻という地位は、夫の伝記を書く上で、直接の言動や息吹を伝え、多くの資料を利用できるという利点を持つ反面、対象の観察に必要な距離を狂わせ、特定の解釈によって歪めるというマイナス面をも持つだろう。その意味では、マリアンネの書いたウェーバー像だけが唯一のウェーバー像ではないし、それとは別のウェーバー像を探索しようとする関心が働くのも当然と言えよう。しかしそれにもかかわらず、マリアンネのウェーバー伝は、その感動的な価値を失いはしない。何故ならそれは、歴史的資料としての価値やウェーバー像構成の客観性といった次元を超えて、現代における第一級の「教養（＝自己形成）小説《ビルドゥングスロマーン》」たりえているからである。ここには、一人の人間がある時代において精一杯に生き尽すということの意味が、ずしりとした人生の手応えとともに、感動的に画き出されている。私が新入生に対して先ずこの本を推すのは、必ずしも社会科学入門という意味だけではなく、現代におけるビルドゥングスロマーンとしての価値をこの本に認めるからにほかならない。

ホフマンスタールはこの本の書評の中で書いている。「ここでは、この間近な時代（一八八〇～一九二〇年）のドイツの知性人がわれわれの前に据えられる。徹底的に貴族主義的人間である。非凡な知力を持ちながら、もっぱら重荷をさらに重くすることにしか、それを用いられない情熱的な人間、そういう人間が抱く、人事万般について自分も責任の一端を負っているのだという感情」「全巻の叙述を蔽っている独特の憂鬱な厳粛さ」「水面下の底知れぬ深みを、想像もつかぬ水圧に内なる力で拮抗しながら泳いで行く」ウェーバー的人間の姿、……この本によって「この偉大な生涯が充分認識され、その結果、別の伝記が書かれるようになるだろうことは、単に可能というばかりか大いに考えられることである。しかし妻の筆によるこの最初の叙述の持つ感動性は、今後決して凌駕されることはないだろう。顔容が硬直しないうちに、敬虔な不安と怖れを抱きながら死者の仮面を取りはずして見せること、これこそはそれなのである」。この本を読む場合「われわれの参与は冒険家や、仮構の事件にわれわれが参与する場合より深いものだ。この参与はわれわれの最も深い部分に根ざしている。われわれがこの他人の生活を注意深く辿ることは、同時にその存在が、自分にもほとんど解っていなかったわれわれ自身の内部の非常に大きな領域を、完全にではないにしても、半ば照し出すことなのである」。

マリアンネの伝記はもちろん伝記であって小説ではない。しかし他人の生涯を辿ることによって、自分自身にも知られていない自分の内部を発見するという効果は、はるかになまなかの「教養小説」を凌ぐもののように思える。

エピグラムとしてのリルケの詩

ところでこの本の扉には、人間ウェーバーの生涯を象徴するかのように、一連の詩句が掲げられている。詩としての韻律は伝えようもないが一応全部を訳出しておこう。

それはある時代が終ろうとして
もう一度その価値をとりまとめようとする時に

いつも現れてくる人間だった
あらためて一人の人間が時代のすべての重荷を持ち上げ
自分の胸の深淵へと投げ入れる
彼より前の人々は悲喜哀楽に明け暮れていた
だが彼が感じるのは、ただ人生の重量であり
一切を一箇の物のようにじっと胸に抱いているということである
ただ神のみは遥かに彼の意志を越えた所にいる
だからこそその届きがたさへの壮大な敵意に燃えながら
彼は神を愛するのだ

この詩はウェーバー研究者にはよく知られており、とくに最初の三行は、多くのウェーバー論に、ウェーバー像の象徴としてしばしば引用されてきた。たしかに最初の三行は、時代の価値の総括者としてのウェーバーを彷彿させる直截な表現である。しかしこの詩は一見した所ほど単純ではない。たとえば終りの三行をどうウェーバーと関係づけたらいいのだろうか。われわれはもう少し注意してこの詩を読まなければならないのではないだろうか。

この詩はリルケの詩である。それはこの本の扉に明記されている。しかしそれに留意した人も、リルケとウェーバーという取り合せにある奇異の感を抱くのではなかろうか。たとえばゲーテならば、ウェーバーを特徴づけるのに相応しいように思えるだろう。ウェーバー自身「社会科学及

び社会政策的認識の客観性」といういかめしい論文の結びに、ゲーテのファウストの詩句を置いていた。

新しい願いがこみ上げてくる
その永遠の光を飲みたさに私は駆け出す
昼をめざし夜をあとにし
大空を仰ぎ海波を見下しながら

とってつけた装飾として論文に詩句が引用されることは多い。しかしウェーバーの引用は、高揚したその論文の調子をそのままに収束する余韻として、きわめて相応しいものであった。ゲーテならばともかく、はたしてリルケの詩句がウェーバーの全体像を象徴するのに相応しいのだろうか。何故にマリアンネはわざわざリルケの詩句をエピグラムに選んだのか。いったいこの詩はリルケのどの詩集から採られたのだろうか。

こういう素人っぽい疑問は、私にも最初これを読んだ時から離れなかった。しかしそれはその後たまたまリルケの『時禱詩集《シュトゥンデンブーフ》』をひもといている裡に氷解した。この詩は同詩集の第一の書、無標題の「それはミケランジェロの日々だった」で始まる詩の二節三節を採ったものだった。そうだ。マリアンネはウェーバーとミケランジェロとの類比を頭に画いていたのだ。原詩ではこのエピグラムの前に次の五行がある。

それは私がとつ国の本で読んだ
ミケランジェロの日々だった
それは尺度を越えて
巨人のように大きく
測りがたさを忘れた人間だった

ミケランジェロと比肩する巨人ウェーバー、これならばまさしくウェーバーにぴったりくるイメージではなかろうか。

詩は何を象徴するのか

一九一〇年頃、ウェーバーはゲオルゲとリルケを読み耽っていたという。そして年若い妹に一冊のリルケの詩集を贈り、とくに感動したものには印をつけて渡したという。その詩集が何であったかはわからない。『オルフォイスへのソネット』や『ドゥイノ悲歌』は未だ出ていない。『新詩集』は一九〇七年にすでに出ているが、「神秘的体験の純粋な経験」とウェーバーが特徴づけている所から見ると、どうやらウェーバーが妹に贈ったのは『時禱詩集』であったように思えてならない。そして——これはもちろん想像の域を出ないのだが——ウェーバーが印をつけた幾編かのうちには、この「ミケランジェロの日々」が含まれていたのではないだろうか。そうだとすればマリアンネは、ウェーバー自身が感銘していた詩をとくに選んで、ウェーバーへの頌詩として捧げたということになるのだが。

だがこれ以上の穿さくは止めにしよう。われわれはマリアンネの意図を越えて、この詩そのものの解釈に向かわなくてはならない。ウェーバー研究者たちがこの詩を引用する時、きまって最初の三行に限られているのは何故だろうか。かなり長いから冒頭の部分だけで代表させているのだろうか。じつはそうではなくて、そこにはウェーバーについての特定のイメージや解釈が前提されているからではないだろうか。一つの時代が終ろうとして、もう一度その価値をとりまとめようとする時にいつも立ち現れてくる人間、つまりここで引用者たちが抱いているウェーバーイメージは、端的に言って、時代の価値の綜合者というイメージなのである。トレルチの言葉で言えば、ウェーバーは「現代的文化綜合」の体現者として捉えられている。たしかにウェーバーにはそういう面があるし、そういうものとしてウェーバーの偉大さを捉えることはできる。しかしそういうイメージでウェーバーを割り切ることには問題があるのではなかろうか。その点では引用者たちが無視する四行以下が、かえってウェーバーを象徴するものとなっているのではあるまいか。私にはこの詩の力点は、最初の三行にあるよりは、むしろ最後の三行にあるように思われる。そしてどちらに力点を置いて読むかによって、そこに象徴されるウェーバー像は、おのずから異った相貌を呈することになるのではなかろうか。

もしも最後の三行に力点を置いて読むなら、そこに現れてくるのは、時代の価値の綜合者というイメージではなく、はるかに自分の意志を超えた神を、壮大な敵意に燃えながら愛するというアンビバレントな緊張に充ちた人間の姿である。

人の世や日常の哀楽を超えて時代の苦悩と重荷とをにない、ザッへへの献身に黙って耐え抜いた巨人、人間の運命への省察をつうじての神とのアンビバレントな緊張、その底を貫いている強烈な「運命愛」。神を愛しつつ神々と闘争する英雄。だがここでもウェーバーとミケランジェロとのアナロジーは、場合によってはマリアンネの意図以上に、ある暗示的なものを含んでいるように思われる。ミケランジェロは、あの若々しい英雄ダヴィデを創ったばかりではなかった。晩年の彼は、またあの暗い未完の連作、いくつかのピエタ像を残している。そしてリルケがミケランジェロに惹かれたのは、他ならぬこの後者の面、あるいは少なくとも前者と後者との両義的な緊張にあった。われわれもまたウェーバーについて、たんに時代の価値の綜合者としての英雄への讃歌を歌うだけでは済まされない。ウェーバーはたしかに「英雄的実証主義者」(トーピッチュ)とか「英雄的懐疑主義者」(トレルチ)とか呼ばれている。しかしいくらか逆説的なこういう表現自体が、すでに現代における知性の英雄的闘争に滲んでくる翳りを伝えている。敗北とまでは言えまい。しかしウェーバーについてわれわれは、英雄への讃歌ばかりではなく、むしろ苦闘と挫折を、挫折の内的必然性という悲劇を見届けなければならないであろう。

破調の内的必然性

ウェーバーは一九一〇年九月一日付け妹への手紙の中で書いている。リルケの詩句の構造に見られる不自然な破調や形式的不完全性を非難するのはそれなりに正しい。しかしそういう「特色は、それを書いた詩人の内的な感覚やリズムに結びついており、そのため――まさにこの感覚を主観的に正当なものとして認容するかぎり――正しいものだというようにも思える。……完結した旋律的なものへの欲求をわれわれの心に生み出させる韻律のあの形式に対する、一種のぬきさしならぬ、主観的には必然的な拒否がそこにあると私は思うのだ。……大体リルケは、詩がその人格の所産としてその人格のうちから生れてくるような鍛え上げられた人間ではない。彼が詩を作るのではなく、何ものかが彼の内部で詩を作るのだ。そこに限界があるが、またたしかにそこに彼の独自性がある。そこで私にはこう思えるのだ。この理由から彼は、完全な形式をととのえた、たとえばゲオルゲの詩のようなリズミカルな行の完結性を、必然的に情緒的内容をあまりにそこなってしまうもの――もっともすべての芸術形成はこの種の断念の上に成り立つものなのだが――と感じているのだ、と。形式の巨匠は制限のうちに、限定のうちに自己を証明する。ところがリルケは、この詩形式の破壊と、彼の詩を正しい抑揚で朗読するときに生じるあの情緒の揺蕩とによって、一番底にある体験の表現不可能なもの、形式化不可能なものをできるだけ響かせよう、いわばできるだけ多くそれらを形式のなかに導き入れようと念じている。そうなるともはや芸術的ではない手段が用いられているのではないか、という問題は大いに論議されるべきことだろうとも私には思える。ただ私は信じている。それは意図した挑発でも、ポーズや気取った技巧でもなくて、彼に独自な、ある種のやむにやまれぬ要求の誠実な帰結であると」。

ウェーバーは別の個所でリルケの感情世界は自分の気質にしっくり来るものではないと語っている。にもかかわらずここに見られるようなウェーバーの醒めたリルケ理解は、『時禱詩集』期までのリルケについてのものとして、私には基本的に正しいもののように思える。とにかくここでウェーバーがリルケのうちに、形式的な破調の底にある内的必然性をしっかりと見届けていることは興味深い。われわれもまたウェーバーのうちに、位相を異にするとはいえ、これと同形的な破調の内的必然性を見るからである。ウェーバーの仕事は、一時代の終りに来る価値の綜合者として、かつてヘーゲルが到達したような体系的完結性には到達していない。その普遍史的関心にもかかわらず、あるいはそれ故に、彼の仕事はいずれもミケランジェロのピエタのように、未完の断片に終った。しかしその破調の底には、一筋の内的必然性が貫いている。ウェーバーは、何故に普遍的な合理化がシナやインドにおいて発展せず、西欧にしか発展しなかったかという問いに答えて、「現世内禁欲」と「超越的なものへの倫理的緊張」という二つの必要条件が西欧においてしか充されなかったからだ、と答えている。この二つの矛盾し合う契機の緊張は、西欧の発展をうながした運命であるとともに、またウェーバー自身の自己形成過程の根幹を成すものであった。もはや自己完結的ではありえない現代の自己形成＝教養過程を時代のうちに浮彫りにした所に、マリアンネの伝記のビルドゥングスロマーンとしての意義があり、それがあのエピグラムのうちに象徴的に結晶していると考えることができる。

エピグラムに関しては、ともに神なき時代に生きたウェーバーとリルケが、それぞれ神という言葉で何を考えていたか、という問いが問い残されている。リルケを美的神秘家として、ウェーバーを現世的禁欲者として分類することも、あまり多くのことを物語るものではあるまい。しかしマリアンネが引いたリルケの詩の全体を、ウェーバーの人間像の象徴として読むとすれば、たんに時代の価値の綜合者としてではなく、こういう超越的なものとの両義的緊張に貫かれたウェーバーの自己形成過程をそこに見なければならないのではなかろうか。そこには一本の薔薇の葩《はな》の咲きこぼれる純粋な矛盾のうちに、世界内空間での転身《メタモルフォーゼ》を観じるリルケ的世界とは別の、しかし決して無縁ではないウェーバーの世界があるはずである。

リルケの墓碑銘をめぐって

自分の墓にこだわる人がいる。つまり、まだ生きているうちに、自分の墓を建てたり、墓碑銘を決めたりしようというのだ。

リルケの場合はどうだろうか。先ずは、彼が生前から決めていた墓碑銘を、ドイツ語で揚げておこう。

Rose, oh reiner Widerspruch, Lust,
Niemandes Schlaf zu sein
Unter soviel Liedern.

一行目。仮名で書けば、ローゼ・オー　ライナー　ヴィーデルシュプルーフ・ルスト・とラ行の音を利かせた形で、名詞を三つ並べ、最後の名詞 Lust（よろこび、快楽）を、二行以下で説明するという、ややブッキラボーな構成になっている。日本語のように、五・七調といった音節の数ではなく、強弱・長短を基本にするドイツ詩の韻律は、もちろん伝えようがないし、一般的に外国詩の翻訳は、半ば創作という性格を持たざるをえないが、直訳と意訳それぞれの代表的な例を掲げておこう。

薔薇　おお　純粋な矛盾　よろこびよ
このようにおびただしい瞼の奥で　なにびとの眠りでもない
という（富士川英郎訳）

これは、いわば直訳調で、原詩の語順にまでこだわっているが、富士川訳など、「よろこびよ」を最後に持ってこなければ意味が通じないし、何よりも、日本語として独立した詩趣に乏しい。それに比べれば、

おゝ薔薇　純粋なかなしい矛盾のはなよ
はなびらとはなびらは幾重にもかさなって眼蓋のやうに
もはや誰のねむりでもない寂しいゆめを
ひしとつつんでいるうつくしさ（大山定一訳）

この大山訳は、これらが同じ原詩の訳とは思えないほど、際立って「うつくしい」。原詩に含

まれている生硬な言葉遣いや違和感を、仮名書きにまで気を配って解きほぐそうとしている。或る意味では、上田敏の「海潮音」以来の伝統に連なる名訳と言えるかも知れない。私も、かつてこの訳詩を通じてリルケに近づいたような気がしたことがないとは言わない。しかし京都で飲んでご一緒した帰りの車中で、私が半ば戯れに「自己批判」を大山先生に要望したのは、ほかでもない。この訳が「美し過ぎる」からだ。

原詩には、「かなしい」とか「寂しい」とか「うつくしい」とかいう形容詞は、いっさい使われていない。少女趣味と言わないまでも、こういう装飾過多は、誤解を招きかねない。たしかに「純粋な矛盾」という堅苦しい言葉は、詩語としても論理的概念としても何かなじまない違和感を与えるだろう。ドイツの学者先生の中には、アインシュタインの相対性原理まで持ち出して、これを説明しようとする者もいる。リルケは生涯をつうじて、さまざまに薔薇を歌ったが、多くの場合、彼の念頭にあったのは、花びらが左右キチンと揃った一重咲きの花ではなく、幾重もの花びらにフックリと包まれた八重咲きの花だったと思われる。その一見無秩序に、「矛盾し合った」ように見える花びらの咲き様の奥に、リルケは、それに包まれた内部の神秘と調和とを見ようとする。その場合そこにある一輪の花は、いわば透明な結晶体であり、外光をさまざまに屈折するプリズム、あるいは内部から盛り上りこぼれ落ちようとする力の反射鏡でもある。そういう内部と外部との「矛盾」の場に、「純粋な」一輪の薔薇が花咲いている。こういう彼の心象風景からすれば、「純粋な矛盾」という難解で違和感を与える言葉は、むしろ「矛盾の奥の（あるいは矛盾に充ちた）純粋さ」と言い換えた方が解りやすいかも知れない。そこで私なりの試訳を試

みれば、

薔薇、おゝ矛盾の奥の純粋さよ、花びらの
八重のまぶたに包まれて、誰としもなく
眠るよろこび

ロダンの彫刻のきびしさに索かれる『新詩集』以後のリルケにとって、「歌は存在である（Gesang ist Dasein）」と観るリルケにとって、この薔薇の詩を少女趣味の形容詞で飾るのは、相応しいことではないだろう。しかしそれを充分に承知した上で、大山先生があの訳詩を公表されたのには、それなりの訳詩観が働いていたのかも知れない。しかし末尾を「うつくしさ」で結ばれたのには、やはり納得できない。なぜなら、この詩を墓碑銘として選んだ時、リルケは、薔薇の花の美しさに目を注いで歌っているのではなく、その蔭に、自分の固有名を消して、人知れず眠る「よろこび」を歌っているのだからだ。彼は、外からの視線で「うつくしさ」を見ているのではなく、花の中に、内部に身を隠して外を見る、ささやかな安らいの場を準備しているにすぎまい。ただそこでもリルケはこう歌うのを止めないだろう。

記念の石《デンクシュタイン》を建てるな、ただ年ごとに
薔薇の花を咲かせよう

オルフォイスのために

一九一二年　夏

ハイデガーとヘルダーリン　ドナウ川と石狩川

一　空白としての水源と河口

世に賢人ありて河に向かって問う。「汝、いずこより来たり、いずくへ向かわんとするか」。河答えて曰く。「我れ、いずくより来たり、いずこへ向かわんとするか知らず。ただ水の流れに任せるのみ」。ふだん、こういう問いを自分に発したことのないかの賢人は、この答えにいささか狼狽し、さかしくも論理の網で、流れゆく河をからめとろうと謀る。「河とは、水源と河口という二点間をつなぐ線、何本かの支線を集合した曲線であり、その上を水が高位から低位に向かって流れる。それを河（もしくは川と表記）と言う」。この素気ない物言いは、まるで針金細工のスケルトンのようで、無粋極まることは間違いないが、しかし叙情過多を戒めるという意味では、ジャコメッティの細身の彫像のような、魅力がないわけではない。しかし何よりも、この定義の誤りは、それが水源と河口とを、あたかも自明の存在のように無雑作に前提しているところにある。だが、本当に人は河口について、まして水源について、何を知っていると言うのだろうか。

（一）

どこかの高嶺の頂近く、山陰にひっそりと積っていた雪が溶けて、あるいは樹々の梢をけぶらしていた霧が水滴となって、苔をしめらし、巌伝う細流が渓を刻み、せせらぎの音高く低地へと降っていく。やがて平野に出たその流れは、悠然と蛇行しながら、流域の人々のなりわいを尻目に、時には緑豊かな実りを、時には泥水の氾濫を繰り返しながら、街を抜け、――時には湿地に三日月湖を残しつつ――やがて波音で迎えてくれる海へと注ぎこみ、波頭の下へ消え去っていく。それが川（河）と呼ばれるものだ。ほとりに住む人間にとって、それはいかにも身近な親しみのある風景ではあろう。

しかしはたしてそうだろうか。人がこの河の全貌を見ることは、ほとんどない。地図を上から眺めて、発端から終末までの全体を見渡したつもりになっているかもしれないが、じつはほとんどわかっていないのだ。彼はじっさいに水源を突きとめたことはなく、河口を海から見たこともない。水源とは人がその所在を見届けがたい或るものであり、河口とは、人がその行方を見定めがたい或るものである。いわばそれは空白のままに残されている。この意味では、河口と水源を既定の点として前提し、その二点をつなぐ線としての河を考える先の幾何学的定義は、修正されなければならないだろう。河とは、二点間を結ぶ線ではなく、二つの空白の間に開けた空間、敢えて言えば、ひとつの充実として表象されねばならない。なぜ空白の中に充実があるのか。それはそここそが、生―死を含めた人間のドラマが繰り広げられてきた舞台だからである。

（二）

多くの文人墨客が河を愛し河を歌った。たとえば島崎藤村は、春浅い小諸の古城のほとりで、吉井勇は華やいだ祇園での流連の夜に、中原中也は、冬の長門峡で、それぞれの孤独の想いを、流れゆく河の流れに託した。その時彼らが耳を傾けていたのは、あるいは「佐久の草笛」であり、あるいは「枕の下を流れる」水音であり、あるいは「みかんのような夕陽」に映えて「サラサラと流れる」せせらぎだった。それぞれの心象風景はむろん異なる。しかしそれらに共通しているのは、作者の居る場所であり視線の方向である。彼らはいずれも岸辺の旗亭楼上で盃を手にしてはいるが、それはこの際どうでもいい。問題は、彼らが河の中流の岸辺に、つまり川の流れの外に立って、流れゆく水を眺め耳を澄ませている、ということである。彼らはいわば傍観者であり、流れ過ぎゆくのは水であり、人間は、そこに取り残され静止している。「ミラボー橋の下、セーヌは流れ、われらの恋は流れ、わたしは残る」（アポリネール）。洋の東西を問わず、流れのほとり、岸辺にたたずんで感慨に耽るというのは、河を見る角度ないし姿勢としては、ほとんど定番であり典型であると言えようか。そういう姿勢にもとづいて、たとえば蕪村は、対岸の遠景を「春雨や大河を前に家二軒」という一幅の絵に定着して見せたし、絶唱「君あしたに去りぬ。夕の心千々に何ぞはるかなる」の中で、対岸に住む友の死を悲しんで土手をさまよう自分自身を点景しつつ、淀の流れを、直接に画くことなく、見事に再現してみせた。

誰でも知っている有名な句ということなら「奥の細道」の芭蕉の「さみだれを集めて早し最上

川」をあげるべきだろうか。この句、山寺に詣でた後、最上川の中流を目にしての句であることは間違いないが、先の詩人たちと違うのは、作者が岸辺にいるのではなく、河降りの舟中での作だという事である。定点観察ではなく移動観測。定着された静的な寸景ではなく、作者は自分が流れとともに動いている。水の流れに乗った船の早さに、スリルと躍動感を覚えていると言っていい。

朝に辞す白帝彩雲の間
千里の江陵一日に還る
両岸の猿声啼いて休《トドマ》らざるに
輕舟すでに過ぐ万重の山　　　（李白）

刻々と移り変わる風景を、躍動する筆致で動的に捉えるのが「河降り」に伴う特権だろう。それは天竜川、球磨川、保津川など、いわゆる日本三急流であれ、揚子江であれ、ローレライのライン河降りであれ、同じである。それらが観光名所となっているのも不思議ではない。その魅力に牽かれて、私はさらにタイのメコン河や、アフリカのザンベジ河にまで足を延ばしてきた。今はドナウ河を黒海に面したドナウデルタまで降ることを念願している。さしあたり、それが叶わなければ、釧路川や尻別川でもいい。阿寒の森や羊蹄の麓を、流れに身を任せて降っていく時には、私の辞書にも、ふだんはないはずの「幸せ」という文字が、クッキリと浮かんで見えることだろう。

（二）

だが、遊び呆けてはいられない。ここらで目を覚まして考え直してみよう。これら川降りのクルーズや観光船は、山峡の急流から、パリのセーヌ、江戸の隅田川、大阪の淀川に至るまで、上流から下流まで、若干の幅はあるものの、おしなべて河の「中流」域を動いているだけだ。その活動領域と、それに伴う視圏は、おのずから限られている。河上には、さらに上流と水源があり、河下には、さらに下流と河口とがあるはずだ。それなのに、岸辺に淋しくたたずむ詩人も、舷側にズラリと顔を出した観光客も、ただ中流の風景を横から見ている点では共通している。水源に遡り、河口へ辿る縦の視線は、そこには欠如している。特定区間の一定時間での観光を、一定の料金と等価交換したつもりの観光客は、それでいいかもしれない。だが詩人は、中流に自足していていいのだろうか。眼前にある光景を超えて、水上《ミナカミ》に遡り、河口に降る必要が、否、使命があるのではなかろうか。さしあたり、五月雨を集めて早い最上川を芭蕉とともに降るのは後廻しにして、上流に向かうことにしよう。

水上《ミナカミ》は思うべきかな。
苔清水湧きしたたり、
日の光透きしたたり、

橿《カシ》、馬酔木、枝さし蔽ひ、
鏡葉の湯津眞椿の眞洞《マホラ》なす
水上は思うべきかな　（白秋）

だがむろん上流に向かうのは詩人ばかりではない。もともとナイルにしろ黄河にしろ、大河を水害から守る事業は、いわゆる「東洋的専制」の権力基盤だったし、今日では、国土交通大臣の管轄下、土木建築技術の粋を尽くして治水工事が施工され、ダムを築き、発電所が造られ、その上には、満々と水を湛えた「水源地」が出現する。しかしそれは本来の源泉ではなく、人工的な貯水池にすぎない。それに満足しないのは、詩人ばかりではない。はるかにラディカルに「真の源泉」を求める人々が居る。それが探検隊である。

たとえばナイル河の水源はどこにあるのか。この、プトレマイオス以来の謎を解こうとして、多くの人々が暗黒大陸の奥地に散った。そして二千年の後、探検家スタンレーが遂にナイルの水源が、ヴィクトリア湖であることを突きとめた。だが、そうではなかったのだ。ヴィクトリア湖の奥に流れ込む川の水源こそ、真の水源ではないか。そういう「真の根源」を求めようとする真理愛に駆られた人々が、さらに百年をかけて到達したのは、赤道直下、標高五千メートルのルーエンゾリ山塊の谷間に残る氷河の、末端に空いた洞穴の天井からしたたり墜ちる一滴の雫だった。そして最近、わがＮＨＫ取材班も、ついにこの「最初の一滴」を撮影するのに成功したという。だが、探検隊は凱歌をあげて帰途についたというが、果たしてこれで一件落着したのだろうか。これは問題への回答と言うより問題の解消と言うべきではなかろうか。

二　水源にて――ドナウ河とライン河、ヘルダーリンとハイデガー

(四)

「水源」という言葉に、ある物理的運動の起点ではなく、自らの根源という意味を託そうとする詩人たちにとっては、少なくとも、これは満足のいく結論ではなかろう。しかし屈強の山男の多い探検隊員とはちがって、文弱の徒の多い詩人たちは、自ら渓流を遡る脚力をもたない。彼が辿りつけるのは、せいぜい、いくらか沢を登った、「石激《イワバシ》る垂水の上の早蕨の萌え出る」あたりまでである。その先は？「山吹の咲きよそいたる石清水、汲みに行かめど道の知らなく」。山吹の黄色は、すなわち死者の国、黄泉《ヨミ》を表わし、これは今はこの世に居ない人を憶う挽歌である。先に引いた白秋の詩「水上」の第二連を見ようか。

水上は思ふべきかな。
山の気の神處《ココロド》の澄み、
岩が根の言問《コトト》ひ止み、
かいかがむ荒素膚《アラスハダ》の
荒魂《アラタマ》の神魂《カミムスビ》び、神つどへる

万葉人にとっても、白秋にとっても、源流とは、自然の中にありながらも、この世の人間の手に届かぬ、死者の休ろう国なのであり、荒ぶる神々の住処なのである。白秋にとって水上とは、神話的古代に憶い画かれるものであり、到達さるべき目標ではない。

だが誰よりも河をうたい、源流についての無垢な思索に生きた詩人と言えば、ヘルダーリンの名をあげるべきだろう。わたしはヘルダーリンについては、リルケに対するほど傾倒を捧げたこともないし、ここでとくにウンチクを傾けるほどのこともない。ただヘルダーリンに傾倒するハイデガーについて、とくに両者の関係について、かねてからある種の疑念を抱いてきた。ハイデガーの思い入れが、かえって深読みとギリシャ語の恣意的解釈につながるといった類の非難は、これまでも繰り返されてきたようだが、私がここで取り上げたいのは、もっとはるかに単純なことである。二人の河に対する姿勢と角度の中に、両者のズレ、二人を隔てる溝、間を分かつ分水嶺を想定してみることである。具体的に言えば、ドナウ河とライン河の関係について、河の詩人と森の哲学者との間の視角の差をつきとめることである。

（五）

事は、しかしさしあたり哲学でも詩でもなく、歴史に、正確には歴史地理に関わる。まずヨーロッパもしくはユーラシア大陸西部図を開いていただきたい。現行の世界地図の区分では、アジアとヨーロッパを分けるのは、ウラル山脈となっているかもしれないが、住民の意識からすれば、リガからキエフを経てオデッサへ抜ける低地帯、そこを流れるダウガ・ドニエプル河、つまりバルト海と黒海とをつなぐ線が、ヨーロッパの東縁を区切る境界と言えようか。南は地中海、西は大西洋に区切られたヨーロッパの中央を、ほぼ東西に横切って、ライン河〜ドナウ河ラインを引くことができる。今、ヨーロッパの中央、と言ったが、かつてはそうではなかった。それはヨーロッパの北縁を区切る境界線だったのだ。キリスト紀元前数千年にわたって咲き誇った地中海文明、その覇者ローマはカエサルを先頭に、ついにアルプスを越え、ガリアを支配し、その先兵はブリテン島にまで進出したが、おしなべて、ライン〜ドナウの線を越えることはなかった。その彼岸、北側に迫っていたのは、ギリシャ語はもちろんラテン語を解さない野蛮人《バルバロイ》、ゲルマン民族であり、奴隷《スレイブ》の供給源とされたスラブ系の民族だった。だがやがてライン〜ドナウラインの防衛線は突破され、ゲルマン系の「野蛮」民族が地中海文明圏を席巻する。そして奇跡的にも、軍事的、政治的支配者となった彼らは、宗教的にはキリスト教に感化、征服され、ラテン・ゲルマン民族の上に「キリスト教的中世」という、ほの明るい「暗黒時代」が到来する。ライン〜ドナウラインはどうなったか。中世末ともなれば、新しく興ってきた東方の敵、アラブ・イスラム勢力に対し、聖地奪回のパトスに燃えた「十字軍」の騎士団が、陸路続々とライン〜ドナウラインを降り、コンスタンチノーブルからアナトリア半島をこえてエルサレムを目指したのだった。その際、かつてユダヤ戦争でのエルサレム陥落の後、拉致されて北辺の守りにつかされていたユダヤ人捕虜たち、彼らの子孫たちが営んできた川沿のユダヤ人コロニーは次々に掠奪され、その惨劇を、ケルン、レーゲンスブルク、ブダペスト等々河畔に聳え立つキリスト教大聖堂は、冷然と見下すことになった。ライン～ドナウラインは、もはや南北を分かつ境界線ではなく、東西を結ぶ通路となる。「ドナウ帝国」と呼ばれたハプスブルグ時代にはその沿線に華やかな数々の都市が生まれ、ドナウは辺境ではなく帝国の中心を流れる流れとなり、ライン河もフランスとの確執を繰り返しつつ、しだいにドイツの「父なる」河川へと取り込まれていった。

二つの河は、中流で運河によって結ばれてはいるが、その源泉は、むろん別々である。ドナウの上流であるネッカール河をテューービンゲンから、さらに遡っていったドナウエッシンゲンという小村に、昔から、ローマ皇帝某のご指名によるという「ドナウ源泉《クヴェレ》」があり、一種の観光名所になっている。すでに大正時代、ミュンヘンに留学中の斎藤茂吉も、お上りさんよろしく、大河の源流への好奇心に駆られて、見物に出かけており、その紀行文は、短歌にはあまり見るもののない彼の滞欧作品の中では、滋味掬すべき佳品と思われるが、それについては前にも（『ヴェニスからアウシュビッツへ』講談社学術文庫）書いたことがあるのでここでは触れない。澄んだ湧水が白く砂を吹き上げながら、水草を揺るがせている。日本語ではイズミ（泉＝出水）と一語で済ませているが、ドイツ語では、川の源泉《クヴェレ》と水の湧き出る泉水《ブルンネン》とを区別していて、さしづめこの池はブルンネンかと思われるが、柵の傍に立てられている石碑に、「ここより海までは二千四百キロ」と刻まれていて、ここがドナウ河の源泉《クヴェレ》であることを知らせてくれる。「海」とはむろん、はるか東、ヨーロッパの涯の「黒海」をさす。この水源に立って、詩人は何を見ようとするのか。先のナイル水源探検隊のように、「根源」や「第一原因」への飽くなき好奇心に駆られて、さらに登っていけば、最初の一滴は、アルプスのどこかの氷河からしたたり落ちているのかもしれない。しかし詩人の眼は、もはや上目使いにさもしく上を見上げようとはしない。彼の視線は下に、それも沿岸の景色や下流の街々ではなく、はるか流れ落ちてゆく水の流れの先に、そしてさらにその先へと辿られていく。

(六)

一八〇〇年、詩人ヘルダーリンは、讃歌「ドナウの源泉にて」で呼びかける。「おお、アジアよ、おゝ母よ、汝強き者よ」。彼が思いをはせているのは、河の流れる果て、黒海に入った流れが、さらに潮に乗って寄せるギリシャであり、さらにその東、ペルシャ、アラビアであり、インダスの流れである。なぜならそこからこそ、光が、言葉が、神々が到来し、河を遡って、はるばるこのドナウ源泉にまで到達したのだから。彼の視線は、降りゆく水の流れとは逆に、はるか河口の向こうから上ってきて、今、詩人の足許にそそがれる。まるで河が逆流しているかのように。

少なくとも、これは通常のロマン主義的な視線の動きとは逆だと言えよう。たとえば、「水上は思うべきかな」と歌った白秋は、干潟の沿岸に面した故郷、柳川に身を置いて、近くの河口にそそぐ「筑紫太郎」＝筑後川の、九重山系に発する水上へ、思いをめぐらせ、「新しき神世《カミヨ》」をそこに仮託したのだった。それとは逆に、ヘルダーリンはここでは源泉《ウルシュプルング》に身を置いて、遥か彼方から遡ってくる根源《ウアシュプルング》の声に耳を傾けようとしている。二つの根源はどういう関係にあるのか。ここには或る飛躍《シュプルング》があるのではなかろうか。

(七)

かつてテュービンゲンの神学校で同期の友人だったヘーゲルとシェリングとヘルダーリンは、パリから伝わってくるフランス革命のしらせに感激して、校庭に「自由の樹」を植えたという。しかしやがて革命の成り行きに失望し、それぞれ独自の路を踏み分けて行くことになる。そのとき彼らが共有していたのが、「一つにして全なるもの《ヘン・カイ・パン》」というギリシャ的な「理念《イデア》」であり、それがドイツ「観念論《イデアリスムス》」の共通基盤となったと言われている。だがその時、彼らが考えていた「全一者」(神)の相貌はそれぞれ異なり、それに至る道(方法《メタ・ホドス》)もそれぞれ異なる。ヘーゲルの場合、それは「弁証法」であり、シェリングならば「知的直観」であり、ヘルダーリンの場合、それは「讃歌」である、と言えようか。「讃歌《ヒムネン》」とは、ジャンルとしては「頌歌《オーデ》」や「悲歌《エレギー》」と区別された彼晩年の詩群を指すが(ただし晩年とは、後半生の三十数年を、精神の暗闇の中、テュービンゲンのネッカール河畔の塔に幽閉されて死んだヘルダーリンにとって、一八〇〇年前後、三十歳そこそこの頃にすぎなかったのだが)、とにかく詩人として、彼はドナウの源泉、故郷という彼自身に近しい「根源」に佇み、そこへ、「はるかなる根源」である異郷の神々を、遠来の客のように招き入れようとする。その通路がドナウ河であり、その声が、一八〇〇年前後の数年の間に書かれた彼の「讃歌」だった、と言えようか。

　そこで呼ばれた神の名、招かれた神々はにぎやかである。それは単純にキリスト教の神とも、ギリシャの神々とも同視するわけにいかない。シリア人イエスとヘラス人ヘラクレスとエビア人バッカスとは、兄弟だと言われている。この場合、イエスとはオリンポスの神々の最後の者であり、バッカスとは、ニーチェがアポロと対照させた暗く荒々しいディオニソスというよりは、酒宴に和して歌う明るい神として捉えられている。この三人兄弟の父となり、多くの神々を統べる「一にして全なる者」は、しかしヤーヴェでもゼウスでもない。そういう東方の根源たるべきものの名は、しかし西方からドナウを降ってきた遠来の客（ヘルダーリン）には明かされない。「自然」という名で「隠れた神」への讃歌を歌いつつ、詩人が帰っていく先は、西方の故郷以外にはありえない。しかし、彼が帰っていくのは、もはやドナウ河の水源ではなく、ライン河の水源のように見える。讃歌「イスター」（ドナウの下流名）は、遂に完成を見ぬままヘルダーリンは「ライン河」を、「ゲルマーニャ」を歌う。

（八）

地図を見れば明らかなように、ドナウの水源を、ドナウエッシンゲンの「ドナウクヴェレ」に、ラインの水源をシャフハウゼンの「ラインの滝《ラインファルス》」だとすれば、両者はともに「黒い森《シュヴァルツヴァルト》」の奥深く、ほんのわずかしか離れていない。両者は分水嶺によって隔てられて、と言うよりも、むしろ背中合わせに源を発し、ドナウは屈曲しつつ東へ、ラインは「自由に真直に」西へと降っていく。その指向する先は、ドナウの場合はギリシャであり、ラインの場合は祖国ドイツである。かりに前者を「ギリシャ指向」、後者を「ドイツ指向」と名付けるとすれば、「限りなき転身《メタモルフォーゼ》の精神」とリルケが呼んだヘルダーリンの後期の転回は、「ギリシャ指向」から「ドイツ指向」へと特徴づけることができるだろう。この「転回」の本質は、「祖国への復帰」とか、「キリスト教への回帰」とか、「西欧への転回」とか、さまざまに捉えられてきた。しかしヘルダーリンにおける「ドナウからラインへ」の転回の意義について、並々ならぬ関心を抱き、異様とさえ言える解明の努力に没入したのは、ライン源流近くに生をうけ、「黒い森《シュヴァルツヴァルト》」の故郷に引きこもった哲学者、ハイデガーだった。彼はフライブルク大学総長として、ナチス党の前線に立ち、ドイツ大学の革新とドイツ民族の「精神的指導」に出撃しようと身構えたことがある。しかし一年にしてその夢敗れた彼は、以後ベルリン大学への招聘も断り、故郷に帰って、そこの森や野の道で思索に沈潜する。そこで、かつての「現象学的存在論」の大家が、主著『存在と時間』の続編を断念して打ち込んだのが、――ニーチェ解釈と並んで――ヘルダーリンの詩の解明だった。彼は一篇の詩（たとえばイスター）の解釈に、ほぼ一年の講義、一冊の著作を捧げるほどの綿密さで、十数年にわたる努力を、そこに没入した。後半生を賭けて、と言ってもいいかも知れない。何が彼をそういう献身と集中へと押しやったのか。あえて一言で言えば、彼は西欧の形而上学の伝統によって蔽われた根源的真理の故郷を、ソクラテス以前のギリシャに求め、それと現実の彼の故郷ドイツとを結ぶ一筋の線を、歴史の流れのうちに見出そうとした。そのための有力な手がかりになったのが、ヘルダーリンの「ドナウ河からライン河へ」と言われる「転回」であった。それと、ハイデガーの（「現象学的存在論」「実存的決断主義」「ナチスとの共働」といった前期から）後期の「詩人的思索」へのいわゆる「転回《ケーレ》」は、かなりの程度パラレルであり、「帰郷」という一語によって、象徴的に、その本質を捉えることができるように思われる。

（九）

だがここでは、両者の同一性、共通性よりも、その微妙なズレに注意を払っておきたい。まず表面的な印象だけからしても、森の哲学者の詩論には、河の詩人の詩にみなぎっている独特の「明るさ」がない。明晰判明《クリーア・ディスティンクト》な分析があっても、軽やかな「晴朗さ《ハイテルカイト》」に欠けている。ギリシャ語とドイツ語を連ねる一筋の流れの中に、両者がともに身をひたそうとしたとしても、哲学者の語りは、やはり詩人の詩《ウタ》とは異なるのだ。「汝は語るべきではなかった。歌うべきだったのだ」とニーチェを悼んだのはゲオルゲだったか。だが同じ言葉を、ヘルダーリンがハイデガーに言ったとしても可笑しくない、と私は思う。

しかし相違は、詩人と哲学者の表現形式の差といった一般的な形だけではあるまい。何よりも、「ギリシャ指向」という場合に考えられているギリシャの所在、位置が、そして次に、「根源」と言われるものに対する両者の態度の取り方が、微妙な差異を示しているのではなかろうか。

第一に、なぜギリシャがドナウ河の流れの彼方に望見されているのか。それは中世という「暗黒時代」に一度は忘れられたギリシャの文物が、ルネッサンス期にアルプスの北の地に再生《ルネッサンス》する経路としては、アレキサンドリア→コルドバ→ローマという地中海南廻りルートが主流だったとしても、言語的には、それはアラブ語訳、ラテン語訳を介しての遠廻りの復活だった。それに対してイスタンブールに保全され、ギリシャ正教圏である黒海からドナウを遡ってドイツに達するルートは、いわば産地直送の直通路線であり、ギリシャとドイツとの、他に類を見ない特権的関係を保証するものだったろう。その意味では、ヘルダーリンとハイデガーが、ともにそのギリシャ指向を、ドナウ河に託したのは、不思議とは言えない。

しかしハイデガーにとってギリシャとは、アテネを中心とし、バルカン半島の先端に位置する現在のギリシャ、およびその植民地に限られていた。それに対してヘルダーリンにとってのギリシャ指向とは、イオニヤやエトナ火山などのあるアナトリアはもちろん、ヘレニズム圏の全体、マルコ・ポーロとは言わないが、アレクサンダー大王が到達したインダス河あたりまでのアジア地域を蔽うものである。だから一八〇〇年、ヘルダーリンは「ドナウの源泉」に立って、「おゝアジアよ、大いなる母よ」と呼びかけることができたのだ。これはたんに地域の広さの問題ではないだろう。ハイデガーにとってギリシャ指向は、ヨーロッパの知的伝統の自己同一性の内部に止まっているが、ヘルダーリンにとっては、それはヨーロッパの外部に、自己とは異なる他者に、異郷に、異教の神々に開かれている。その意味では、ハイデガーを「オクシデンタリズム」へ、ヘルダーリンを（サイードの語法とは異なるが）「オリエンタリズム」へと分けることができよう。それはむろん、たんなる「アジア趣味」とは異なる。唯一者と神とを結びつけるヨーロッパ・ドクトリンからは自由に、ヘルダーリンは、「西方の神々」と「東方の神々」とを、差別を超えた宴の席へ招こうとする。その席が設けられるのが、ドナウ、ラインの水源近くの彼の故郷の地であったとしても、それはドイツ民族の自己同一性の内部にこもるものではなく、それを超えた次元にあると言えよう。

(十)

ドナウ河の水源とライン河の水源とは、近くて遠い。その間をつなぐ道はない。

だが「ギリシャ的本質とドイツ的本質との一致」という理念を、ナチスとの共働の下に実現すべく、壇上から「祖国への奉仕のよろこび」を謳ったハイデガーが、一年にして総長の職を辞し、政治から身を引いて、ヘルダーリン(もしくはニーチェ)の解釈に没頭した時、「ギリシャからドイツへ」、「ドナウからラインへ」という形で特徴づけられる「ヘルダーリン問題」は、「西欧《アーベントラント》(夕の国)形而上学」の根源にかかわる普遍的問題であると同時に、自らの「過去の清算」という個人的問題でもあったにちがいない。私には、三〇年代以後の彼のニーチェ解釈は、「力への意志」によるニヒリズムの克服はいぜんニヒリズムの圏内に止まるとする点で、間接にナチス批判、あるいはナチスに加担した自己批判に連なると思えるが、ヘルダーリンの「帰郷」等の讃歌の解明の努力は、むしろ、過去の正当化や弁明とまでは言わないが、責任解除という意味で、自己肯定にはつながると思う。ツェランが失望したのも当然と言えよう。だが本当に「汚れた手」は洗い潔められ、傷口は癒され、負い目は「水に流され」たのだろうか。

帰郷後のハイデガーが念としたのは、「根源の近み」に滞留し、「存在の家」に住むことだった。それが、アドルノが言うように、「定住者」の「他所者」への差別、ディアスポラへの蔑視につながるかどうかは別にしても、黒い森《シュヴァルツヴァルト》にこもるハイデガーの歩みは、「ライン河のように、自由に真直」には、森の外に流れ出ることはない。「ドナウ河のように」、左右に曲がりくねって、ためらい、滞留しがちだ。その点ではヘルダーリンの方が、曲がりくねったドナウを、ライン河のように真直にかつ自由に上り、下っていくように思われる。「故郷—異郷」関係は水源に縛られてはいない。

（十二）

もともと古代ギリシャに想定される歴史の故郷を、現在ドイツに現存在する故郷に、——同一化しないまでも——いわば同心円のように重ね合わせ、見え隠れする真理の糸でつなごうとするプロジェクト（投企）は、ドナウとラインの水源をつないで、東から遡ってきた水を移し代え、西へ流そうという哲学的土木工事によっては達せられない。むしろアドルノも言うように、「根源崇拝」という呪縛を破り、水源近くでの隠棲と固着を捨てて、下流に降り、河口から海を望むことが、あるいは水源と河口との間の上り下りを繰り返す自由な運動が、必要なのではあるまいか。一八〇三年、すでに精神の闇のとばりに閉されようとしている時、ヘルダーリンは滞在したボルドーの河口を偲んで歌う。

多くの人は源泉《クヴェレ》に行くことに恐れを抱く。
つまりは海でこそ　富は始まるのだ。
……だが流れが海へ注ぎ広がる所、
海は「水源への」記憶を奪うとともにまた与えるのだ。　（Andenken）

河口での想いは、大西洋にそそぐガロンヌ河でも、黒海に流れ入るドナウ河でも同じだろう。河は、どこから来て、どこへ行くかを知らない。しかし河口に立てば、それが流れの終りであるとともに、何かの始まりであることに気付くだろう。この終末には、解放感がある。記憶と予感とがここでは合流している。人間の生と死とを、ともに押し流していく自然の生命力が、そこに漲り、走っている。「水上は思うべきかな」。しかし人は「河口」をこそ、思うべきではないだろうか。

私が今一番行きたいと望んでいるのは、ドナウ河の河口である。ただ旅行会社のツアーなどでのドナウ・クルーズとは、レーゲンスブルクとかウィーン、ブダペストとか、ほとんどが中流の都市巡遊に限られている。ドナウ河口のデルタ地帯、草深い水路にまで分け入っていくものはない。私の河口への思いは、しょせん片想いにとどまるほかはないようである。やむなく今は日本の河に帰って、前に保留したままになっていた芭蕉翁の旅の続き、「五月雨を集めて早し最上川」の流れの行方を追いかけることにしよう。

三　河口にて――最上川と石狩川、芭蕉と私

(十二)

「最上川　水脈《ミオ》行くきわみ　風光る」という句をご存じだろうか。誰一人知る人は居ない。それも当然。これは、私がつくったもの。大分前、東京での学会の帰途、最上川の河降りに加わっ

た折、上陸地点の食堂で、「最上川観光記念俳句コンクール」という張紙を目にしたので、戯れに所定の用紙に書いて、柱にブラ下がっていた箱に入れてきた代物なのである。そのまま音沙汰がないから没になったにちがいないし、人目に触れた気づかいはない。そういう廃棄物を、わざわざここに持ち出してくる所以は、何も俳句としての価値や復権を主張しようというわけではない。その時の私の視点の方向に注意をうながしたいだけである。芭蕉の句は、乗船前に披露した初案では、「五月雨を集めて涼し」となっていたが、下船後の現行の形では「五月雨を集めて早し」と改められていたという。これは先にも述べたように、芭蕉の目が、岸から流れを見ているのではなく、自らその流れに乗って、その躍動感もしくはスリルを味わい、それを「早し」という言葉にこめていることを意味する。それにしても彼の目は、めまぐるしく移り変る岸の景色にそそがれている。それに対して私の句では、目は岸ではなく、越し方か行末か、滑るように下っていく舳先へ、下流へ向けられている。それが目ざしているもの。そこには河口があり、海が待ち受けている。

数日後、彼は一度は象潟《きさかた》へ北上した後、酒田の河口で一句詠んでいる。

暑き日を　海に入れたり　最上川

さらに数日後、出雲崎であの有名な句が生まれる。

荒海や　佐渡に横たふ　天河

この句は、「千古の名吟」と現地の石碑にも刻まれ、小学生でも知っている有名な句だが、果たして普通受けとられているように、壮大な夜景を詠んだ叙景句なのだろうか。私は、最上川の中流と河口と出雲崎の句とを、一連の視線と方向に貫かれた三点セットとして受けとってみたい。五月雨を集めて早い濁流は、河口に至って力尽き、海に拡散していく。しかし尚その余勢を駆って、真紅な夕陽を沖合はるかに沈めていく。やがて夜が来て闇が迫ってくると、水平線上に黒々とした影が現れる。それはかつて金掘りのために多くの罪人が流され、死んでいった「罪の島」佐渡だ。しかしその黒い影を呑み込む闇夜の空には燦然たる銀河が光っている。河を下って海へ、海辺から沖へ、水平線に浮かぶ島影、そしてその上に拡がり流れる天の河。こういう視線が動いているスクリーンに写っている光景は、単なる自然の風物詩ではなく、むしろ暗澹たる運命に対する畏敬の念、敢えて言えば、無限と永遠に対して「考える葦」が抱く恐怖、そういうパスカル的情念に近いものがあるのではなかろうか。

(十三)

「いいかげんにしてくれ。そういう哲学者の深読み、と言うより勝手読みは」。そういう抗議が当然予想される。おそらく私流の読み方が出てくるためには二つの条件が前提になっているだろう。一つは、テキストあるいはリファレンスとして『曾良旅日記』より、森川許六編『本朝文選』

に収録された芭蕉の「銀河ノ序」に依る、ということである。

「げにやこのしまは……こがねあまたわき出て、世にめでたき嶋になむ侍るを、むかし今に到りて、大罪朝敵の人々、遠流の境にして、物うきしまの名に立侍れば、いと冷じき心地せらるるに、宵の月入かかる此うみのおもてほのくらく、山のかたち雲透に見えて、波の音いとかなしく聞こえ侍るに／荒海や　佐渡に横たふ　天河」

こういう前置きとともに読んでゆけば、この日、「波音高からぬ」海に、「荒海や」と呼びかけた芭蕉の心を占めていたのが、「暗澹たる」と言わないまでも沈痛なもの想いであったことはたしかだろう。曾良本のように「六日も常の夜には似ず」という句と並べられて、ふつう解されているように「七夕」の風物詩に尽きるものではない。

しかしそれだけではむろん私の勝手読みは出てこない。最上川を下流に流し、沖に向けて「水脈《ミオ》行くきわみ」、佐渡の上空の天の川へとつなぐ思考の結節点には、私の深い思い入れ、と言うより、ある思い違いがあった。「暑き日」を海に入れたり最上川の初句を、私は、「赤き陽」だと思いこんでいたのである。「暑き日」ならば、これは、一日の終わりとともに訪れてくる「納涼」の風物詩にすぎない。しかし「赤き陽」だとすると、どうなるか。真赤な太陽を海に沈める主体としての河、その流れにみなぎる力は、栄枯盛衰の陰に沈む沖の島の上に、変わることなく瞬いている銀河の流れに連なっていく。そこには人間の歴史のみならず「自然」をも貫いている或る運命的な流れが感じられはしないか。

「暑き日」を「赤き陽」と思い違いをしていた私の錯覚は、そういう解釈もありうるとはいえ、とにかく芭蕉をパスカルへの連想へ引き込む意外な水路へと逸脱したかもしれない。しかし河は時がくれば、常に土手を越えて氾濫を繰り返す。そして水害とともに豊かな稔りをもたらすこともある。「風光る」河口への下降は、「水脈《ミオ》行くきわみ」、暮れなずむ沖合はるかに、壮麗な銀河の輝きを画き出してくれた。それはたんなる納涼の叙景ではなく、芭蕉の心象風景ととることもできよう。水源に発した小さな流れ、彼の「心の奥」の細道は、今ここまで達した。その時、河口の海浜で芭蕉が見ていたのは、幻影だったのか。それともここにあるのは、芭蕉の幻想についての私の幻想にすぎないのか。いずれにせよ「河口の思い」は、そういう幻想に向かって開かれている。

(十四)

しかし今では、人は河口に立つこと、河口を降ること、いや河口を見ることさえ、ほとんどない。震災後、陸路が絶たれていたために、私は当時勤めていた大阪の大学に通うのに、神戸港から天保山に船で渡った。天保山とは淀川の河口に位する小さな台地である。しかし、この一時間の船旅、遠くに六甲山の山並は望まれたが、埋立てられた岸辺は護岸工事で堅められ、切り込まれた運河や放水路の排水口は何本も見受けられたが、どれが本来の淀川の河口なのかは、ほとんど見分けがたいほどだった。おそらく東京でも上海でも、ニューヨークでも事情は同じだろう。しかし人工的に造られた水源地が、本来の源泉ではないように、これはもう本来の河口の風景ではない。時折見かけられる水鳥の群さえ、あたりに漂う塵介やビニール袋などの迷路の中で、途方に暮れているように見える。河口は海ではなく、都市の中で消えていくのだろうか。

河口と聞いて、今、私がまず思い浮かべるのは石狩川である。石狩川の水源は大雪山系白雲岳あたりだという。層雲峡を破って流れ出した川は、途中空知川や千歳川などの支流を集め、石狩平野を蛇行しながら洋々たる大河となり、やがて石狩湾で日本海に注ぐ。北海道に住む人々にとっては周知の事実、見慣れた風景だろう。だがあまり知られていない短歌をここにあげておこう。

海に出づる　道まぎかねて　石狩の
大野の原に　水のさまよふ　（石榑《いしぐれ》千亦《ちまた》）

「まぐ」は求めるの古語。作者は昭和十七年に没した四国生まれの歌人。『心の花』同人。一生を水難救済事業に尽くした人らしいが、そういう仕事は別にしても、川の本質が「さまよう」ものであり、その基調が「さびしさ」であることを、万葉調の大らかさで一幅の風景画に定着している。そしてその風景画には、最上川河口での芭蕉と同じように、作者の生涯が二重写しとなって写っているように思われる。

（十五）

札幌発石狩行きのバスを終点で降りると、かつてはすぐ横に、対岸への渡し船が出る渡船場があったが、今は何もない。昔、私が札幌に来た昭和二十年代までは、まだ秋ともなれば、故郷石狩川に帰ってくる鮭の群が河口にひしめき、網を引く男たちのかけ声で賑わったものだが、今はその面影もなく、わずかに往時を偲ばせるものといっては、堤防の外の草むらに放置された廃船の残骸が、点々と見えるだけだ。路傍にたたずむ家々には人が棲んでいるのかいないのか。町は今は市制を敷いて、花畔《バンナグロ》地区には、立派な市庁舎が建てられているが、市街の中心はそちらに移り、家々は、札幌から膨張、蔓延してきた都市化の波に呑み込まれ、経済的には海側に造成された港湾施設を通じての運輸、流通に依存しているらしい。河は忘れ去られたのだ。

忘れられた岸辺を土手に添って歩いていくと、左側、浜防風や浜なすに覆われた砂丘の草原に、小さな燈台が立っている。かつて木下恵介の「喜びも悲しみも幾年月」の舞台になった所で、ここまでは砂道を車で来ることもできる故か、観光客向けの売店もでき、ちらほら人の影も見える。しかし河は、そういう人々の哀歓などには無関心に、悠々と流れを続ける。河口までは、さらに一キロほども歩かねばならない。銭函の方から回流してくる潮が、石狩の浜の砂を押し流し、年とともに延びる砂嘴によって、河口は年々、北の方へ押しやられている。河口もまた移動するのだ。対岸を八幡町側の河口まで下っていくと、河の流れを右岸に沿って望来側に導くように、鉄骨枠の導流堤がつくられている。その橋脚の鉄骨の上を、私はオズオズと辿っていったことがある。このあたり、河口の汽水域では、満潮時には、海水は表面を遡り、河の水は底を流れ下る。その早さは矢のようで、落ちれば、一瞬で沖まで流されてしまうだろう。私は死の影が、まるで、ボートの底に当って鈍い音を立て、白い下腹をひるがえして去っていく鱶のように、無気味にきらめいて消えていくのに慄然とした。

しかし河口の波打際に立てば、西には祝津岬の日和山燈台が、北には、暑寒別岳の先に雄冬岬が望見される。その間に抱かれた石狩湾の沖合はるかには、夏ともなれば、積乱雲の壮麗の輝きが歓喜の祝祭を祝うだろう。だが西方から秋風が吹けば、雲の嶺は崩れ、水滴は雨となり雪となって、大雪山系の森に降り嶺々に白く積もることだろう。そして春が来れば、谷のせせらぎは瀬音を高くして、層雲峡を抜け、石狩平野をさまよいながらこの河口に降り、海へと消えていくだろう。

(十六)

私は川が、どこから来てどこへ行くかを知らない。しかし河口に立てば、ここがある流れの終りであるとともに、何かの始まりであることが感得される。この終末には、解放感がある。大きな時間の弧を画きながら、人間の生と死とを、ともに押し流していく自然の生命力が、そこに循環しみなぎっている。

この夏、私は念願のドナウ・デルタには行けないかもしれない。釧路湿原や羊蹄山麓の川降りもできないかもしれない。しかし必ずや、又、石狩川の河口に立って、はるか祝津岬の日和山燈台を眺め、雄冬岬の上に暑寒別岳の頂を見はるかすことだろう。そして本流に投げた釣竿の、先につけた鈴の音に耳を澄まし、川が忘れていった落し物のような、どこかの三日月湖、たとえば茨戸あたりで、水面に揺れる浮木の動きに、目をこらすことだろう。河の流れがどこから来て、どこへ行くかを知らぬなりに、それが、私と魚たちとの間で交わされてきた交礼の儀式であり、「相聞の歌」なのである。

付記

最近、清時代の史書『河源志』に、黄河の源流を歌い、「河源星宿に通ず」とある由を知った。川を、(河口の果を想うか源泉の奥を省みるかは別として)陸上の点と点を結ぶ線としてでなく、天の河に通じる宇宙論的循環の中に捉える発想は、至る所にあるものらしい。

アドルノとラフカディオ・ハーン

1　アドルノ文庫を訪ねて

1

この三月末（二〇〇〇年）、十日あまりを私はドイツで過ごした。学術振興会の援助の下に行われている日独共同研究の一環として、この秋日本で催される国際シムポジウムの打ち合せをするのが表向きの用事だったが、個人的にはフランクフルトの「アドルノ文庫《アルヒーフ》」に寄って遺稿の整理状況を調べよう、目下準備中のアドルノの知的伝記にかかわる小著に、どういう未刊の資料が使えるか、あるいは使えないかを調べたい、というのが主な目的だった。

日本ではこの冬は暖冬という予報だったのに、三月に入っても春の訪れは遅々として花の便りも聞かれなかったが、三月一九日、ドイツに来てみると、もう真白に桜が咲き、クロカスの花が一斉に顔を出した地面には、連翹の黄が鮮かだった。フランクフルトでは、私は大学の近くの静かな住宅街にある小さなホテルを常宿にしている。その隣りの宏壮な建物の外壁には、門を入って見上げると一枚のレリーフがはめこまれていて、そこがアドルノ晩年の住居だったことを示している。最初の間、私はそのレリーフに気がつかなかった。しかし気をつけて見ると、その家の雰囲気は何か暗く出入りする人影もほとんど見かけない。しかしアドルノの死後十年あまりグレテル夫人はここに住んでいたという。私はかつてアドルノの講義の時、よく最前列に坐っていた彼女を覚えているし、三十年代のベンヤミンとの交友や、彼の『啓蒙の弁証法』をはじめとする原稿の整理に、彼女が一貫して重要な役割を果したことを知っている。せめて彼女のことを何か聞き出せるかと、私は或る時、隣家の扉を叩いてみた。だが顔を見せた老婦人は「どなたかアドルノ夫人のことを覚えている方はいないでしょうか」という私の問いに「誰もいません《ニーマント》」と言うなり重い扉を閉めてしまった。「二十年近く昔のことだし無理もないか。ただそれにしても隣人愛を説く国の人間関係は何か冷たいなあ」と私は浮かぬ顔で出てきたのを覚えている。

「アドルノ文庫《アルヒーフ》」は、このアドルノ旧邸に置かれているのではなかった。また「ホルクハイマー文庫《アルヒーフ》」のように大学図書館にあるのでもない。フリートベルガー・アンラーゲという、動物園に近いグリーンベルトに面した民間の建物の一角に、一世帯分の区画《ヴォーヌング》を借りて、そこに開設されている。アドルノの没後、彼の遺稿・蔵書の類は、（彼が保管していたベンヤミンの遺稿を含めて）フランクフルト市へ寄贈され、ある財団の援助の下に、ここに収蔵され、ベンヤミンやアドルノの全集の校訂・編集者だったティーデマンのもとで鋭意、整理作業が進められてきたのだった。ここから出されている雑誌に載った予告によれば、アドルノの生前に公刊された著作の（『美の理論』等未完成のものも含めた）集成としてズーアカンプ社から出た『アドルノ全集』とは別に、遺稿だけからなる『遺稿全集』は、講義・日誌・書簡・詩作・楽曲等を網羅して、全三十巻を越す予定であり、さらにそれにも漏れたプライベートな色彩の濃いものは、将来の「歴史的・批判的全集」

に俟つ旨が告げられている。しかし今までのところ公刊されたのは、『ベートーヴェン――音楽の哲学』『道徳哲学』『社会学入門』『形而上学』等の数巻にすぎない。しかもティーデマン苦心の編集になる『ベートーヴェン』を除くと、あとのものはいずれも亡命から帰国した後のフランクフルト大学での講義録である。完全な形のテープ録音があったために、それを起こして編集することが比較的やり易かったのであろう。現在スタッフが集中的に取り組んでいるのは、『否定弁証法』の基礎になった「歴史哲学」の講義録で、今年中にも公刊の運びになるのではないかという。

　ある思想家の思想の核心、あるいは理論の大まかな構造を摑むためには、必ずしも網羅的にすべてを覗いて廻る必要はないだろう。しかしアドルノのような自在な越境者、手の込んだ表現者の場合、既成の学問枠や芸術のジャンルでは捉えきれない別の顔が、表明された字面では尽くされない残余が、いつも向こうを向いている。とくに今度の場合、私が目論んでいるのが、アドルノの知的な伝記、ベンヤミンとの交流史であってみれば、講義録よりもむしろ書簡や日記類が重たい意味を持ってくるだろう。その一部は既刊の研究書などに引用されていて見ることができる。しかしそれは全体のごく一部にすぎないようである。そんなわけで、いったいどういう未知の資料があるのか、どの程度利用可能なのかを知りたくて、「アドルノ文庫《アルヒーフ》」を訪ねたのだった。

「文庫《アルヒーフ》」とはいっても、一般に公開されている文書資料館ではなく、遺稿の一時的な保管所であり、編集と整理の作業場である。すでに整理登録済みのタイプ原稿コピーにかぎり、学問的な閲覧が許されているものの、専用の閲覧室があるわけではなく、コピーは許されず、引用さえ所定の手続きで許可をえなければならない。しかしアルヒーフの主任のティーデマンとは、一応旧知の仲だった。四十年近く前、最初に私が「社会研究所」を訪れた時、若きティーデマンは助手だったか教務補佐だったたか、研究所地下の書庫で黙々とベンヤミンの遺稿の整理に当っていたし、アドルノは、出たばかりの彼の学位論文『ベンヤミンの哲学』を、アルフレート・シュミットの『マルクスの自然概念』と並べて、私に読むように推奨してくれたものだった。以後ずっと交際していたわけではないが、二十何年か前、私が『啓蒙の弁証法』の翻訳をしていた頃、当時たしかギーセン大学の教授だったティーデマンを私宅に訪問したことがあり、『啓蒙の弁証法』におけるホルクハイマーとアドルノの役割分担等について種々質疑を交し、フィリッピン出身のピアニストであるティーデマン夫人のアドルノの曲だけのリサイタルのことなどの話を聞いた。ただその時、日本におけるアドルノやベンヤミンの翻訳に話が及んだ時、日本側の翻訳権についての考え方のルーズさが表面化してしまい、「その点では日本も社会主義国と同じなのだなあ」という皮肉に、私は大変気まずい思いをしたことがある。

そんなわけで、そしてティーデマン所長不在の折のことも想定して、今はミュンヘンの自宅にこもっているハバーマスに過分の推薦状を書いてもらい、それを持ってアルヒーフを訪れ、格別の便宜をはかってもらうことを期待して行ったのだった。だがその必要はなかった、というより逆効果だったのかもしれない。四十数年ひたすらベンヤミンやアドルノの衣鉢を継ぎ、地味な全集の編集校訂に携わってきたティーデマンから見れば、ハバーマス以下のいわゆるフランクフルト学派第二、第三世代が師に反旗をひるがえして独自の道を歩んでいく姿には、苦々しい想いを禁じえなかったことだろう。「何でハバーマスなんだ」などと言いながらもティーデマンはわれわれ（私とドイツ在住の若い友人Ｍ君）を館長室に招じ入れて、忙しい中を二時間あまりもいろいろの話を聞かせてくれた。

奥の黒塗りの金庫から、胸ポケットに入るぐらいの小さな手帳四十数冊にギッシリ書き込まれた「哲学的日誌」を出してきて見せてくれたり、ずっとつけていた夢の自己記録のこと、アドルノ没後の夫人の不幸な晩年のこと等々。彼女は私の宿るホテルの隣りの家でニーチェの晩年のような暗く長い月日を送ったのだった。その間に若干の遺稿・遺品が失われたらしいし、あの家の住人の冷たい反応も思い当るような気がした。詩作などアドルノが踏み込んでいったさまざまのジャンルに話が及んだ時、ティーデマンは思い出したように言った。「彼は若い頃戯曲も書いていて、一つはマーク・トエーンを下敷きにしたもの、もう一つは……ええと、世紀の変わり目頃に東京の大学で西欧文学を教えていた……あれは誰だったか」。私は最初、漱石らを通じて有名なケーベル博士のことかと思ったのだが、「ほら、あの英国人」というので思い当った。それはラフカディオ・ハーンではないだろうか。

アドルノとハーンという取り合せはいかにも意外なので、私はぜひ見たいと思った。しかし表題もわからぬその脚本原稿を書庫から探し出してもらうのは容易ではなかった。スタッフが手分けして見つけてくれたのは翌日になってからのことだった。そのタイプ原稿の表紙には、ローマ字で *Kimiko* と書かれており、ハーンの短編を基にした戯曲《テアーターシュトック》。七場、舞台日本、一九二二年、八月—九月執筆とあり、登場人物には、エビスなど日本人らしき人物の名も見える。一ページ目を開くと、「軒燈をつるした低い家並みが長々と両側に続く京都のゲイシャ街」という先斗町《ぽんと》町とおぼしき情景から始まっているではないか。

それから三日間、コピーも撮影も許されないので、私はB４・一四ページのそのタイプ原稿を筆写することにした。何でも簡単にコピーできてしまう昨今と違って、戦後しばらくは、本もなく皆手書きで写したものだ。私もその頃東北大学から借り出したハイデガーの講義録「現象学の根本問題」全部を筆写したことがある。ぶ厚いタイプ原稿のコピー二冊、両方で五百ページを超えていたろうか。だから昔とった杵柄、B４十数枚ぐらい、と思ったが、近所のキヨスクで買ってきた小学生用のノートに全部を写し取るのは、けっこう骨の折れる仕事だった。

2

今年、ドイツでは春の訪れは早く、大通り公園には連翹の黄が鮮かで、霞む空には、はやほころびかけた辛夷《こぶし》の蕾がいっぱいに枝を伸ばしていた。時折そういう窓外の景色に眼を休ませながら、私は足かけ三日かけて、アドルノの戯曲草稿を筆写し了えた。しかしその時、私はアドルノが翻案した「キミコ」というハーンの原作については思い至らなかった。

ハーン、後の小泉八雲は、松江の後、熊本にきて、私の母校、旧制五高で数年教えていたことがあり、その故もあってか英語のテキストとして『怪談』が使われていたように思う。有名な「耳なし芳一」や「平家蟹」「むじな」などは、文字どおり怪談として読んで印象に残っているし、それ以上に漂泊の人としてのハーンの生涯に人並ならぬ関心を持って読み散らしたことはあったが、身を入れて読んだことはなかったから、あるいは忘れたのかもしれない。「Kimiko」というその短篇《ノベーレ》がどういう本に収められているか見当もつかぬままに、フランクフルト滞在中に、大学図書館や、（戦後ドイツで出版された本を網羅している）「ドイッチェ・ビブリオテーク」で探してもらったが、見つけることはできなかった。しかし日本に帰ってきて調べてみるとすぐ判明した。それは『Kokoro（心）』というハーン中期の、つまり熊本の後に続く神戸時代に書かれた評論・物語集に収められている短篇だった。文庫版の抜粋作品集などにも入れられているから、あるいは代表作の一つと見なされているのかもしれない。ハーンの著作は、日本では何種類もの翻訳が出ているし、研究書の類も多い。戦前に行われていたような、ハーンの日本への思い入れを、ナルシシズムで身勝手に受け入れるような受容の仕方は、戦後の欧米モデルの近代化路線の中では影を薄くしたように見えるが、近頃では、比較文学的視点から「世界の中の」ハーンを見直そうとする動きが活発なようで、多くの研究や資料が公表されている。

それらの中には、直接「キミコ」という作品の分析を主題としたものはないようだが、じっさいに自分の眼で読み直してみると、たしかに『心』という著作は、ホフマンスタールが言うように、「ハーンの本の中でももっとも美しい」もののように思える。私には、ハーンのものは、いわゆる評論《スタディ》よりも物語《ストーリー》の方が好ましいように思えるが、冒頭の掌編「停車場にて」とともに、最後にくる「キミコ」は、まさしく日本人の「心」を、ハーンの視点からクリーン・カットした名篇と言っていいだろう。すでにマルチニク島時代からハーンは練達の筆さばきを身につけているが、初期のやや誇張された装飾的文体を脱して「簡潔さ」を旨とするようになった中期のハーンが、この二篇を『心』の冒頭と掉尾に配置したのも、故あってのこととうなずけるような気がする。まずは粗筋だけを素描しておこう。

時は維新後、所は京都。没落士族の娘アイ（この音《おん》は漢字で書けば、「愛」にも「哀」にも通じる、とハーンは注記している）は、父なき後、病気の母と幼い妹を支えるため、花街に身を売って「キミコ」と名乗り、いつか名妓と謳われるようになる。出処を弁え色恋沙汰の虚しさを知り尽した身でありながら、ある名家の子弟の一途な恋心にほだされて、その家に入る。しかし何ヶ月も婚礼をあげることを肯んずることなく、遂に「いかに家族のためとはいえ、かつて苦界に身を沈めた身、その過去の傷は拭いがたく、私にはその資格はない。どうか良家の子女を娶って世襲ぎを残してください」と書き残して、姿を消してしまう。人々がいくら探してもその行方は杳として知れなかった。

何年かが過ぎてその家の門口に一人の旅の尼僧が立つ。そして喜捨のために走り出た幼い男の子の頭を撫でながら、「あなたの息子さんに会えて喜んでいます、とお父さんに伝えてちょうだい」と言い残して、またどことも知れず立ち去っていく。こういった粗筋の、ハーン特有の「再話もの」の一つであり、愛の哀しみに生きた「女の一生」が祇園の華やかな背景の下に感傷の色濃く画き出され、その自己犠牲に対する仏の救いという結びで引き緊められた名品と言っていいだろう。かつて日本女性が持っていた犠牲的精神の貴さがこの作品の主題だと言ってしまえば、身も蓋もない。エピグラムとしてローマ字でかかげられたキミコの和歌「忘らるる身ならんと思う心こそ忘れぬよりも思いなりけれ」が、この作品のモチーフを言い尽しているだろう。ハーンはこれに“To wish to be forgotten by the beloved is a soul-task harder far than trying not to forget”という彼の英訳を付している。

ところで少年アドルノはこの作品をどう受けとめたのだろうか。翻案を見ると、アドルノの視点は、ヒロインのキミコよりも、彼女を見初める男主人公に、父親のパーティで舞姫を見初めて求婚し、承諾を得ながら、婚礼を前にして故なく姿を消してしまう花嫁の失跡を嘆く花婿のエピス（この名前をアドルノはどこから持ってきたのだろうか）に重ねられている。先の短歌に示されているような、愛するが故に愛する人の許を去らざるをえないという逆説に自らを捧げる女の真情よりは、去られた男の側に重心が置かれている。劇の進行はハーンの原作とは違って、結婚の宴の寸前に姿を消した花嫁が巻き起こす周囲のざわめきで打ち切られており、コーラスなども入ってパーティのにぎやかさはあるものの、去っていった理由もわからぬ初心な主人公（ちなみに踊り子は年少の彼を坊や《クナーベ》と呼んでいる）のとまどいが前景を占めており、キミコの失跡は、むしろ謎めかしく神秘の蔭に隠れている。数年後門付けに立った尼僧が子供の頭を撫でて去ってゆく哀切なシーンもない。流浪する旅空の果て、どこかの暗い御堂に臥す女の枕辺に響く弥陀《みだ》の優しい声、という末尾の救いの暗示も無視されている。この弥陀《みだ》という言葉はドイツ訳ではMeister（英語Teacher）となっているから、それを読んだアドルノに仏教的慈悲のモチーフが感じとれなかったのは当然だったかもしれないが。

ハーンをドイツ語訳で読む場合、たとえば舞妓が踊り子《タンツェリン》となっていて、アール・ヌーヴォー風の和服姿の日本女性の木版挿絵が添えられているものの、アドルノはどうやらキミコにドガ風の踊り子と言わないまでも、ステージダンサーをイメージしていた節がある。そういう些細な点を含めて、アドルノの翻案にはハーンの原作理解について、多くのズレや不充分さがあることは否めない。『心』を書いた頃、すでに老練のスタイルを身につけていたハーンに比べて、アドルノの翻案には若書きの印象は拭いようもない。しかし一九二二年という時点で、一六歳の少年アドルノがハーンに何を見、何を期待していたかについては、当時のドイツにおけるハーン受容の状況について一瞥しておく必要があるだろう。

ドイツ語圏では、第一次大戦後ハーンはにわかに脚光を浴び、一九二一年から二二年にかけて、ベルタ・フランツォスの翻訳による著作集全六巻が Rütten & Loening 社（フランクフルト）から相継いで出版されている。その第一巻に当る『KOKORO』には、ホフマンスタールが心のこもった序文を寄せていて、「これほどの優れた人がこれまでドイツ語圏ではほとんど知られていなかった」ことを嘆いているから、このドイツ版著作集によって、ハーンはドイツでは初めて広く知られるようになったのだろう。ただしホフマンスタールの序文は、一九〇四年のハーンの死への追悼として書かれた痛切の調子に溢れていて、少なくともホフマンスタール自身は、その当時から英語版を通じて注目していたと思われるし、一九一一年には同じリュッテン・レニング社から Das Japanbuch と題する一巻本選集が出ていて、シュテファン・ツヴァイクが紹介を兼ねたかなり長い序文を寄せており、識者には、ある程度知られていたはずである。ただしそれには「キミコ」は収められていないから、少年アドルノにとっては、それまで知らなかったハーンを二二年の六巻本選集の出版直後に読んで、直ちに翻案を思い立ったということになろう。

当時フランクフルト・オペラ劇場の専属のような形で、同劇場での上演音楽の時評を担当し、バルトークやシェーンベルクについて、あるいは表現主義の演劇について健筆を振るっていたアドルノは、ハーンをどういう形で受けとめたのだろうか。おそらくアドルノは、ハーンを、新しく輸入された海外文学の新思潮の一つとして、敢えて言えば前衛芸術の一つとして受けとめたのではなかったろうか。音楽少年アドルノにとって、ハーンの作品「キミコ」は、プロットからすれば、当然ヴェルディの歌劇「椿姫」を連想させただろう。ただアドルノは、去っていくヒロインの動機や心情にあえて立ち入ることなく、それを謎として神秘化することによって、「キミコ」を、超現実主義風に翻案しようとしたのではなかったか。このところ、比較文学的視角から、ハーンの多面性にユニークな照明を当てる論考を次ぎ次ぎに発表している西成彦氏から直接伺ったところでは、一九二〇年代には、アントナン・アルトーが「耳なし芳一」を翻案した映画台本を試みたこともあるそうであり、ハーンを超現実主義風に受けとめることは、やや意外に見えるとはいえ、一九二〇年代頃の風潮としては、むしろ流行であったとさえ言えるようである。少年アドルノは、それに敏感に反応したということだろうか。

　アドルノにとっては、日本文化への直接の関心や東洋への憬れはなかった。ハーンを古きよき日本の讃美者という面だけで捉える日本人の一人よがりの固定観念は皮相的である。ハーンを評価することと、古きよき日本を評価することとは同義ではない。ブルーノ・タウトが桂離宮に「世界の奇蹟」を感じたのも、彼がそこに現代の前衛芸術に通じる機能主義的な空間構成を見出したからだった。

　シュテファン・ツヴァイクは、先にあげた一巻本選集の序文で書いている。ハーンはたしかに、これまで美術上のジャポニズムを通じてしか知られていなかった日本について、多くのことを報らせてくれた。しかしそれはさまざまの事実についての情報ではなく「それらの上にたゆたうきらめきであり、花々の芳香が、花に属し、その存在に縛られていながら、すでにそれを脱して無限の空間に解き放たれているように、くさぐさの日常の上に姿なく（unkörperlich）ゆらめく美しさ」なのだ。しかしこれはたんに対象に関わりなく作品の完成度や美的価値だけで評価するということではないだろう。ツヴァイクはこの美的輝きを人工真珠の輝きに譬えている。真珠を造るためには、まず生きた貝の中に小さな異物をさし込む。それを核としてやがて真珠が形成され、とり出された真珠の輝きは、もはや中心にある異物を見えなくしてしまう。異郷である日本を故郷と思い定めて、深い愛情をもって画き出されたハーンの日本ものは、いわばこういう人工真珠の輝きなのだ。それはたしかに美しい。しかしその中心には、ある種の痛みを伴って、異物つまりハーンその人が生き続けている。われわれもまた人工真珠の輝きに目を眩まされてはなるまい。真珠の核としての異物に、その異物からどのようにして真珠が形づくられてきたか、そのプロセスに注目することが大切なのではなかろうか。

若い頃漂泊者を謳った萩原朔太郎の「日本回帰」は、ハーンを機縁にして行われたという。その機微は今審らかにしないが、それは倒錯とは言わないまでも、方向は逆だと思わざるをえない。なぜならハーンは果して日本を故郷として自足することができたのか。ハーンがわれわれに示しているのは、自文化から疎外され、あるいはそれを異化し、帰郷を肯んじない孤独な漂泊者だけが、他者としての異文化をほんとうに内側から理解できるのだ、ということではないだろうか。

アドルノとハーンは直接には結びつかない。まして若書きの戯曲草案「キミコ」からは後年のアドルノの思想もすぐには見透しがたい。しかし予期しなかったこの草案をアルヒーフで見つけたことで、私は両者の関連について種々思いめぐらす機縁を与えられたように思う。

このところ脚の筋肉を痛めて数週間も臥たままでいなければならなかったこともあって、帰国して一月あまり、私はハーン関係のものを読むことで暮した。それは予定外のことではあったが私は後悔はしていない。ハーンの方へ遠廻りすることによって、アドルノとの接点にもいくらかの光がさしてくるように思えるからだ。ハーンの微妙な日本観の揺れを、彼の繊細な聴覚が開いたひだにまで分け入ってまとめることはまだできそうにない。

しかしハーンその人の真珠の核を注視してみるとき、ハーンの中に、よく言われる「古きよき日本」の代弁者ではなく、自分の生い立った文明への拒否を、デラシネとディアスポラの肯定を、近代化、西欧化への自己反省を見届けることができるとすれば、ハーンの死とほとんど時を同じくして生れたアドルノの中にも、両者を貫いて、強靭な西欧的精神の自己否定の流れが脈々と流れているような気がする。亡命中オデッセウスになぞらえて自己了解を試みたアドルノは、たしかに戦後、故郷のドイツへ、フランクフルトへ帰ってきた。しかしはたしてそこは彼の故郷だったのだろうか。

フランクフルト学派のメンバーのうち、フランクフルトで生れ、そこで育った生粋のフランクフルト子はアドルノとフロムだけである。三月末、ちょうど時を同じくしてフランクフルトではエーリッヒ・フロムの生誕一〇〇年を記念して展覧会・講演会が盛大に催されていた。しかしそれを主催したのは、かつて三〇年代に彼が重要な役割を果したフランクフルト社会研究所ではなかった。フロムのドイツ語版著作集が出揃ったのはようやく数年前のことであり、学界への影響も大きいとは言えない。市のユダヤ人協会が主催し、再建された「ユダヤ人街博物館《ユーデンガッセ・ムゼウム》」で開かれた前夜祭に溢れていた聴衆の多くは年配の婦人たちだったのに私は驚かされた。ドイツで一番読まれている彼の本は、日本での『自由からの逃走』ではなくて『愛するということ』(*The art of love*) だというから、それもうなずけるような気がする。ドイツへ帰国することなくアメリカで活躍したフロムは、最晩年はスイスに隠棲して、そこで生涯の幕を閉じた。彼にとって帰郷とは、あるいは故郷とは何だったのだろうか。

日本で客死したハーンと若い頃の療養先だったスイスへ戻っていったフロムとフランクフルトへ帰ってきたアドルノと、彼らにとって故郷とは何だったのか。日曜日、アルヒーフの休みの日、筆写に疲れた私は、永らくドイツへ住みついたまま日本へは帰ろうとしない旧知の前田光君一家の人々に案内されて、アドルノがしばしば少年時代をすごし故郷イメージを仮託したと言われる郊外のアモールバッハを訪ねた。変わることなき自然がそこには残されているように見えた。しかしオーデンヴァルトの春は遅く、昔ながらの池の畔には、芽ぐみ始めた柳の緑がウッスラと霞んでいた。

最初考えていた四〇年代の書簡の類は一部しか見ることはできなかったし、蔵書中の『歴史と階級意識』への書き込みを見てきてくれという友人の依頼も——二三年のマリク社初版本は、韋編三絶《いへんさんぜつ》、バラバラになっていて手に取って見させてもらえなかったので——果せなかった。しかしとにかく先は長い。私はそう思って、寒波の戻ってきたフランクフルトを後にしたのだった。

アドルノとラフカディオ・ハーン

2 ハーンの基本視点考

「はあん、小泉八雲？ あゝラフカディオ・ハーンね。あの松江が好きで『怪談』を書いた人。でも今さらハーンとはね。やっぱりちょっと古いなあ」、そういう人が多い。じつは私もその一人だった。少なくともこの三月までは。この春、二筋の光が意外な方向からさしこんできて、私の前にハーンを新しく浮び上がらせた。意外な方向？ それはまったく予想外の方向だった。

元来、私はドイツ思想を中心とする洋学の徒。二〇世紀ドイツの哲学者アドルノなどを研究の中心に据えてきた者だ。この春、彼の遺稿の整理を進めているフランクフルトの全集編集室に通って未刊の原稿などを見せてもらっていた時、たまたま、少年時代のアドルノが日本を舞台にしたドラマの脚本を書いたことがあるという話を耳にした。調べてもらうと、何とそれはハーンの短篇「君子《キミコ》」を楽劇風に翻案したものだった。ただこれについては別の所（「朝日新聞」二〇〇〇年五月一七日、雑誌「みすず」六・七月号）に書いたのでここでは繰り返さない。

アドルノがどうしてハーンを知ったのかと調べてみると、何とドイツでは一九二二年に全六巻のドイツ訳著作集が、ホフマンシュタールのまえ書き（ハーンの死を悼む追悼文）つきで出ているし、さらに第一次大戦前には、シュテファン・ツヴァイクの解説つきの一巻本選集が出ている。アドルノの関心は若い頃には哲学よりも音楽に集中していたから、あるいはプッチーニやマスカーニらの影響もあったかも知れない。今世紀初め頃ヨーロッパを風靡していたジャポニズムがきっかけとしては働いていたかも知れない。しかしホフマンスタールはともかく、ツヴァイクやアドルノには、ハーンの芸術性への共感はあっても、素材としての日本への関心は、ほとんど見られないのである。日本への関心ではなく、むしろ孤独な漂泊を重ねていく一ヨーロッパ人の心への共感が、これらウィーンの美的感性に深い共振波をよびおこしたのではなかったのか。とすれば彼らのハーン評価は、われわれ日本人にはいくらか面映ゆいハーンの日本評価とは直接関わりのない所に、それとは別のハーン像を造影しているのではないだろうか。それは古きよき日本を代弁してくれる親日家という従来の固定観念をくずす一筋の光となりうるのではなかろうか。

もう一筋の光は、さらに意外な所からさしこんできた。話が急に拡大するのに驚かないでいただきたい。最近では情報技術の発達とからんでグローバリゼーションとか世界システムとかいうことが言われている。しかし人間が文字通り地球を一廻りし、世界史が一つのユニットとして把握されるようになったのは、いわゆる大航海時代に始まる歴史的運動と連動している。一四九二年、西向き航海でジパングをめざしたコロンブスは、予期せぬアメリカへ到達し、数年後、ヴァスコ・ダ・ガマは、喜望峰を廻って目ざすインド西海岸に到達する。それからマゼランが南米の南を廻ってフィリッピンへ到着するまで百年はかからなかった。近々百年の間に人類は世界を一周し、世界史を一つのユニットへ統一したのである。だが具体的には、それはヨーロッパ人による「植民地化」と「キリスト教の布教」という形で進行した。大航海時代の年表と拡大圏には、やや遅れてイエズス会による布教圏がぴったりと重なっていく。

ラフカディオ・ハーンの伝記にいくらか通じた者ならば、彼が、ギリシャのラフカディオ島に赴任してきたアイルランドの軍医将校と島の娘との間の子として生れたこと、父親は、一度は妻子を故郷ダブリンに連れ帰ったものの、すぐにインドに出かけて別の女と結婚してしまい、傷心の母親は一人ギリシャに帰り、残されたハーン少年は資産家で厳格な父方の祖母に引きとられて育てられ、パリに留学したりするものの、やがて着のみ着のままアメリカに渡り、養家の破産等にあって、路頭に迷うほどの辛酸をなめ、それでもようやくニューオリンズで新聞社に職を得て自立していく、そういう顛末を承知しているだろう。そして彼はやがて、マルチニク島へ渡っていく。この聞きなれない島はどこにあるか。じつは私が先に長々と大航海時代以来の世界史の動き《グローバリゼーション》を述べてきたのは、このマルチニク島の歴史地図上の地点を明らかにするためだった。

マルチニク島はメキシコ湾を大きく東南に走る西インド諸島、キューバ、ハイチ、ドミニカからさらに南へトリニダード・トバゴへ至る小アンチル諸島中の旧フランス領植民地である。識者の中にはタヒチに赴く前にゴーギャンがここへ立ち寄ったことを知る人もいるだろう。だがより古く、この海域は、ここを極東（インディアス）地域と誤認したコロンブスが、三次にわたる航海で血まなこになって空しく金を探し廻った歴史的海域である。黄金を持ち帰ることのできなかったコロンブスは代りに現地人の奴隷を持ち帰った。やがて砂糖のプランテーションの発展とともに、底をついた現地人労働力に代って大量のアフリカ奴隷が輸入され、この地域は、以後数百年にわたり奴隷貿易と奴隷反乱と、そして、一九世紀中葉以後の奴隷解放へと連なる奴隷問題の発火点になっていく。ハイチが一八〇二年に初めての黒人共和国としてフランスから独立した後はマルチニク島が奴隷問題の焦点となり、一八四八年二月革命後の共和制議会で遂に奴隷制の廃止が決議される。その時その運動を推進したのはマルチニク枠から選出されたフランス人代議士だった。そういう植民地主義と奴隷問題の展開を調べている過程で、私はマルチニク島へ突き当っていた。まさかそこへラフカディオ・ハーンが現れるとはまったく予想していなかったのだ。

ハーンがアメリカに渡ったのは一八六九年、シンシナティを経てニューオリンズに姿を現わすのが七七年、八七年にはマルチニク島へ渡る。すでに彼はいくつかの有力新聞社の記者として健筆を振るい、ボードレールやドストエフスキー、ゴーチェやロチといった当時の最新世界文学の翻訳者として、また現地クレオールの諺や料理法を集めて本にするなど、文筆家としての地位を確立していた。そこで彼は二篇の小説を書いて発表している。「チータ」と「ユーマ」という現地女性の愛称を表題とするこの二篇は、これまでも二種類の日本訳があったのだが、何せ無数のクレオール語を散りばめた難物。この夏に平川祐弘氏の優れた解説つきの新訳が出て、われわれはやっとこれを完全な形で読めるようになった。「チータ」は一八五六年、カリブ海の有名な白人避暑地だった島を襲った暴風・高浪によって街が壊滅する悲劇を、「ユーマ」は、一八四八年、二月革命後の本国フランスで奴隷制の廃止が宣言された後、植民地の現場で起こった奴隷たちの蜂起によって引き起こされる混乱、白人家族たちの受難を題材としている。前者のミシッピ河河口の湿原からメキシコ湾へ出ていく船旅の描写などは、生き生きした色彩感に充ちているが、やはり注目に価するのは、「ユーマ」の方だろうか。裕福な白人家庭の乳母となった黒人奴隷のユーマが恋人の男性奴隷から、すでに解放されていた英領ドミニカへの駆け落ちに誘われながら義務意識から肯ぜず、遂には奴隷たちの反乱に巻きこまれて白人家族とともに死んでゆく物語には、ハーンの異文化に対する内的理解のあり方、あるいはそれに対する自分の位置づけ、距離のとり方などが、すでに充分にうかがえるように思う。そこには後の日本における仕事にも通じる基本姿勢が、それも日本物だけを見ているのとは別の光の下に浮び上ってくるように思われる。

社会の客観的な歴史的動向がすでに明らかに見通せる段階で（たとえば、「ユーマ」の場合なら奴隷制の上に成り立っていた植民地生活の崩壊。「耳なし芳一」の場合なら、源氏の興隆による平家の都落ちと滅亡、「君子」の場合なら維新後の旧武士階級と封建道徳の衰退）、その移行の只中にいる人々が、これまでの約束事に忠実であることを自ら選びとる主観的誠実さとその悲劇的美しさこそ、ハーンが北アメリカの植民地に居ようと極東の日本に居ようと、畢生のテーマとしたものではなかったか。反乱する軍人奴隷の暴徒たちによる焼打ちにあい、炎上するバルコニーに立って、育んできた白人主家の幼女を胸に抱きしめる黒人乳母ユーマの姿は、そのまま壇の浦の戦いで幼い天子を胸に抱いたまま入水していく二位の尼の光景に重なってくるだろう。

もしもハーンの思想的大前提といったものを取り出すことができるとすれば、それは第一に、キリスト教の普遍主義への不信であり、第二に近代的産業化という意味での進歩への嫌悪だと言っていいだろう。しかしそこからオリエンタリズムに走るにはハーンはあまりにも謙虚であり、エキゾチズムに逃げるには彼はあまりにも真摯だった。彼はイデオロギー的な保守主義者でも、過去を美化するロマン主義者でもなかった。表現主義の中には真実さがないと批判していた若きアドルノが「君子」に共感するのも故のないことではない。そこには歴史的変動の只中でも道徳的相対主義に陥らない真実さの一点が厳然と生きていたからである。ただハーンの印象主義と超現実主義の混ざり合った手法は、それを否定的な形で、つまり自ら没落する個人の悲劇として画き出すしかなかった。ハーンは西洋人としてのアイデンティティを捨てて、日本に同一化しようとしたのではなかろう。「古きよき日本」は、漂泊する浦島であるハーンにとって、いわば竜宮であった。しかし覚めた目を持つ彼はやはり故郷ならぬ現住所へ、つまり現代社会へ帰ってくる。その時点で少なくとも表現者としてのハーンは、西洋人として前衛的位置に立っている。ただ信義に篤いハーンは、「約束を破ること」、つまり玉手箱をあけるようなつつしみのないことはしなかったと言うべきだろう。たとえその間に何年が経っていようとも。

二　小説

継ぎだらけの履歴書

第一部　生命の糸はきれぎれにして

薄日のさす職業安定所の庭に人が群れている。
白いコンクリートに腰を下して、煙草をすったり何かしている。
彼らは皆ポケットに履歴書を持っているだろう。
私はいつ生れ、私の名前はこうで、こんな風に生きてきました。
そして今、私は仕事がないのです。
だから私は、ウメキつつそれを求めているのです。
焼跡に咲く黄色い日向葵よ、あゝ何て
哲学者ばかり多いんだろうね。

（一）

その頃、春も終りになると、私はきまったように病気をして入院した。病院は大阪城のほとり、ちょうど大手前と追手門の方から延びてくる二つの外濠がぶつかる角の所にあった。入院して一ヵ月あまり、手術後の経過も悪くなく、朝の散歩が許されるようになると、私は六時の検温から八時の朝食までの間、毎日のようにお城に出かけていった。

朝のお城は病人のものだ。昼間はやかましい外濠通りもさすがに早朝は車も少ない。病室を出ると私は歩道橋を渡ったりしないで、ゆっくりと草履を引きずりながらアスファルト道路を横切ってゆく。お濠の水も昼間はひっきりなしに通る車の震動に揺られどおしなのだろうが、朝の水は静かだ。石垣を蔽い始めた葛の緑が水面に照り映えて眩しい。魚釣り禁止と書かれた立札の下あたりでは、たいてい誰かが釣糸を垂れている。しかしヘラ鮒用の肌目の細かな浮子がツンと魚信を伝えることはめったにない。それでもこの早起きの釣師たちは、上から無遠慮に覗きこむ病人たちを気にもしないで、黙然と浮子を見つめている。「釣れまっか」「ま、ぼちぼち」といった会話が彼らの間で交されることもあまりない。それでもパジャマ姿で散歩する病人たちと、密猟釣師たちの間には、ひそかな黙契が成り立っている。やがて忙しげに働き出す人々の知らぬ朝の空気の中で、この役たたず同志たちは、お互いに傷つけ合うことのない無関心な平和共存を亨受しているのだ。

しかし時にはまったく釣師たちの姿を見かけない事もある。そんな時お堀の上からじっと水面をすかして見ると、ちょうど斜めにさし初めた朝陽を浴びて、たくさんの鮒たちが浮かんでくるのが見える。彼らは十数尾の群をなして、水面に小さなおちょぼ口を出してプチプチと小さな音をたてながら空気を吸うと、ゆっくり向きを変えて沈んでゆく。堀端に沿って歩いて行くと、そんな鮒たちの群が後から後からと湧いてきては微かな波紋を残してまた消えて行くのが見える。色とりどりの釣師たちの服装がにぎやかに水面に映り、浮子がキラリと空中に舞って水を打つ響きも、それはそれで生き生きした風景ではある。しかし釣師たちのいない早朝の水面で音もなく奏でられる鮒たちの吹奏楽に聞き惚れる方が、どれだけ深い慰めを病人に与えてくれることだろうか。

京橋口に通じる橋あたりまでくると、夏ともなれば行き交う車の排気ガスにまじって、ツンと梔子《クチナシ》の甘い香りが漂ってくる。しかし今はまだ五月だ。植込みの中の幼い梔子の植樹たちも目だたない蕾を堅く閉したままだ。だが早くも石垣一面にはびこった葛が、艶のある緑のつるを石橋の上にまで伸ばしてきている。それは一つ一つの石を包み込むように石垣一面に盛り上り、我れがちに崖の上にまで手を延ばして一気に城内に攻め入ろうとする攻め手の軍勢のように見える。ある朝その石橋の縁の上に、私は一匹の白筋かみきりを見つけた。みずみずしい黒に白い斑点を散らしたそのかみきり虫は、さながら黒糸威しの鎧に身を固めた攻囲軍の士大将のように、今、石垣の上にはい上って、朝陽を浴びて見事な触角を振り振り一番乗りの勝名乗りをあげているように見えた。

だがその橋から向う側の濠を見下すと、こちらの淵は暗くよどんでいて、腐った水藻の塊りが水母《クラゲ》のように白く透けて見えるだけだ。魚たちの影も見えず、いや時には死んだ大きな鯉が白い横腹を見せて、溜った塵芥の中に浮かんでいたりした。それでもこの黒ずんだよどみに見入っていると、そこにも何やら動くものがあって、石亀がゆらりと藻を揺がせたり、食用蛙の野太い声が底から湧いてきたりする。この腐臭に満ちた溜りの暗い水の中にうごめいている生命、ともすればそこにのめり込もうとする自分をじっと抑えながら、しばらくは息苦しさに耐えているのだが、遂にそれを振り切って頭をめぐらすと私は天守閣を振り仰ぐ。

朝の天守閣は鳥たちのものだ。ふだんは鳩どもの栖となっている櫓を今はひよどりの群が占領している。ここは彼らの定住地ではない。日本列島を北上する彼らの、たまたま過ぎ行く中継拠点にすぎない。だから彼らの飛翔は自由だ。朝陽の中にくっきりと聳える天守閣から、薄桃色の透明な空に一斉に飛びたち、帰来するひよどりの群は、航空母艦から発進し、長駆敵を撃って帰艦する遊撃戦斗機隊の雄姿のようだ。民のかまどが賑おうと、浪速のことは夢であろうと、下界の動静には関知する所なく、彼らはわがもの顔に高空の乱舞をたのしみ、やがて極東の列島孤に沿った軌跡を残していずこへか飛び去って行くのだろう。あゝほしいまゝな彼らの飛翔。

そんな私を放心から我に帰らせるのは、ヨイショ、ヨイショとかけ声をかけながら追手門から走り出てくる異形の老人たちの群だ。近所の早起会の老人グループででもあるのだろうか。お城に集ってラジオ体操でもして一廻り走る習わしになっているのだろう。いずれも六十がらみの、定年退職した勤め人か商店主か御隠居さんという風体で、イヤホーンを耳につけたり、尺八を腰にはさんだり、魔法びんを肩に下げたり、いくらか突き出た腹をゆさぶりながら、ユサユサ走ってきては、橋のたもとで一休みすると彼らはいっせいに「ファイト、ファイト」と叫び声を上げる。だがその後からきまったように一人の若者が走ってきては、無表情に老人たちを追い越して行く。堅くひきしまった脚の線に孤独な強靭さをひらめかせて、その単独走者が風を切って過ぎた後には、若さと健康さの持つ残酷さが、あるにがいかげりを病人の心に残していく。

こうして朝の散歩は、歩行距離よりも感情の起伏に疲れ果てて終りを告げる。あらためて、さしせまった社会復帰の不安におびえながら、私は入院病棟へとくびすを返すのだった。

(二)

私が入院していたのは、その病院の旧館の五階にある二人部屋だった。窓側のベッドに居た先客は、五十がらみの、人のよさそうなディスカウントショップの親父さんで、手術後の経過もよく退院の許可もおりて、上機嫌で看護婦さんをからかったりしていたが、六月初め、「まあ大事にして下さい。なあにすぐよくなりますよ。ではお先に御無礼」という言葉を残して退院して行った。陽気な先客が去っていった後、私は窓側のベッドに移って、何か少し昇格したような気分で、寝そべりながらお城の天守閣を眺めては、しばらくの間独り居の静かさを楽しんでいた。だがそれも長くは続かなかった。一週間ばかりたったある晩、あわただしく向かいの大部屋から一人の患者が、つい先頃まで私が寝ていた入口側のベッドに移されてきた。「ちょっと悪いんで。ほんとは個室でなきゃいけないんだけど、今ふさがってるもんだから。しばらく同室お願いします」と白い陶器のような婦長さんはそそくさと言い渡し、部屋の扉に面会禁止を示す赤いマークをつけていった。予後を養いながら退院を待つだけだった、いささか弛緩したこの部屋の雰囲気が、急に引き緊るように感じられた。手洗いに立つ時にも私は足音を殺し、ドアの開閉の音にも気をつかうようになった。黙って目を閉じたままのその男の横顔をそっとうかがうと、髪の黒さでは若く見えたが、もう四十はとうに越していたのかも知れない。重態の病人だからというだけではなく、何か風雪に耐えた刻苦の跡が、痩せ落ちた頬骨あたりに漂っているように思えた。その晩は消燈後も、荒荒しい彼の吐息と、時々ドアのガラスを明るませて見廻りに来る当直の看護婦さんの動きに、私はまんじりともしないで夜を明かした。翌朝からはあわただしい出入りがあって注射や点滴や輸血が立て続けに行われた。その間彼は終始黙ったまままったく口を利かなかった。ただ一度院長が回診に来た時だけ、「先生、しんどいです、しんどいです」と押し殺した声で言ったほかは、苦しげな息で仰向いているだけだった。私は急に自分の病気も重くなったような気になり、とにかく彼の安静を乱さないように、ほとんど息をのむようにして何日かを過した。四、五日経って、幸いに彼の病気も小康状態を保っているように見えた。私が寝ころがったまま窓側に置いたレンタルのテレビにイヤホーンをつないで釣り番組に見入っていると、突然後で動く気配がして、「あっ、あの鯉が」という声が聞こえた。ふり向くと彼がベッドに片肘をついた半身を起こして、乗り出すように画面に見入っていた。「あゝせめてもう一度」というつぶやきに、えっ、あなたも釣りをされるのですか、と私が話しかけていいものかどうか、一瞬ためらっていると、チラと彼は私の方へ視線を戻して、すぐ恥ずかしそうに目を落すと、「いろいろと、えろうどうも済んません」と言ったまま、また枕に頭を落して黙って仰向いてしまった。それは一瞬の出来事だったが、その時蒼白くやつれた彼の面輪をあどけない生気のようなものが横切ったのを私は見逃さなかった。そしてはるかに熱い親しみのようなものが湧いてくるのを感じていた。

だが翌日容態は急変した。私がうとうとしている間に、「リンゲル、リンゲル」と叫ぶ看護婦さんの声が聞こえ、あわただしい出入りがあって、彼はこの病棟の一番端にある個室に移されていった。その部屋のことを私たち入院患者は皆知っている。それはもう望みのない病人が最後に入れられる部屋なのだ。二日後私たちは、やはりその部屋で彼が息を引きとったことを伝えきいた。夕方、一階の売店に下りていった私は、そこの業務用エレベーターの鉄の扉が静かに開いて、白い布に蔽われた遺体が人知れず担架で裏口から運び出されていくのに出会ったのだった。

病院の夕食は早い。まだ明るいうちに味気ない食事を済ませてしまうと、軽症の患者たちは、めいめいの食器を運搬車まで運んできて、そのままロビーの固いベンチに腰を下しては、所在なげに煙草をふかすのだった。ある晩私はそこで、彼がもと居た大部屋の住人に尋ねてみた。「ああ、あの人でっか。まあ言うたら何やけど、変わったお人どしたな。自分の廻りにこう垣根でも廻らしている風で、何やらむずかしい本を読んだり、物を書いたりしてはりました。わてらにはよう口もきいてくれはらへんやった。だあれも見舞いにも来んと。何でもお濠端に行き倒れてはるのをかつぎ込まれて来やはったとかいう話でっせ」。あきらかに彼は前の同室者には好感を持たれていないようだった。しかし私には、死の前の数日を隣り合せのベッドで過し、黙って去っていった彼のことが妙に心にかかって離れなかった。主の居なくなった隣りのベッドには新しいシーツがつけ代えられた。「あっ、あの鯉が」と叫んだ時、彼はいったい何を見たつもりだったのだろう。あの時テレビの画面にはたしかに一尾の大きなドイツ鯉が写っていた。隣りのベッドの白いシーツの空しいひろがりとあの時の画面とが、二重写しになって迫ってくるような錯覚に、ふと私は陥ち込んでいくのだった。

六月末、梔子の花がお濠端に甘い香りを漂わす頃、私は退院を前にして院長室に挨拶に行った。この公立の大病院の院長であると同時に、ある新聞の人生相談を受け持ったりしているその人は、地方名士の一人と言ってもよかった。身の上相談での彼の回答はもう一人のその欄の担当者である京大の数学の名物教授、M氏のような快刀乱麻という趣はなかったが、どこか奥行きのある暖かさが感じられて、私は愛読していたのだ。私と言えば、身体が弱いために元勤めていた役所を辞め、狭い親譲りの土地に建てた何軒かの文化住宅を人に貸して、家内に小さな本屋をやらせながら、街の同人誌に小説めいたものを寄稿したりしている碌でなしだった。枕もとに積まれた同人誌に目をとめた院長は、そんな私をも物書きのはしくれと認めてくれたのだろうか。それ以来にわかに打ちとけて、回診の後など、また立ち寄って病気とは関係ない四方山話をしたりする仲だった。

「ああ、あの人のことですか。たしかにあの人はお堀端に倒れている所をかつぎこまれてきたのです。身許はわかりません。Tとか言っていましたがむろん偽名でしょう。住所や本籍など彼の言う所に照合してみても該当者はいないのです。無理に問いつめても、頑強に口をつぐむだけなんです。一度だけ、自分は何度か別の病院に入院したことがあるが、いつもカルテを盗んでは破り捨てて脱走してきた。自分の病気は多発性の潰瘍だったと告白したことがあります。何やら事情がありげだったので、私は黙ってここに収容することにしたのです。一つには診察の結果、彼の病気が白血病であることがはっきりしてきたからです。それももうかなり進行していて、救いようのない状態だった。おそらく彼はそれを知っていたのでしょう。ひょっとしたらあの人はドイツ語で書かれたカルテが読めたのかも知れませんね。彼が前の病院からカルテを盗んで脱走したというのも、その故にちがいありません。ちょうど人が昔の日記を破り捨てることで過去から脱け出せると思うように、彼もカルテを捨てることで、自分の宿命から脱出しようとしたのではないでしょうか。しかし過去は忘れたり、切り捨てたりしても抜け出せるものではありません。むしろ過去を再構成し新しく造り出すこと、それによってはじめて人は過去を脱け出すことができるのです。あの人は死にました。あの人が残していったものの中には身許を確認できるものはないようです。でも何やらノートや原稿のようなものがかなりあります。退院なさったら一度それに目を通してやっていただけませんか。何かあなたの興味をひくようなものも混っているかもしれません。私としては、あなたから彼についての簡単な履歴書をつくっていただければいいのです。それを死亡診断書に添付して届ければ、私の任務は事足りるわけですから」。そう言って院長は私に古ぼけた小さなボストンバッグを手渡してくれた。

退院してしばらくの間は、予後の身をいたわりながら、永い間留守にした雑用に何くれと忙しかった。しかしやがてテニススクールに通う家内に代って本屋の店番をするようになると、たいして客もないのをいいことに私は例のボストンバッグを開けて中味をあらためてみた。雑然としたメモや手紙類に混って、比較的まとまりのある印刷物のコピーらしきものがいくつかあった。どこかの校友会か同窓会誌に寄稿したとおぼしき少年時代の回想記である。そこには子供が少年になり青年になっていく思春期の移ろいが生々しい息吹きをこめて伝えられている。その中に本屋で立ち読みをするくだりがあって私は思わず苦笑させられた。ちょうど店番をしいしい、「あんまり長いこと読まんとけよ、気分悪いし」などと、マンガの立ち読みに来る子供たちを追い払いながら、それを読んでいる所だったから。

（三）

△小学校の想い出

——同窓会誌のために——

イ、青空パンツ

私が転校して行った先の体操の先生は、ハブというあだ名だった。色が黒く顎の骨が張っていた故だろう。元オリンピックの競歩の選手だったとかで、黒光りのするふくらはぎの筋肉の動きが、虚弱児童だった私には何か畏怖すべきもののように思えた。その学校では体操の時には皆、白い半袖のシャツに、両側に黒線が一本縦に入った白いパンツをはくのがしきたりになっていた。しかし前の学校では、生徒たちは青色のパンツをはいていたのだ。転校したての私が何度か青いパンツをはいて行くと、たまりかねたハブ先生は宣言した。「体操の基礎は服装だ。定められた服装をしてこない者は一回につき十点ずつひく」。しかし引越の後で忙しかった私の母は、とても体操のパンツのことまでかまっていられなかった。「何が悪いのよ、それが。それでいいじゃあないの。だいいち、その方がハイカラなのよ」。そのパンツをはいていくたびに私はハブ先生にどなられ、級友たちは私に「青空パンツ」というあだ名をつけた。服装違反六回を重ねた所で、やっと母は、横に黒い線が一本入った新しいパンツをつくってくれた。嬉しさのあまり、その日私は妙にハシャイでできもしない大車輪を試みて、鉄棒から落ちたりした。そのことを私は「新しいパンツをはいて」という作文に書いた。それは国語の先生から綴方賞をもらったが、学期末にもらった通信簿では体操の成績は、服装違反六回につき「丁」となっていた。

ロ、四大節

その頃、国の定めた祝日は年四回あって、その日は学校は休みになり、私たち附属小学校の生徒は、市の反対側の外れにある本校の講堂まで、式に参列するために出かけて行くことになっていた。四大節とは、元旦の四方拝、二月十一日の紀元節、四月二十九日の天長節、十一月三日の明治節である。それらの式典にはそれぞれの歌があった。

四方拝

年の始めのためしとて
終りなき世のめでたさを
松竹立てて門ごとに
祝う今日こそ　楽しけれ

紀元節

雲に聳ゆる高千穂の
高根降しに草も木も
なびきふしけむ　大御世を

仰ぐ今日こそ　楽しけれ

天長節
今日のよき日は　大君の
生れ給ひし　よき日なり
光あまねき　君が世を
祝へ諸人　もろともに

明治節
亜細亜の東　日出る所
聖の君の現れまして
古き天地　閉せる霧を
大御光に　隈なくはらひ
教へあまねく　道明らけく
治めたまひし　御世貴と

意味もわからずに私は一生懸命にそれに唱和した。だがやがて校長先生が静々と壇上に上り、恭々しく桐の箱を持って来て紫のふくさを解き、「朕惟うに我が皇祖皇宗国を肇むること宏遠に」

と呪文をとなえ出す頃から、あまりのはれがましさと緊張のためか私はおかしくなり出すのだった。悪寒がして冷汗が流れ、胸が悪くなり、次第に意識が霞んで、整然と並んで直立している生徒たちの列が左右に揺れ、ぐるぐる廻り出し、天井と窓が交錯して、音を立てて私の体は床にくずれ落ちるのだった。気がつくと私は養護室に寝かされていて、鼻には鼻血止めの紙がつめこまれ、枕をあてがわれている足の先の方で、「しょうがねえなあ、まただ」という先生方のささやきが聞こえてきた。そんなことが年に四回繰り返されるのは、私にはかなりつらいことだったが、わずかの救いは、蒼い顔をして畳の上に半身を起こすと、看護婦さんが小さなグラスに気付けのための葡萄酒を飲ませてくれることだった。しまいには、その小さなグラスに充たされた紫色の液体を飲むために、毎回倒れてもいいような気がしてきた。それが私の酒の香の覚え初めだったのかも知れない。

△昆虫採集

——校友会誌のために——

君たちは蛾の魅力というものを知っているかい。昆虫採集を始める者はたいてい蝶から始める。紋白蝶にはじまって、しじみ蝶、標紋蝶、立羽蝶の類い、しかし何といっても晴れがましいのは揚羽蝶だ。それも春型の黄揚羽のように小さいのでなく、なるべく大型の奴。たとえば下翅の白い紋にさっと紅を散らした長崎揚羽の雄、闇の彼方に虹が立つような深山からす揚羽たち。彼らは庭の花壇などに戯れていることはめったにない。彼らの飛翔は豪快だ。はるかに港を見渡す岡の上のえにしだの茂みの中、巨大な石が転がっている頂で待っていると、下の竹藪と雑木林の間を抜けて、彼らは一気に段々畠を舞い上ってくる。彼らが来る道は定まっている。それが蝶道だ。この頂を越えて、彼らはさらに奥の嶮しい峠越えをめざすのだ。だが山からの冷風にふれて、一瞬彼らが姿勢をたて直そうとするその瞬間に白い捕虫網の一振りが、背後から彼らを襲う。真向から網を振ってはならない。必ず翅が傷つくからだ。後ろから掬った網を横に振って、そのまま地面に抑えこむと、鱗粉が白い網にまみれないうちに、もう指は彼らのあえぐ胸を圧さえていなくてはならない。まるで自分の高鳴る胸を鎮めるかのように、私はじっと指先に力を込める。あの蝶狩りの晴れがましいよろこびを、君たちも皆知っているだろう。しかし何と言っても蝶の種類は少ない。一通り集めてしまうと、よその土地か外国へでも行かないかぎり、種はいつかつきてしまうのだ。そこで浮気な狩人たちは、今度は甲虫類に向かっていく。春、ガラス器具の並んだ理科の実験室を取り巻く野茨の生籬に群がっていた花むぐりたち、雑木林の櫟の幹の蜜に集まる夥しい黄金虫、誇らしげに角をふりかざして梢に休らうみやまのこぎりくわがたの雄姿、草いきれの中にひっそりとこもる天道虫たちの世界。甲虫たちはしばらくの間は充分に私の夢を充してくれた。しかし私の猟場が陽光に風光る野面から、次第に薄暗い樹林の奥に移って行くにつれて、私は昼の間、森の中にひっそりと息をのんでいる夥しい蛾たちの気配に気づくようになった。君たちは蝶と蛾の区別がどこにあるかを知っているかい。昔はよく生物の試験にそんな問題が出たものだ。静止する時、蝶は縦に羽をたたむのに蛾は横に開いたままだとか、触角や胴の太さ、灰色の中にも毒々しいその色合いとか、教えられた通り僕らは答案に書いたものだ。だが何と言っても最大の相違は、蝶は昼の世界に属するのに対して、蛾は夜の世界のものだということだ。守宮《ヤモリ》の這うガラス戸や屋外の外燈に群がる蛾を追っているうちはまだいい。しかし夜、懐中電燈を頼りに人気ない山奥の林にわけ入り、木の幹につけた傷に酒をぬって、誘蛾燈をぶらさげ、じっと「大水青《オオミズアオ》」の飛来を待つようになると、光と風の中に蝶を追うよろこびとは本質的に違った不気味な戦慄が少年の心を震わせるのだった。いや、それはもう少年のものではなかった。大人の世界、さらにその奥にある暗闇の世界が、そこに拡がっていた。ようやく性に目ざめる年頃で、それ故に人嫌いになっていた少年が、年上の妖艶な女性に誘われるような抵抗しがたい魔力に魅入られて、私は不安におののきながら、人気ない夜の林の中でじっと息を飲んで立ちつくすのだった。この呪術の園から私を連れ出してくれたのは、まったく外的な事情だった。ようやく厳しくなった戦局は、中学三年生をも勤労動員にかり出すことになったからである。本来ならいとわしい筈のその造船工場の油臭い埃にまみれ、流れ作業のクレーンが響き、減速装置の翼車をけずる旋盤が廻転する冷い金属の光の中で、むしろ私はほっとしたのを覚えている。君たちは鋳物工場から廻されてきたままの赤ちゃけた洗鉄粉の、肌目こまやかな優しさを知っているかい。人の肺を犯すその鉄粉が、あの毒々しい蛾の鱗粉でないことに、私は何か危い所を逃げてきたような、深い安堵の情を覚えるのだった。

△読書の想い出

――図書館部報のために――

「駄目、駄目、じゃまだよ、あんたたち、帰んな」。じゃけんに追払われると恨めしそうに本を投げ出してバタバタ駆け去って行く子供達、そんな光景を本屋の店先で見る度に、僕はにんまりと微笑を浮かべずにはいられない。かつて或る時期の僕は立ち読みの常習犯だった。その頃僕はお小遣いというものをもらっていなかった。本は両親が見つくろって当てがってくれたし、特に欲しい本は申し出て親に買ってもらう仕組になっていた。で世界名作物語とか偉人伝の類は書架に溢れていたのだが……。本当に僕が読みたいのは、そんな親から配給される「ためになる本」ではなかった。「少年探偵団」とか「吠える密林」「アジアの曙」「まぼろし城」といった今で言えばまあ赤胴鈴之助やスーパーマンの類の、もっとぐっと痛快なやつだった。親に申し出て買ってもらえるのはせいぜい佐藤紅緑の「あゝ玉杯に花うけて」どまり。そこで友達から借りてくるのも種切れになるといきおい残された道は立ち読みしかない。雨にも負けず風にも負けずにはるばると僕は街の大きな本屋へ通ったものだ。だがいつの時代にも本屋の店員という者は立ち読みする子供にはつれない。二、三回追払われた所で僕は考えた。あんまり長く読んでいるからいけないのだ。一日五頁、それだけなら文句はあるまい。そこで僕は厳格にこの格律を実行した。どんなに血湧き肉踊る場面でも五頁読んだらぴたりと止める。そうして翌日又のこのこと出かけて行くのだ。こうして僕の立ち読み修業は始まった。三百頁に余る「快傑黒頭巾」を遂に読了した時の感激は未だに忘れられない。僕の手垢でうっすらと綾の浮かんだ純白の裏表紙を眺めながら僕はうっとりと立ちつくしていたものだ。今から考えれば冷汗もの、あさましい限りだ。どう考えたって立ち読みなんてあまりエレガントなもんじゃあない。それでも僕はこの立ち読み修業のおかげで幾つかの貴重な収穫を得た。一つは読書のスピード、もう一つは緊張して読む習慣、何しろおっかない店員がにらんでいる前で見とがめられない内に五頁を読まなければならない。そこには敵前渡河の様な緊張と集中とスピードが必要だった。後になってもっとまともな本を立ち読みでなく読むようになってからも、この短時間で集中して読む習慣が持続できたのは一夜づけの時なんかに大いに役に立ったものだ。

読書の傾向が子供から大人のものへと変わっていったのはいつ頃だろう。小学校の六年の時、漱石の「心」を読んで薄暗い大人の世界におびえた記憶があるけれども中学一年の時は勉強なんかそっちのけ、コナン・ドイル全集やルパン全集にうつつを抜かしていたのだからきっと三年ぐらいからではないかと思う（二年の頃は僕は昆虫採集に熱中していた。転校していった九州の野山には目もあざやかな揚羽蝶や甲虫のうなり声が僕を部屋の中に閉じ込めてはおかなかった）。或る日僕は留守番をおおせつかった退屈まぎれに父の書庫に入って行った。到底歯が立ちそうもない本がいかめしく並んでいるなかに、赤い漱石全集、白い山本有三全集、青っぽい徳富蘆花全集などがあるのは前から知っていた。徳富家とは遠い親類で「思い出の記」の主人公は僕の父がモデルだとかいう話は聞かされていたのだが、手にとって見た事はなかった。それに大人の本を読むなんてなんとなく悪いような気もしていたのだ。所が読んで行くうちに、面白い！　探偵小説や昆虫採集等では到底味えない何かがある。生れてはじめて経験する新しい興奮に体はふるえるし、訳もなく涙があふれてくる。さあそれ以来僕は病みつきになった。丁度戦争が烈しくなって僕達は工場へ引っぱられ、学校の予習復習の必要がないのをいい事に片っぱしからめちゃくちゃに読み始めた。でもそんな中で一番大きな影響を受けたのはやはり漱石全集だったかも知れない。第一巻から読み始めて、「それから」「門」「彼岸過迄」と辿って行くうちに、僕は容易ならぬ人生というものがまともに目の前に開けてくるのを感じた。もう引き返す訳には行かなかった。一冊読む毎にはっきりと自分が変わって行くのが感じられた。朝まだき故郷の村を旅立つ旅人が峠の上から故郷をふりかえって懐かしむように、僕も少年時代に親しかった快傑黒頭巾を始めとする豪傑達や、南国の陽に輝く長崎揚羽達をふり返ったが、旅はもはや始まっていた。漱石の中期の諸作品や、斎藤茂吉の初期の歌集や、阿部次郎の三太郎の日記等が、僕を否応なしに旅路の上に押し出してしまったのだ。もしもその文学作品がまともなものである限り、こちらが烈しくぶつかって行く時に、それはこちらを只では放してくれない。読み終った時、その人はもとの自分とは違っている筈だ。終戦の年に旧制高校に入ってから、僕は幾重にも変わってきたと思うけれど、その決定的な曲り角には、必ず誰かの全集の名が記されているような気がする。それは時にはドストエフスキーであり、時にはヘッセであり、時には宮本百合子であったりする。その曲り角は重なり合ってほとんど九十九折、今となっては窺うすべもないけれども、烈しくぶつかってはね返された青春の乱読の傷痕には間違いない様だ。東京の大学に入ってから初めて本を精密に読む事、一行一語の重さを測って読む術を教えられたが、これはまあ専門家の専門技術、裏白な歯の折れぬ限り何でもかんでも噛みくだくにこした事はない。「本は烈しく読むべかりけり」自分の昔を省りみて、想いつくのはこんなことではないかしらん。

（四）

彼の遺稿の中にあった少年時代の回想記はこれだけだ。しかしこれだけでも彼の履歴の粗筋はかなり浮かび上ってくる。つまり戦争もあまり激しくないうちに九州の小学校へ転校していき、豊かな緑に囲まれた造船所のある市で中学時代を過ごし、九州の高校から東京の大学へ行ったという経路。父親の蔵書や母親の趣味からすれば、知識層に属する中流家庭の育ちで、虚弱で孤独ではあっても、それなりに彩りのある少年時代を送ったという消息。ここに画かれている子供の情景は、行き倒れて瀕死の状態にあった彼しか知らない私には、意外に明るいように思われた。しかし絵の明るさが暗い額縁によって引き立つように、少年時代を明るく回想する後年の彼が、むしろ暗かったとしても不思議ではないのだ。終戦の年に旧制高校へ入ったというから、彼が東京の大学へ出たのは、昭和二三、四年のことだろうか。だがいくら探しても、この間の消息がうかがえる文書は見当らなかった。この時期、東京で彼は何をしていたのだろう。だが汚れて消えかかった断片的なメモ様のものを一つ一つ当っていくうちに、私は日付けや場所の入った書き損じの手紙の草稿のようなものを、いくつか発見した。そのうちには、「札幌の宿舎にて」とか、「都の女友達へ」とか、「さらば東京、おゝわが青春」とかいう文字が記されているものもある。それらを継ぎ合せていくと明らかに一つの事実が浮かび上ってくる。一九五二年五月二日に、つまりメーデー事件の翌日に、彼は上野を発って北へ向かっているのだ。「僕が二度と東京を見ることはないでしょう。札幌は僕の最後の砦です」と彼は「都の友へ」書き送ろうとしている。

日付けのない日記、書き損じた手紙の草稿の類から、彼の離京の顚末を尋ねてみれば、それはほぼ次のように展開していったように思われる。何分にも片片たる断片から追構成するわけだから、多分に私の想像の混った小説仕立てになるのはやむをえない。

その大学のかび臭い古びた建物の地下には、当時メトロと呼ばれていた喫茶室があって、石英のように硬く冷たい感じの少女がレジに坐っていた。一杯のコーヒー代もままならなかった彼が、そこでバラで売っていた煙草を買いに足しげく出かけていったのは、あながち金がない故ばかりではなかったかもしれない。銀杏並木がいっせいに芽を吹く五月が近づき、東京を去る日が迫ってくると、彼はそれとなく別れを告げようとメトロへ下りていった。だが彼が入口の扉に見たのは、「明日はメーデーにつき休業、皆さんも私たちと一緒に参加して下さい」という張紙だった。だから彼は出かけていったのだろうか。「緑の風に髪香り」という歌声に唱和したかったのだろうか。その日、晴れていたか曇っていたかはよくわからない。とにかく一陣の突風が吹いて、祝祭の広場は暴風圏と化した。渦巻く人の群に、突然大波が起こり、叫喚とともに波頭が砕け、泡立つ波濤の倒れかかる中にさらに別の群が機関車のように突込んでくる。彼はひたすら逃げた。だが追いつめられ叩き伏せられた。濠端の角の石垣の上に倒れた彼の目に濠の向こう帝劇の前あたりで、ひっくり返された甲虫のような自動車からパッと焔が上るのが見えた。立ち上った時、彼の手には鋭い石英の破片が握られていた。力を込めて彼はそれを投げた。だが石は当たらずに、あらぬ方に飛んで、水面に浮かんでいた白鳥の首を撃った。

翌日もう一度大学へ行ってみると、メトロは開いていたが少女の影はなかった。包帯を巻いたおびただしい学生たちが、薄暗い地下食堂にゴロゴロしているだけだった。そしてその晩、彼は上野発の夜行列車に乗って、狂乱の都を後にした。初めて渡る津軽海峡の風は頼に冷たかったが、大沼越しに見る駒ヶ岳の肩は優しく、小川のほとりには白い水ばしょうの花が咲き、森にはかっこうの声がひびいていた。「都忘れという花の名を僕はこの間はじめて知ったのですが、こちらに来てみると、何とまあ夥しい未知の花々の数々」。あの石英のような少女宛てでもあったのだろうか。別れてきた「都の女友達」へ彼はこういう葉書を書いて、投函しないままに残されている。だがその年札幌の雪の路上でも、白鳥は殺されていたのだ(白鳥事件)。闇の中に響いた二発の銃声。赤や白の帽子をかぶった少年たちは未だいない。

札幌へ着いた彼は、先ず駅近くの植物園を訪ねている。そこへ居を構えている筈の高名な植物学者M博士の家に止宿させてもらったらいい、と彼は紹介されてきたのだった。だが迂闊なことに、その人は十年も前に亡くなっていたのだ。邸の跡は博物館になり、四人もの人間を喰い殺したという羆の剥製が、のしかかるように真赤な大口を開けているだけだった。夕暮、途方に暮れて薬草園にたたずんでいた彼に、猫背の老人が近づいてきてのぞき込むように言った。「あんた、面白い骨相をしていなさるのお。手相を見て進ぜよう。何、金は要らぬ」。面倒臭げにさし出した彼の手をしげしげと見て老人はつぶやいたものだ。「うゝむ、あなたのは運命線も生命線も千切れ千切れじゃ。職業を変えなすったがいいよ。何、何が向いているかって。さしずめ水産関係というところかな」。恋人の方はどうでしょうかと聞こうと思った彼は、馬鹿らしくなって止めにした。いささか意気阻喪して植物園を出ると、彼は「生命の糸は切れ切れにして」というどこかで読んだ詩句を、自嘲気味につぶやきながら、まだ肌寒い馬糞風の吹く駅前の広い通りを薄野の方へ歩いていった。

一九五二年五月、彼が東京を発って札幌に着く数日間の消息を、私は想像を混えながらも以上のように復元することができた。だが札幌で彼は何をしていたのだろう。それを推測する資料はボストンバッグからは出てこなかった。わずかに手がかりになると思われるのは「札幌での研究課題」と記された一枚のメモだ。それには鉛筆の走り書きで次のような文字が羅列してある。

真楠植葉
丸楠・流布価値によるその再生
森の羽出蛾と言の葉
ヘルダ林と羽出蛾
普通猿の減少額

これはいったい何だろう。じつは私は先にあげた少年時代の回想記の寄稿先から推して、彼は文科系の大学を出て、どこかの高校か中学の先生になったのではないかと思っていたのだ。だがここにでてくるのは、森や林や楠や葉、あるいは蛾や猿ではないか。とするとあの頃の読書好きの彼ではなく、昆虫採集に熱中していた彼が、大人になったというのだろうか。ひょっとすると彼は理学部の生物学科か農学部の林学科あたりを出て、札幌の営林署、農業試験所か何かに就職したのではなかったのか。そうだ。一度札幌に行ってみよう。現地に行けばきっと何かが摑めるにちがいない。そういう想いを決定的にしたのは、最後にボストンバッグの下敷の底から出てきた一枚の半紙だった。幾重によれよれにたたまれたその半紙を拡げてみた時、思わず私は息をのんだ。それは黒々とした魚影をスタンプした一枚の魚拓だった。そして横には一九六二年五月一日、石狩河口、ドイツ鯉、三八センチ、現認者、大道釣具店主と達筆に添書きしてあった。病院でテレビを見ながら「あっ、あの鯉が」と彼が叫んだのは、きっとこれにちがいない。墨汁がにじんでいくらかふくらんだ魚体は、それでも淀川あたりの鯉と比べるとほっそりして見えたが、北国の鯉はきっとこんなものなのだろう。とにかくこれは有力な手がかりだ。よし、札幌へ行ってみようと即座に私は決意を固めた。ちょうど夏の盛りで、とりわけその年は暑い日が続いていた。二・八《ニッパチ》というのは何も飲み屋ばかりではない。本屋だってこの季節にはほとんど客は来ないのだ。私はまた家内に店番を頼むと、そそくさと出発の準備をした。大阪発青森行の夜行列車「日本海」は混んでいたが、窮屈な寝台に身を曲げて寝そべりながら、「これで一気に彼の消息は明らかになるだろう」と私の胸はふくらんでいた。局面が意外な新展開を見せることなど、その時私は夢にも思わなかった。持ちこんだポケットウィスキーの酔いが廻ったのか、「金沢、金沢」という声を遠くに聞きながら、私はいつしか眠りに落ちていった。一九七二年、八月末のことである。

（第一部　了）

継ぎだらけの履歴書

第二部　やがて夜が

（五）

夏の終りというのに、札幌の明るく澄んだ午後の空気は、何か冷え冷えとするものを軋ませていた。大通公園のベンチに腰を落として、私は見るともなしに目の前を通りすぎる人々の波を見やっていた。手入れの行き届いた花壇には真赤なサルビアや葉鶏頭が、浅緑の芝生に鮮やかな幾何学的模様を浮き立たせていたが、何かしらちらちらと私の視界をさえぎるものがあって、それが私を落ちつかなくさせているのだった。気がつくと私の目の前には乳白色の綿毛のようなものがひっきりなしに流れてきて、それに目をこらしていると、人々の流れや花々の模様はその向こうに霞みのように沈んでいくのだった。その白い羽毛のようなものは坐っている私の頭にも肩にも振りかかってきて、ベンチの下や屑籠の横あたりには白い吹きだまりさえできていた。「雪なのだろうか」。この季節にまさか雪ではあるまい。それとも雪の降る前の夕の空に飛び交うという雪虫というものなのだろうか。そうでもなかった。手にとってよく見るとそれはポプラの綿毛なのだった。見渡すとあたりにポプラ並木らしいものはなかったが、それははるかテレビ塔のあたりから、公園に沿って立ち並んだビルの屋上あたりから、ひっきりなしに吹くともない風に乗って飛んできては、私の視界を遮って流れていくのだった。誰もそれに目をとめる人はないふうだった。しかしそれに気をとられていると、背景の紅い花々も白い家々もすべて乳白色の世界に沈んでしまい、ただふわふわとした流れだけが私の視界を横切っていくようだった。貧しいほど涼しい眺めだ。私が探しているもの、それはこの石膏色の街のどこに隠れているのだろう。真紅のサルビアの花壇が斑れ雪のようなポプラの綿毛の流れに霞んでいくように、彼の消息もこの涼しい風景の奥深く沈んでいくのだろうか。

人探しに私が札幌にやってきてからもう三日が経っていた。九州出身で、昭和二七年に東京の大学を出て、札幌のどこか林業関係の研究所のような所に就職した二十三、四の男。病院の同じ部屋に居て死んでいった彼のメモから、だいたいこういう見当をつけて私は人探しにやってきたのだった。しかし名前はわからなくともこれだけで何とかなると思ってきた私の思惑はやっぱり甘かったのか、事はそう簡単には運ばなかった。

私が先ず訪ねたのは北海道庁だった。昔私も役所に勤めていたことがあるから大体の雰囲気はわかっているつもりだったが、人事課の窓口の応対はやはり冷たかった。二、三人待たされた後でやっと私に応対してくれた不愛想な女の子は、しばらくあきれたように私の用件を聞いていたが、それでも不承不承、昔の職員録を探したり、年輩の同僚たちに尋ねたりしてくれた。何人目だったか、意地悪そうな小母さんがさげすむような眼でこちらを見ながら聞こえよがしに言っているのが聞こえた。「あんた。名前も判らん人を探し当てれるはずないべさ。はんかくさい」。「いや、昭和二七年採用の名簿を見せてくれはらへんやろか。こちらで見当つけまっさかい」。しかし林務部や農業試験場など、これと思う名簿をいくら調べてみても、履歴を照し合せて見ると該当者は見当らなかった。小一時間もかかって帳簿をひっくり返している私に、奥の方の、課長補佐という名票の立ててある席から、五十がらみの男が眼鏡の上目越しにこちらに視線を向けて言った。「二七年の地方公務員には道外の学卒者は採用してませんわ。なんぼハッチャキに探しても、ここではわかりませんなあ。市役所関係でないかい」。「へえ、おおきに。えろうどうもすんまへん」。入る時には、威風堂々と見えた赤錬瓦の道庁の建物も、出る時ふり返ってみると、赤茶けた巨大なガマかカブトムシのように見えた。そこから少し南に下って市役所を訪ね、関係方面に当ってみたが結果は似たようなものだった。地方公務員でないとすれば、地方職の国家公務員かもしれない。そこで営林局や財務局などにも廻ってみたが駄目だった。お役所は五時にはしまる。お役所廻りだけで一日目は空しくすぎた。私は駅横の陸橋のほとりにある屋台でラーメンをすすり、駅裏の全斗館とかいうどこかで聞いたような名前のすすけた旅籠で、それでもまだ希望を失わずに仮寝の夢を結んだ。

二日目、私は学校関係に狙いをつけて道や市の教育委員会を訪ねてみたが、やはり昭和二七年の採用者の中にそれらしき人はなかった。民間の研究所や私立の大学に廻っても駄目だった。三日目、私はひそかに最後の切り札として期待していた北大に行ってみた。正門を入って芝生の間を真直に行くと、こんもりと茂った楡の大木の手前に小さな銅像が立っていた。それは、「いい若いもんが、この爺さんみたいに、気を大きく持ちなよ」（boys be ambitious, like this old man!）とか言って白馬にまたがって駆け去ったとかいう「グラック薄志」の銅像だった。それに励まされる想いで私は正面の時計塔のある農学部を訪ねたが、本部の人事課に行けと言われて私は又来た道を引き返さなければならなかった。正門横のその建物は、元は文学部だったとかで、なかなかりっぱに見えたが、そこで私の期待は最終的に打ち砕かれた。何年か前、各地の大学に嵐が吹き荒れた時、その建物の屋上でも、赤い帽子や白い帽子をかぶった少年たちが火祭りの踊りを踊ったらしい。そういえば私は同人仲間の億劫ノロ助氏からその話を聞いたことがある。それを火事と誤認した消去連合が一斉に集中放水を浴びせ、そのために昔の書類は水浸しになり、二七年頃の採用者の書類などはすべて廃棄処分に付されたという。何ということだ。いやしくも公務員たるものは国有財産の管理保全に万全を期し、会計検査に優秀な成績で合格することを至上目的とすべきではないのか。彼を尋ねて三千里、はるばる来たぜ函館の奥、ここまで来て遂に私の人探しは完全に断念せざるをえないと言うのか。重い足を引きずりながら私は南側の門を出て植物園へ廻ってみた。彼がかつて訪ねた博物館はそのまま残っていて、四人も人を喰い殺したという羆の剥製が真赤な口を開けていた。たしかに彼はここを訪ねたのだ。彼の足跡は至る所にありそうなのにどうしても私はそれを摑まえることができない。私は大通公園まで歩いてきて、ベンチに腰を落したまま空しく終った三日間を振り返った。本名がわからないまま人を探すのはそもそも無理な相談なのだろうか。私にとって彼はすぐ身近にいるように思えるのに、名前などは存在を蔽う膜にすぎないのに、私は彼の存在をたしかめることができない。彼の存在を隠すかのように目の前を白い雲のようなポプラの綿毛がひっきりなしに流れてゆき、この三日間が、そして求める彼の姿が、その向こうにしらじらと霞んで消えてゆくのがもどかしかった。

夏の終りとはいえ、北国の夕の風は冷え冷えとしていた。唐きびを焼く匂いにふと人恋しさを誘われて、私は立ち上ると、かつて彼が植物園を出て歩いていったように、赤い灯青い灯が点滅する薄野の方へとトボトボと歩いて行った。

電車通りを渡ればもう薄野という所迄来た時、私は左手の角に一軒の古本屋を見かけた。三日ほど夢中になっていた人探しも徒労に終って、急に私は大阪で家内に店番をやらせている本屋商売のことを思い出し、その店に入っていったが、とくに目ぼしい本もないようだった。それでも私は出口に積んであった五十円均一の雑本の山の中から、「北海道釣春秋」という薄っぺらい雑誌を四、五冊えらび出して買い求めた。何よりも私は疲れていた。北海道ではどんな魚が釣れるのだろうという好奇心ぐらいしか、もう私には生き生きした感情はなくなっていたのだ。その古本屋の隣りには「小春」というのれんのかかったおでん屋らしいものがあって、どうやら古本屋とは同じ人がやっているらしかった。額でのれんを分けるようにして入っていくと、小さな舟形のカウンターの向こうに、中年のおかみが微笑みながら迎えてくれた。私は一本お酒を注文し、塩辛か何かをなめなめ、買ってきた雑誌をめくって見た。よくこの手の雑誌に出ている釣随筆が並んでいる中に、大場野得三とかいう人が少年時代の九州での釣りの想い出を書いているのが目に止まった。へえ、北海道の雑誌に九州の話かなどと思いながら、私はようやく暖まる想いで、「小母さん、がんもに大根下さい」「はい、ありがとう」。この一見さんにも愛想よくおでんを盛って出してくれる小母さんの白いエプロン姿がもうもうと温かいおでんの湯気を割ったその向こうの壁を見た途端私はハッとした。そこにはそまつな額に一枚の魚拓が飾ってあった。何の魚かよくはわからなかったが、素朴な直接法でとった拓本の魚体は墨がにじんでボッテリとふくらんで見えた。そして右下には、石狩河口、某年某日、大場野得三と金釘流が読め、その横に、現認者大道釣具店主と達筆に書き添えてあった。おでんの湯気とともに、彼の存在を蔽っていた霧のようなものがいっぺんにはれて雲間から光がさしてくる想いだった。そうだ。私はこれまでもっぱら彼の「札幌での研究テーマ」というメモを頼りに彼を空しく探し出そうとしてきた。しかし考えてみれば、あのボストンバッグから最後に出てきた魚拓に添え書きしてあった現認者大道釣具店主こそ、少なくとも直接に彼を知っている唯一の人物ではないか。

そそくさと私は支払いを済ませると電話帳で所在をたしかめ、そこから程遠からぬ時計台裏の大道釣具店を訪ねてみた。そこは川釣専門の店なのか海釣用のけばけばしい道具類の姿は見えず、ヘラ鮒用の繊細な細いうきが櫛のように並べられている薄暗がりに、老眼鏡をずらした老人が一人で手製のうきを削っていた。私はよれよれの半紙のしわをのばしながら、持ってきた一枚の魚拓をとり出すと、すがるような想いで尋ねた。「これに見覚えありませんやろか。死んだ知り合いのボストンバッグから出てきたもんやけど」「何、ああ、この現認者の署名はわしのもんだが。釣った人の名前はないな。ふうん」としばらく目から離して眺めていた老人は無造作に言い放った。「ああ、これはトクさんのものでないかい」「えっ、トクさんって」「ほれ同じようなやつがその辺にいくらも張ってあろうが」と言われて見ると横の壁の上の方に何枚もの魚拓が貼ってあった。中には額に入った三色刷りのりっぱなのもあったが、下の方に古ぼけたよれよれの半紙に尺ほどの鯉や鮒などをスタンプした素朴なのが、何枚か並んでいた。それにはいずれも大場野得三と署名してあるではないか。魚体に墨をぬって半紙に押しつけただけの素朴なその拓法、字の書体、それはまぎれもなく、私が持ってきた彼の魚拓と同じものだ。とすると私の持ってきた魚拓は大場野氏の作であり、彼の本名は大場野というのだろうか。「御主人、大場野さんを知ってはりまんな。何か教えてえな。たのんます」といきごんで尋ねるのに、しかし老人は怪訝そうな声を出した。「大場野さん？　誰やそれは。ああこの魚拓の主のこと？　アッハッハッハ」。一笑いした後で彼は答えた。「違う、違う。大場野さんなぞ居りやせん。これはオーバーのトクさんじゃ。昔、うちにミミズを買いに来ていたお客さんでねえ。やってきては先日釣り落とした鯉は二尺はあったとか、一日十里も歩いたとか、いっつもオーバーなことばかり言うから、オーバーのトクさんと呼んでいただけじゃ。それをあの男、大場野得三なぞと当字で魚拓に署名しよったんじゃ。いわば釣ネームよ。そのくせあの男ムキになってなあ、『私の言うことはオーバーじゃない。その証拠に』とか言って、ちょっとした鯉や鮒なぞを釣ってくると、現認者としてわしに署名してくれとやってくるんじゃ。それやこれやで十枚近くも魚拓をつくったかな。こりゃあきっとその一枚じゃろう。ただね、トクさんとは呼んでいたが、それ以上のことはよく知らんね。何せミミズを買いにくるだけの客だったから。そのあんたが魚拓を見たとかいうおでんやのおかみさんが何かもっと知っているんじゃないかね」。

あわててとって返して聞いてみると、「ええ、あの人ねえ。昔ときどき来てくれたお客さんだけど。トクさんトクさんと呼んでいただけで本名が何といったかねえ。何でも失業中とかで、それでしょっちゅう釣りに行ってたようでしたよ。いつも釣りの帰りにうちに寄っては二、三本飲んで行くんだけど、お宅の肺病の娘さんに甘露煮にしてあげたら、とかいって時々小鮒を二十、三十と置いていってくれたりねえ。無口だけど、やさしいとこのある人でしたよ。でも失業中の故か払いは悪かったですねえ。この魚拓だって、あの人がフッと来なくなる前に、ツケのかたにしてくれとか言って置いていったもんなんですよ。えっ、失業する前はどこに勤めていたかって。たしか北大とか言ってましたよ。それも組合専従とか。大学にも組合専従なんて人がいるのかしらねえ。何でも教授会専従とか、アルバイト専従とかいう先生方もいるそうだから、やっぱりいるのかもしれない。それが何でも組合にモメごとがあったらしくてねえ。白鳥を撃ったのは誰だとか何とか。あの人は無実だって言ってたけど、何かそんなことで嫌気がさして辞めたんじゃないんですか。失業保険をもらってましたから。いつ頃でしたかねえ。何だか目を悪くしてバッタリ来なくなってしまったけど。どこか余処へ行ったんじゃないんですか」。

四日目、私はもう一度北大へ行ってみた。本部の裏手の古い木造の建物にある職員組合を訪ねるためである。夏だというのに据えっぱなしになっているズンドーストーヴの横で脚を組んだまま、若い書記長とかいう男が横柄に応対してくれた。「さあ、白鳥事件の関係者にそんな人居たかなあ。何せ古い話だし、名前も正確にはわからんと来ている。おい誰か知らんか。そうだトッツァン、お前釣りをやるじゃねえか。思い当りないか」「うん。そういやあ、演習林の技官か何かにトクさんというのが居たなあ。俺たち釣り仲間では『時知らずのトクさん』とか『小物釣りのトクさん』とか呼ばれてたよ。いや、小物ばかりよく釣ってくる人でなあ。それでいて北大天狗会っていったんだが、クラブの大会やるとなあ、たとえば夏場にカレイとか、冬にハモとか、妙に季節外れのものばかり上げよるんや。白鳥事件に関係していたってかい。それはないべ。何でも目を悪くして浮子も見えないとか言ってこぼしていたっけが、それで大学を辞めたとか聞いたなあ。いつの間にか居なくなってしもうた。農学部か本部の事務に行って調べてみたら。えっ、紛争の時に書類が水浸しでわからんてかい。ああそういえば思い出した。あのオッさん、たしか正門前の今川焼屋の二階に下宿してたよ。あそこへ行ったら何かわかるかもしれん。陸橋を渡った手前の電車通りの横っちょよ」。そう言いながら、その男はズンドーストーヴの扉を開けて紙くず籠の書類をドーンとそこへ放り込んだ。パッと火が上って、室外へ伸びた赤茶けた煙突を紅い焔がメラメラと走っていった。

正門前から陸橋の方へ電車通りを歩いていくと、すぐに今川焼屋があった。ガタピシした戸を開けて入ると、若い健康そうなおかみさんがタイ焼を焼いていた。「あっ、あんたトクさんのお知り合い。ええ居ましたよ、たしかに、うちの二階に。私はまだ子供だったけど。釣りの好きな人でねえ、大漁してくるとニコニコして私らにお菓子買ってくれたりしましたね。しかしお気の毒にねえ。あんなことになって。身寄りの人もないふうで、うちの死んだ母さんも困ってましたわ。警察の人に聞かれても正式の名前や身許もわからんし。ただ私らもトクさんトクさん言ってただけだったしなあ」「あの、警察とか、お気の毒にあんなこととか、何のことでしょうか。白鳥事件でつかまったとか」「白鳥事件？　それ何ですの。そうじゃない。車にはねられて。交通事故死ですよ。あんた、それ知らないで来たの。そこの正門前のとこ、えらい人だかりでなあ。救急車が来て。それっきりですわ。前の晩はいい御機嫌で私に明日お菓子買ってやるぞっと言っていたのに、これでお菓子がどこかへ飛んでいってしまったなあと思ったのを、よくおぼえてますわ。ねえ、あんた。人の運命なんてハンカくさいもんですわ」。私は狼狽した。ようやく探し求めていた彼の姿が具体的にうかびかけてきた時に、事はまったく意外な方向に展開しつつあった。「あの人が死んだのはいつかって。まだ私が十四、五の頃だから、もう十年も前でしょうなあ」。いったいこれはどういうことか。つい数ヶ月前同じ部屋で息を引きとった彼の身許を尋ねて私はやってきているのだ。トクさんという通称をつきとめ、直接に彼に会ったことのある人を何人か見つけたところで、当の本人が十何年前にすでに死んでいたとは。いったいどこで話がくいちがってしまったのか。このトクさんという釣り人は、私が探していた彼とは別人なのだろうか。どうにも納得がいかない。しかし関係者の話を聞き、その今川焼屋に残されていた彼の遺品なども見せてもらい、釣雑誌の随筆などを読み合せてみると、ほぼ次のような経緯が浮び上ってくる。私にはこのトクさんと呼ばれる男がどうしても彼であるように思えてならなかった。半ば空想まじりにその顛末を辿ってみると、それはほぼ次のようなことになるだろう。

（六）

一九五四年九月、一気に日本海を駆け抜けて北海道を襲った風台風は、青函連絡船「洞爺丸」を沈めて数百の人命を奪うとともに、各地に無惨な爪痕を残して去っていった。それは明治の中期、北海道を襲って一時的に氷河期を現出させ、えぞ鹿を絶滅させるほどの被害を与えた有名な大寒波に匹敵する記録的な自然の暴威だった。大雪山系の丸楠の原始林はこれによって壊滅的な打撃を受け、風倒木が累々と地表を蔽った。そしてそこから夥しい羽出蛾が発生してさらに森林の被害を大きいものにした。石狩川源流地帯のこの丸楠の風倒木を何とかして都市や炭礦地帯に運び、新しく知られるようになった流布価値の弁償法によって新しい紙として再生させようとする試みは、すでにあちこちで試みられていたが、当時北大農学部の演習林の技官だった彼は、丸楠森林組合の依嘱を受けて、羽出蛾による損材論の研究にとりくんだのだった。もともと羽出蛾は、ドイツのシュヴァルツヴァルト地方の「減る駄林」あたりで発生したのだが、「普通猿」によって媒介されて、その減少額や損材論は、国際的に無視できないものになっていた。もともと彼にとって蛾の魅力は、少年時代の昆虫遍歴が最後に辿りついたものだったし、一度はたじろいで斥いたこの主題に、彼は本気で取り組むことになった。だが羽出蛾の魔力はしばしばミイラ取りをミイラにしてしまう。少年時代の彼の昆虫採集が、蝶から始まって甲虫類を経て蛾に至って途絶したように、しょせん彼にはお堀端のかぶと虫を引っくり返すことはできても、羽出蛾の魅力には抗しがたい所があったのだろうか。彼がのめりこむようにこの主題に深入りするにつれて、本来彼にこの研究を依嘱した丸楠森林組合は、かえって彼を除名処分に付したのだ。駆除すべき羽出蛾をかえって培養しているというのが処分理由だった。そればかりではない。羽出蛾の鱗粉は有毒である。その鱗粉に目を犯された彼は眼底出血をおこし、もう顕微鏡をのぞくこともできなくなってしまった。組合を除名され、職場を休職になった彼は本気で転職を考えるようになった。そんな時彼にはあの植物園で会った老人の言葉が予言のように想い出されてくるのだった。「あんたのは生命線も運命線も千切れ千切れじゃ。水産関係にでも職を変えなすった方がいいよ」。そこで彼はつてを求めて創生川の畔にあった㋖水産に就職し、魚肉によるフランクフルト双生児の開発に携るかたわら、失意の身を釣などでまぎらわせていたらしい。私が古本屋で見つけた「釣春秋」という薄っぺらい雑誌に、毎号のようにあまり釣れない釣随筆などを書いていたのは、ほぼその頃のことだろう。それは、あまりにも早く来た彼の晩年の数年間に、けっこうつかの間の小春日和を与えてくれたようである。ここにその随筆の一つを引用しておこう。

幻の虹——西別川水源無銭釣行——

摩周湖から流れ出る川はない。しかしあの青く澄んだ水は湖底の砂深く滲み入って地下水となり、はるか西別嶽の麓に泉となって吹き出す。そして東の方、根釧原野を横切って、やがて太平洋へそそぐ。それが西別川である。「あそこへいらっしゃい。あそこには大きな虹鱒がいますよ」。相談に行ったこの道の先輩に励まされて勇躍壮途についたのは、七月末、水害の跡も生々しい暑い夏の日だった。

ところが釧路で用件を終えたところで一頓挫をきたしたのである。当てにしてきた集金ができず、ふところは空っぽ同然。だがままよと釧路から北へ向かった。標茶で乗り換えて西春別下車、もともとの予定では計根別で宿をとって車で虹別へ行くはずだったのだが、そんな贅沢はいっていられない。駅前でラーメンを喰って腹ごしらえをし、食パンに味つけパンなどを買い込んで、さてそこから一日八里の放浪が始まった。由来私には妙な癖がある。初めての場所に行くとまずほとんど竿は下さないで納得の行くまで歩き廻るのである。これがどうも釣友から私が敬遠される理由になっているらしい。が今日は一人、気兼ねはいらない。思う存分歩き廻れる。しかしいくら私でも特長はいて八里も歩くとは思わなかったのである。真直ぐ虹別へ向かう国道（あるいは道道?）を行けばまず道のりは三里位。ところが中流の大物をねらおうと線路にそって迂廻したのが間違いのもと、やがてめざす西別川のとうとうたる清流に達したのだが、水勢ゆたかに溢れてさかのぼる術はなく、両岸の藪は深い。が、ほのぐらい茂みに蔽われた淵あたりは絶好の虹鱒の棲処かと思えた。少々大きめのかみつぶしに二分のはり、やまめ用の仕掛けで外道として虹鱒を待てといわれた先輩の忠言も聞かばこそ、最初から虹一本で行こうというのが私の不逞な企てなのである。虹は深みを流してやればいいとか、泡だつ瀬の深みへ二本を一本に束ねたはり先がすうっと流れていったと見る間にグーッと手応えがきて流れる藻の茂みが二つに割れた。これほどいきなりくるとは思わなかった私が泡をくっていきなり合せると、見事、一尺三寸はあろうかと思える虹鱒が、ガッと水面に飛び上ったのである。一瞬あたりのほのぐらい木蔭に夜の虹がたったかと思えた。が思いきりひっぱった私の竿に手応えはない。しぶきの中に矢のような影が走って行く。一つ二つ三つ。

ここで私は頭にきた。よしっ目指す虹別に行きさえすれば。そこでよいしょと特長を肩にかつぐと歩き出した。だがほとんど迷路に近い砂利運搬用の道の交錯、かてて加えて至るところに立てられた、計根別航空隊の立入り禁止の制札、ある時は、望楼の見張りの目をかすめて私は飛行場の一角を斜めに走った。ある時は牧場の牛にかこまれ、またある時はあぶの大群にかこまれて危うく私は包囲殲滅されるところだった。雲はなく風もなく、あるのはただ無心に照りつける七月末の太陽と、幻の虹を恋う私の妄執だけだった。四時過ぎようやくめざす虹別へ辿りついた時には、疲労の極に達していた。そのまま私は川原の石を枕にひっくり返ってしまったようだ。川底を流れる砂の音が衣ずれのようにサヤサヤと聞こえてしばらく私は眠っていたらしい。突然私は人の声に驚いて目を醒ました。そこに土地の釣師が五人突っ立って話をしている。一人は上に四人は下へ釣り下って又ここに引き返してきたらしい。見れば一人がシンコを一尾あげただけ、昨日の雨で釣りにならないというのだ。

　しかしそれは又あんまりというものである。今更引き返す訳にはいかないし、第一そんな元気はない。さすがに私はもう釣りはあきらめた。しかしあの摩周湖の水が吹き出すという水源の泉は一目でも見たい。腰をあげた私の脚先は更に二里先の水源へ向かった。幸か不幸か陽はかげってはるか阿寒岳から押し出してくる雲からは小粒の雨さえパラツキ出した。一望数十里、貧しい畑地と曠漠とした荒地の中の人っ子一人見ない一本道を、私は右の足と左の足を交互に踏み出して歩いて行った。七時半もう日も暮れる頃、再び森の中にあの西別川のせせらぎの音を聞いた。そしてそこに西別孵化場の門を見出したのである。めざす水源はその構内に閉ざされている。私は主任さんの家の戸を叩いた。高貴な神官を思わせる彼の顔を私は祈るように見上げた。「何、玄関先にでも寝せてくれって。まさかそうもいくまいて。うむ札幌から来なすったか。こんな所へ来たって釣れませんよ。しかしまあ釣ってごらんなさい」。

構内には五ヶ所の泉があって夜目にも白く音をたてて水が吹きこぼれていた。私は手さぐりで竿を下し、見る間にやまめを三匹釣りあげた。宿舎にあてがわれた別棟に上って私は三匹のやまめを塩焼きに用意の食パンを頬張ったのである。

翌朝疲れの故か眼を醒ましたのはもう四時をすぎていた。早速昨日の泉に行ってみた。真中に水の吹きこぼれるあたりには小さな砂が舞い上って真緑の藻が流れる水に揺れていた。そしてその間を無数のやまめが游泳しているのである。始めの間持って行ったスジコにはつかなかったが、そこでとった川虫をつけると面白いようにかかってきた。たれこめていた霧が白々とはれわたる頃、私の竿はぐっとたわんで藻の間に吸い込まれた。そして遂にめざす虹鱒が燦然と朝陽に躍ったのである。

帰途二里ばかり歩いた所で、弟子屈行きのトラックに乗せてもらった。十五時釧路発の急行狩勝に間に合うのに私はヤキモキした。だがおおらかな田舎の運ちゃんと助手君には途中の茶店の娘さんが原野のオアシス的存在らしい。彼等はその娘さんをからかったりからかわれたりしながら実にアイスキャンデーを六本喰った。そしてたまりかねて呼びに行った機先を制して、何と私の手にも一本のアイスキャンデーを握らせたのである。

幸いに弟子屈ではゆっくり汽車に間に合った。駅前の川原におりて私は魚の腹を割きながら、この真夏の無銭旅行と、好意に満ちた人々の顔を想い浮べた。水上《みなかみ》は想うべきかな、そんな白秋の詩句を口に出した時に、ふと私は錯覚に陥った。あの水源の泉で釣った虹鱒は、あれは摩周湖の主で、地下水と共に地下数百尺の暗闇をもぐって、あの時ぴょんと陽の光に飛び出した幻の虹ではなかったろうか。

(尚　原則として孵化場内は立ち入り禁止です。　右念のため)

だが既に遅かったのだ。羽出蛾の有毒鱗粉はもう彼の網膜を犯していて、極楽蜻蛉の酔眼には、世界はもう焦点を結ばなくなっていた。

秋も遅く、その日彼はいつものように石狩川の河口に一人、釣りに出かけていった。石狩川は河口の手前で大きく湾曲して日本海に入る。街外れから河口に向かって何キロも突き出た砂洲には、この季節になると人影らしいものもなく、はまなすの紅い実が点々と砂にまみれている浜辺には、破船の残骸が寒々と風に吹かれているだけだった。すでに眼を悪くして、浮子釣りもかなわなくなっていた彼にできるのは、竿先に鈴をつけて魚を待つブッコミ釣りしかなかった。砂丘の蔭に取り残された燈台のかたわらで、彼は一日ねばった。だが魚はほとんどかからなかった。わずかに掌ほどの川がれいが、チンと投竿の鈴を鳴らして上ってきただけだった。夕暮近く、潮がさしてきて、ハタハタが産み落としたブリコが白い泡のように漂いながら岸辺を漂いはじめた頃、彼はヤッケのえりをかき合せながら帰り仕度をしようと立ち上った。その時、流木に立てかけておいた投竿の先がガクガクッと激しく振動すると同時に激しく水辺に引き倒された。ひろい上げた竿を大きく合せると肩に重たい衝撃がきた。「来たぞ」と言ったのか、あるいは「助けてくれ」と叫んだのか、とにかく何かを叫びながら、彼はしめった砂地にのめり込む爪先を踏みしめ、重心を落として、ともすれば水面に引きこまれそうになる竿をけんめいに立てようとした。

張りつめた糸はビュンビュンと糸鳴りを響かせながら、右へ左へと五十メートルほどの弧を画いて動いた。彼の足は知らないうちに魚の引きにつれて、上流へあるいは下流へと走った。格闘は三十分も続いたのだろうか。さしもの敵もついに波打際に引き寄せられ、さざ彼の間に口を出して空気を吸った。八号の糸に物を言わせて彼は一気にごぼう抜きすると、魚とともに、浜防風の砂地に仰向けに引っくり返った。どれくらいの時間が経ったのか。冷たい夜気の鎮もりの中でトクトクと熱い血潮が噴水のように吹きこぼれていく音を聞きながら、彼は円現の充溢感に包まれて、はるか暑寒別岳の上に宵の明星がしだいにその輝きを増して行くのを見上げていた。彼の横では二尺はあろうという鱗の荒いドイツ鯉が、大きな腹を横にして黄色いひげを震わせていた。

「遂に鯉を釣った」。それも釣堀や放流物ではない。本当の野鯉、石狩川本流の主、不敵な巡洋艦。大河の河口は干満の境い目には川の水は上層を流れ、底層を海水が逆流する。石狩川の源流から降ってきたこの鯉は表層水流に乗って河口まで遊弋し、逆流する潮に反転しようとして、ふと彼の鉤にかかったのだろうか。石狩川流域丸楠森林組合から締め出された彼の小さな鉤先に。「われはもや安見子得たり、皆人の得がてにすてう安見子得たり」。そんな歌を口ずさみながら彼は下宿の小母さんに、「小母さん、おれはとうとう本当の鯉をえたよ」と語ったという。この誇りかなよろこびを元の同僚に伝えたかったのだろう。翌日彼は、まだ中でバタついている大きな魚籠をかかえてもと勤めていた大学へ出かけていった。そしてそれが、彼の命取りになったのだ。

駅から北へ陸橋を渡ってしばらく、正門へ入る電車通りの角で、彼は向かいの信号が青に変わるのを待っていた。だが一刻も早くと心はずんでいた彼は横の信号が黄色になったところで飛び出してしまったのか。突然、右手から曲がってきた㋖水産のオート三輪が、九十度急カーブして彼の目の前を通りすぎた。避けた、と思ったのだ。だが羽出蛾の鱗毒に犯されていた彼の眼は、オート三輪の荷台から後に突き出た鉄棒が通りすぎる一瞬の間合いを測りかねた。ガッという衝撃が眉間を割って、彼の軀は電車通りの真中にまで吹っ飛ばされていた。「このままでは轢かれる」というのが、線路の上に倒れているのに気がついた彼に返ってきた最初の意識だった。しかし動かそうにも脚の感覚はなかった。眉間からほとばしる紅の滝が彼の目の前をとざす前に、彼の目は二筋の鈍色に光る鉄路を見た。それは彼がこれまで生きてきて今後とも生きて行かねばならない長い灰色の線のように無限に続いていた。だがそんなに生き続ける心配はなかったのだ。一瞬彼は逃げていく自分の後姿を見たように思ったが、陸橋から下ってきた電車が音を立てて彼の背後からのしかかってきた。大きな魚籠を抱きかかえるように背をかがめた彼の姿は、その鉄製の車輪の下に吸い込まれていった。彼の死体が運び去られた後には、一尾の大きな黒い魚と小さな川がれいが二尾、車道にピタピタと跳ね廻っていたという。

六二年の交通事故死というこの意外な事実を確かめるために、私は最後にもと北署の鑑識医をしていたという人を中央病院に訪ねた。年配のわりに大柄の赤いネクタイをした老医師は、妙に詳しくその件をおぼえていて、ネクタイの締り具合を気にしながら死亡診断書を片手にトットツと顚末を話してくれた。

鑑識医の談話

「ええ。私が死体X二十三号の遺体を診たのは、一九六二年秋某月某日の午下りでした。解剖の結果、何かの化学物質（燐酸の類と思われる）による古くからの眼底出血と、比較的新しい頭部の打撲裂傷と左脚大腿骨骨折を認めました。しかしこれは致命傷とは思えません。死因はやはり、ある重量物体による頸骨の圧砕、つまり報告のとおり轢死と考えるべきでしょう。しかし、どうも腑に落ちないことがあるのです。たしかにXの死体には、この日に受けた轢傷があるのですが、どうもこれは死後轢断ではないか、と思える節があるのです。たしかに報告によれば、Xがこの日轢死したという社会的事実、状況証拠は動かせません。しかし純粋に科学的に言えば、この死体はあらゆる鑑識法から言って死後轢断と言わざるをえないのです。ええ、科学者としての良心にかけて。つまりですね。じつはXの生体反応はよほど前からなかったということなのです。さよう推定する所、十七年程前ですな。それ以後Xの生体反応は皆無だった。神経中枢、内臓等が活動していた形跡がないのです。すなわち一九四五年頃Xは一度死んでいた筈なのです。死因ですか。詳しくは判りませんが、残存している壊死細胞から推定するに、どうやらウラニウムもしくはプルトニウムの強力な影響の跡が見られますな。この人は放射線技師ではありませんか。えっ水産会社の嘱託をしながら釣りを楽しんでいた人ですって。そうですかねえ。どうもそうとは思えませんが。しかしまあいいでしょう。目撃者も大勢居ることだし、死後轢断では具合が悪い。科学的にはそうでも、一度死んだ人がまた死ぬなどということがある筈がない、そういう常識には勝てない。ここは一つ超科学的措置で済ませましょう。ま、よくあることです。某月某日轢死、そういう死亡診断書を書いておきました。それでよろしいんじゃありませんか。えっ、遺留品ですって。ああ、あの魚ねえ。小さい方の二尾は川がれいで、大きい方はボラです。ええ鯉ではありません。石狩川あたりによくいる奴で、泥臭くてとても喰えたものではない。廃棄処分にしておきました。ま、これで一件落着と願いたいものですなあ」。

混乱した心を抱いて帰りの汽車に揺られながら、私は「えらいこっちゃ、えらいこっちゃ」とつぶやいていた。

（七）

一九七二年某月某日、大阪城の見えるある病院で一人の男が死んだ。あちこちの病院を脱走しては、往来に倒れて、その都度救急病院に収容されてきたその男も、遂にこの病院が最後になった。その病院の院長から身許も知れぬその男の履歴書を作成するよう頼まれた私は、同室のよしみで彼の遺していった荷物の中から、書き物、日記、手紙の類をひろい出し、おぼろげながら彼の生きてきた足取りを掘り起こしてきたのだった。彼がどこかの小学校を振り出しに九州に転校したこと、戦争中に工場動員された世代に属すること、一九五一年春までは東京に居たらしいが、その後北海道に渡って北大演習林の技官をしていたらしいこと、しかし数年でそこをやめ、水産会社に勤めながら、好きな釣りに浮身をやつしているうちに、交通事故にあって、一九六二年に死んだことなどがわかってきた。しかしいったいこれは何事だろうか。一九七二年に、最後の数日を入院病棟で私と同室し、特別室で死んだ彼の経歴を辿っていくと、彼は一九六二年に死んでいたことが明らかになるとは。六二年に彼が死んだとすれば、七二年に私と同室した彼はいったい何者だったのか。六十年代に死んだ彼と七十年代に死んだ彼とは、はたして同一人物だったのか。それともまったく別人の跡を追って私は札幌まで行ったのだろうか。ようやく輪郭を現わしはじめた彼の経歴はほとんどどこで白紙に戻ってしまう。濛々とした白い霧がふたたび彼と私とを包み始めていた。手掛りも皆目摑めぬまま、私は雲を摑むような迷宮の中に途方に暮れ、疲れ果て、いつしかこの人探しから遠去かって行った。心のどこかに、彼のことがまるで自分の分身であるかのように、かすかに気にかかってはいたのだったが。生きている者はいつかは死者を忘れる。私も生業である本屋の店の拡張や町内会の仕事など日々のたつきにかまけて、いつしか彼と彼をめぐる謎から遠去かっていったのだった。

数年が過ぎた。昨年春、また体調をくずした私は憶い出したようにあのお城の見える病院に薬をもらいにいった。その窓口で私は院長が病気がちのことを昔なじみの看護婦さんから伝え聞いたのだった。院長の依頼を果せぬまま何となく敷居が高いように感じて遠去かっていた私は、ふと見舞かたがた院長を訪ねてみる気になった。退院して何年かのうちに、あの頃暗いセメント造りの牢獄のようだった入院病棟は建て替えられて、ガラス張りの明るい近代的なビルになっていた。エレベーターを降りて院長室を訪ねて行く廊下には、消毒液の臭いに混じって新しい建材の香が、ツンと鼻をついた。簡単な挨拶の後、私は院長に依頼された彼の経歴調べについてこれまでの経過を報告した。そして学歴と職歴の一部が明らかになったこと、しかし彼は六二年に死んでいたことなどをかいつまんで話をした。

「そうですか。あなたはあの仕事をずっとやって下すっていたのですか」。そうつぶやくと、院長はシミの目立つ洗いざらしの白いカバーのかかった大きなひじかけ椅子を立って、窓際に歩いて行った。後向きの院長の髪はあれ以来めっきり薄くなっていて、逆光を浴びて鈍い銀色に光って見えた。向こうには、遠くお城の天守閣が見えていた。「やっぱりそうでしたか。私は臨終に立ち合いましたから、彼が七二年のあの日に白血病で死んだことは間違いありません。しかし解剖の時、私は彼がその十年前に死んだことがあるのを発見したのです。十年前と覚しき黒ずんだ薄い凝血が全身の細胞組織に染みこんでいたからです。いわばこれは二重死です。いや六二年の死に立ち合った鑑識医が、すでに死後轢断だと言ったとすれば、あるいは三重死と言うべきかもしれません。あなたは人は一度しか死ねないとお思いですか。そうではないのです。人は何度でも死ぬことができる。医者である私がこういう非科学的なことを言うのは変だとお思いかもしれませんが、長年新聞の身の上相談を受け持ってきて、今ではそう確信しています」。私は一瞬幽鬼がものを言っているのではないかという戦慄を覚えた。しかし振り向いた院長は、いつもの、と言うより異様に優しい笑顔を浮かべて言った。「じつはあの後、あなたにはお報せしませんでしたが、病院を建てかえる時に旧病棟の倉庫の中からまちがいなくあの人の遺留品と思えるものが出てきたのです。あなたがやっている継ぎだらけの履歴書作りの参考になるかも知れない。お持ちになりますか」。そう言って院長は後ろのスチール製の大きなロッカーから、古ぼけた小さな風呂敷包みを出してきて手渡してくれた。中には、あの彼特有の右上りの稚拙な書体で書かれた三つの原稿が入っていた。

原稿一　春日狂想——青春と師と——

青春という季節が何かしら華やいだものに見えるのは、降り坂を降りていく者の目に映る夕映えの反照にすぎないのではないだろうか。その季節の中にいる者にとっては、青春とは暗い混沌でしかない。「諸君の前途には洋々たる未来がある」などとお偉方は宣うが、実感として彼の目の前にあるのは、茫洋とした未来、いや屏息《へいそく》した現在と自己嫌悪に充ちた過去だけではないのだろうか。

その頃、一日一日を彼は息をのんで暮していた。昭和二三年春、大学には入ったものの彼は学校にはあまり顔を出さず、バイトで日を送っていた。戦いが済んでいくばくもなく国中が飢えていたし、彼ももちろん食うためにバイトをせざるをえなかったのだが、そればかりではなかった。講義を聴きながら、あるいはデモに加わって歩きながら、不意にどこからともなく襲ってくるあの深いつれづれが、彼にはどうにも耐えきれなかったからである。学生向きのバイトを避けて、彼が職安を通じて見つけ出した口は、深川の茫漠とした埋立地で材木を運ぶ仕事だった。人に会うのはわずらわしく、口をきくのはいとわしかったから、広い埋立地の端から端まで、一本の材木を肩に一日何往復するだけのその仕事は、結構彼の気に入っていた。夏ともなれば東京湾の沖はるかに湧き上る白い積乱雲の壮麗の輝きが、空しさと傲りとに欝屈した彼の心を、遙かな放心に誘ってくれた。

それらの日々、彼が息をのんで耐え待ち望んでいたのは何だったのだろうか。それは彼自身にもよくは判らなかった。だが一つ言えることは、彼が大学に入った時に期待していたのは、どうも学問そのものよりは、師に出会うことだったらしい、ということである。師とは、彼にとって絶対的なものでなければならなかった。つまり「汝ら親を捨て家を捨てて我れとともに来れ」という衝撃を彼に与えてくれるものでなければならなかった。幸か不幸かその期待は充されなかった。結局彼の大学生活とは、こういう過剰な師への期待（甘え？）から自分を解放していく過程だった、と言えるかもしれない。

　しかしその道すがら、過剰な期待から醒めて再び大学に戻った時、随いていくことこそしなかったが彼はひそかに師と呼ぶに足ると思える人を目撃しなかったわけではない。

　二学期になって焼跡にコスモスの花の咲き乱れる頃、彼はバイトで得た金をはたいてヘーゲルの『精神現象学』を買い求めると、当時その訳者として有名だったK先生のゼミの教室に入っていった。彼と同じ電車を降り同じ教室へ入ってきた国民服の小男が（彼は小使いさんではないかと思った程だった）つかつかと教壇に上ると、ズックの鞄からテキストを摑み出していきなり喰いつくように読み出したのに、彼はまず驚かされた。同じ倫理学のW教授の紳士振りとそれはあまりにも対照的だった。先生のゼミはいわば独演の趣きがあった。そこには第三者の立ち入る余地のない緊迫感が溢れていた。結局彼は二年間ろくに解りもしないそのゼミに出続けたのだが、それは先生が学生なぞ眼中にないかのように、ヘーゲルという怪獣と面と向かい一対一で格闘しておられるその現場に立ち合っているのだ、という興奮が彼を捉えて離さなかったからである。

もう一つ彼は卒業までT先生のドイツ現代詩の研究の講筵に列っていた。それはインゼルの文庫をテキストにしたヘルダーリンの講読の時間だった。一人の学生が立ち上って、「先生、ヘルダーリンの神とはどういうものでしょうか」と質問した。先生はしばらく何かを抑えるように沈黙された後で、「あなたは今までにヘルダーリンの何を読まれましたか」と問い返された。「ええ、ヒュペーリオンを翻訳で読んだだけですが……」「あ、それならそれは何も読んでいないということですから原文で読んできて質問して下さい」。彼はいささか鼻白んだ。もう少し親切に教えてくれてもいいじゃないか。そこにはややキザとも言える神経質な慄えさえ感じられるではないか。だがやがてある想いが彼の裡に湧き上ってきた。おそらくこの問いは、先生が今、命をかけて問いつめておられる問いなのだ。この問いの前では、いわば教える者も教えられる者もなく、一人一人がめいめいの命をかけて問わなければならないのだ。先生は答えを吝まれたのではなく、いわば問う者の苦しさと問うことの重みを見せてくれたのだ。ここには彼がK先生のゼミで感じたのと同じ精神の戦いの現場がある。少なくとも問う者迷う者の赤裸々な姿がそこにあった。

　十幾星霜、彼は彷徨の果に今関西のさる大学の教壇に立っている。しかし彼は依然として社会的な役割期待のうちに固定された教師というものになじめない。師弟関係というどこか陰湿な匂いのする人間関係がやりきれない。一人一人が問う者迷う者としてめいめいの精神の戦いの現場に立つ、ということ以外に、どこに連帯の成立する地盤があるだろうか。「彼は人生を見渡しても何も特に欲しいと思うものはなかった。だが暗夜の高架線が発するあの紫色の火花だけは、命と取り換えても摑まえたかった」。青春の純粋さに殉じるためには、自らの命を断たねばならないと迄思いつめた、この国の早熟早老のある文人は、こう記している。すでに春を遠く、降り坂の上に立って彼はふと思うことがある。「おれはやっぱり今尚師の声を待ち望んでいるのかもしれない。そしてその声は、ひょっとすると、時折木洩れ陽に揺れる鬱然たる樹林のような、青春のざわめきの方から響いてくるのかもしれない」。彼はその方へ耳を澄ましてみる。春はまだ遠い。

原稿二　忘れえぬ光景

風景という言葉と光景という言葉の間には辞書などには現われない微妙な差があるような気がする。光景といえば、瞬時にひらめいて瞼に焼きついてくるなまなましさがあるのに対して、風景という言葉には、何かしらゆったりした時の流れに休らっているくつろぎが感じられる。光景にはいわば主体と切り結ぶきびしい動きが、風景には主体と離れたそれ自体の静もりがあるとも言えよう。以下に記すのは私にとって忘れがたい二つの光景である。

昭和二十年八月十一日の午過ぎ、私と友人とは長崎市の郊外、道の尾駅で汽車が出るのを待っていた。八月九日、当時熊本の五高に居た私たちは、長崎に新型爆弾が落ちたという報せを聞いた。有明の海の彼方に盛り上った不気味な茸型の雲が黒煙となって西の空を蔽うのが望まれた。「全員待避、全員待避」とラジオが絶叫したという報せは、たちまち私たち長崎出身者の間に伝わった。すでに六日、広島に新型爆弾が落とされ、少なからぬ被害が出た、どうやらそれは原子爆弾らしいという噂は、すでに熊本にも伝わっていたから、私たちは事態の容易ならざることを覚悟した。帰るべきか帰るべきでないか。やはり五高に来ていた兄と相談の末、長崎の家族の安否のさまざまの場合を考慮し、さしあたり私だけが、すでに動員態勢に入っていた学校を脱け出して長崎に帰ることにした。だが戦争も末期、鉄道はズタズタにされていたし切符も容易には手に入らない。私と友人とは上熊本駅まで歩いて、そこで徹夜の末、ようやく途中までの切符を手に入れると満員の汽車に乗り込んだ。筑後川の鉄橋は爆撃で落ちていたので、佐賀線廻り。途中切符を買い継ぎ、ホームで夜を明かし時には銃撃を受けて待避したりしながら、ようやく長崎の近くに辿りつくのには、三十何時間（現在では四時間）を必要とした。長崎より二つ手前の道の尾まできて汽車がストップしてしまったので、私たちは線路側の溝で飯盒飯を炊いた。しかし思ったより早く汽車が動き出したために、私たちはあわてて満員の汽車に乗り込んで、壊れたトイレで半煮えの飯をかきこんでいた。

それは原爆投下後長崎へ入る最初の汽車だった。線路はまだ完全には修復されていず、汽車は走っては又止まった。対向してきた列車には客車と言わず貨車と言わず負傷者がいっぱいだった。やがて壊れたり焼けたりした街が見え始めたが、私たちはもう空襲にも焼跡にも、ふくれあがった爆死体にも慣れていたから、尚がつがつと飢えを充たすのに懸命だった。だが汽車が次第に爆心地に近づいていった時、しだいに私たちは息をのみ、喰う手を止め、やがて茫然と言葉もなく立ちつくすほかはなかった。そこに開けてきたのはあまりにも異様な光景だったからである。繰り返して言うが残骸に充ちた焼土や点々と倒れ伏す負傷者や死体には、もう私たちはそれ程驚かなくなっていた。しかし爆心地に私たちが見たもの、それは何もない空間だった。そこには焼け崩れた家も瓦礫もなく、ただ白くのっぺりした地面が拡がり、わずかに土壁に入っていた竹片らしいものが点々と散らばっているだけだった。浦上の谷合いの斜面を埋めつくしていた家々の跡形もなく、段々きざみの崖だけが、人気ない古代円型劇場の廃墟のように何もない空間を囲んでいた。

折れた鉄骨やくすぶっている楠の立木、焼けただれて生死も判然としない人間、爆心地をすぎて、そういう物たちが見えてきた時、むしろ私はほっとしたのを覚えている。つい先頃まで私たちが動員されていた機械工場はまだ盛んに燃えていた。それを見たあたりでやっと私は現実に返ったと言っていい。あの爆心地の何もない広場、無のうちに露出していた白い地表。その光景が与えた衝撃は、人間を超えたものから到来し、人間を人間以下のものに突き落とすかのように私を叩きのめした。「人間がこれほどまでに貶められ侮蔑されていいのか」、国のために戦って死ぬことだけを念じつづけてきた私にとって、これは初めて知る国家を超えた人間そのものに関わる事態だった。日本がではなく「人間はついに敗けた」と私は言いようのない怒りの中でつぶやいた。だがその時、横にいた理科の友人が叫んだ言葉は私をさらに打ちのめした。彼は言ったのだ。「ああ、ついに科学は勝った」と。

幸いに爆心地から離れていたために、家は半ば壊れ家族も怪我はしていたものの、何とか無事だった。そして終戦。ひたすら確実な死を握りしめて生きていた私は生き残った。しかし焼跡を片づけ、負傷者を助け、死体を焼く作業を無感動に続けながら、私は私の心の中の何かが確実に死んだのを感じていた。

その時私の心の中で死んだもの、それが何だったかは測りがたい。しかし少なくともそれ以後、風景というものは私にとって色を失った。どのように山紫水明、風光明媚な風景に面しても、たちまちそれはあの時目撃した爆心地の異様な空白、何もない、無だけがある光景と二重映しになって消えてゆくのである。あの空白の光景は私の心象風景となって食い入り、外を見る私の眼を蔽ってしまった。いわば私は巨大な盲点のようなものを抱いて、街々を、そして自然の風物の中をさまようことになった。移り変わる風景の一こま一こまは、ただ果しない生フィルムの空転のように見えた。わずかにルオーの画いた太陽やノルデの画いた夕映えの雲などに、失われた風景を垣間見る想いだった。

一〇年が過ぎた。世の中は再び平穏に復し、私は北海道に渡り、北大に奉職する身となった。ある日ふと私は思い立って友人と二人、大雪山に登ることにした。それまでほとんど大きな山に登ったことのなかった私には、登山というものが何であるかも判然とはしなかった。どうせどこへ登ろうと、しょせんは自分の重たい心を抱いて登るのであり、何を眺めようと自分の心に焼きついたあの空白以外に見えるものがあるだろうか。私たちは運動靴をはき、デパートの食品売場でおにぎりときゅうりの漬物ぐらいを買い、防寒具も登山用具もなく、無謀にも旭岳から黒岳を縦走することにしたのだった。天候に恵まれたのが幸いと言うほかはない。天人峡からユコマン別まで歩いて一泊し、まだロープウェイもなかった二九七〇メートルの旭岳に一気に私たちは登っていった。そして旭岳の頂上に立って、はるか大雪山の旧噴火口を取り巻く峯々を見渡した時、私は言葉もなく凝然と立ち尽した。一瞬私はそこにあの浦上の爆心地の何もない空間を取り囲む谷合いを見たように思った。しかしその空白は今までのように風景を色褪せ蔽い隠してしまいはしなかった。逆に私の眼を蔽っていた空白の膜が破れて、雪渓のあわいにそそり立った大雪の嶺々のうねりが、その上にひろがる碧落の深さが、一気に私の心の底まで流れ込んできた。はるか白雲岳、黒岳、北鎮岳、烏帽子岳などの嶺々に囲まれた噴火口の赤茶けた地肌を縫って、一筋の雪解け水の流れが、大峡谷となって層雲峡の方へ落ちていく。それこそあの大石狩川の源流なのだ。自然という釣鐘に当てられた衝撃の殷々たる響きの鳴りやまぬ中に、私は空白の心を破って流れ出すせせらぎの音を聞いていた。その時山頂の風景の中に立ち尽す私が、どのように小さく見えたことだろうか。

(八)

原稿一と二とを息もつかずに読み了って、私は数年前に追い求めた彼の経歴が、ふたたび鮮やかに目の前に浮んでくるのを感じていた。彼が少年時代を送った九州の街とは長崎だったのだ。そこで彼は原爆に遭っているのだ。その体験は少年の彼にはいかにも大きいものだったのだろう。十数年、彼の風景からそれはあらゆる色彩を奪うほどのものだったのだから。そう言えば、今度の原稿のトーンは、前の少年時代の想い出に比べていちぢるしく暗い蔭を濃くしているように思える。一九四五年から五十年にかけて、戦後の青春はこのように暗いものだったのだろうか。そこにはもっと湧き立つようなドヨメキがあったのではなかったのか。とにかく九州の高校を出て、彼は東京の大学へ進んでいる。彼が札幌での研究課題とした減少額や弁償法、減る駄林と紙の問題などは、すべて大学時代の素養の延長だったこともわかってくる。こうして明らかに九州から東京へ、そして札幌へという道筋が一本の線となってつながっていくのだった。しかし問題は、その軌跡が六二年の彼の交通死によってプッツリと切れてしまうことだ。数年前の私の踏査行が挫折したその点はいったいどうなっているのだろう。手がかりはある。原稿一の終わりの方で彼は「今関西のある大学の教壇に立っている」と言っているではないか。その地点に立って彼は青春を遠望しているのだ。九州から東京へ、そして札幌へという軌跡の中に関西の入ってくる余地はない。とすれば彼は中年のはじめに関西へ流れていったと考えるほかはない。それは六二年の交通死以後のことではないか。私は札幌で最後に会ったあの鑑識医のおびえたような狡猾そうな笑顔を想い起こした。そうだ、彼は嘘を言ったにちがいない。下宿の小母さんの話では、彼がはねられた現場の目撃者は大勢居たという。しかし彼が死んだことを証ししたのはあの鑑識医一人しか居ないのだ。とすれば結論はただ一つ。あの証言は嘘であり、彼は生きていたと考えるしかない。だからこそ一九七二年にあの病院の入院病棟で私は彼と同室し、そしてそこで彼の死を見送ったのではなかったか。六二年の秋に彼が北大の正門前で車にはねられたのは事実なのだろう。そして救急車でどこかに運ばれたのも事実なのだろう。しかし果して彼はその時即死したのかどうか。あるいは彼は重傷を負っただけで、収容された病院を脱走し、関西へ流れてきたのではなかったのか。病院の奥は伏魔殿だ。知らぬ間に重傷患者に脱走された病院側は、その事実を隠すために、あの鑑識医と共謀して虚偽の鑑定書をデッチ上げ、一件落着ということにしたのにちがいない。とすれば残る問題は、その後関西に流れてきた彼が、どこかの大学の教壇に立っていながら、何故に入院と脱走をくり返し、行き倒れのように死んでいったのか。その一点にかかってくる。そのプロセスさえ埋められれば、とにかく彼の継ぎだらけの履歴書は七二年に至る迄貫通した形で復元されることになるだろう。そう期待しながら私は原稿三を手にとって見た。「現代死相」のために、と但し書きのある原稿は、ほぼ次のようなものである。

原稿三　思想における光と影、そして闇

われわれの現在にまで連続しているのは光の二十年代なのか、影の三十年代なのか、そういう問いを追いつつ、はしなくもブロッホという暗闇と、その彼方の異様な光芒の予感に出会って読者は戦慄する。二十年代、三十年代という思想史上の常用の図式はここでは役に立たない。なぜなら、ブロッホにおける時代区分は、今様の歴史意識の画く個々の段階を超えた宇宙論的「世界時代《ヴェルトアルター》」（シェリング）の区分であり、そこで行われるのは、これまでの一切の歴史が完全に暗黒であるが故に光がありうるという希望の弁証だからである。『希望の弁証法』と題されたK氏の新著は、S氏が「自然法」論の角度からその一端に触れたブロッホ像とはまた別のブロッホの相貌をわれわれの前に打ち明けて見せてくれる。それは「丸楠主義を西欧的文化形態の正統にひき戻そう」とするよりも、むしろ「丸楠主義を秘教的異端の伝統のうちに同化しよう」とするもののように見える。

エルンスト・ブロッホの名が喧伝されてからすでに久しい。東独ディーツ社版の彼の著作が、ルカーチと時を同じくして次ぎ次ぎに入ってきたのは、戦後間もなくの、今から三十年近くも前のことではなかったろうか。しかしルカーチの方が、見る間に賛否両論の渦巻きのうちに脚光を

浴びていったのに対して、ブロッホの方は、未だに未踏の暗黒大陸のように、その内部をヴェールのかげに隠し続けてきた。かなりの人々がブロッホの本を手にした筈である。しかし時折接岸する探検船も、異様な海岸線の光景に恐れをなして、内陸に踏み入ることはなかった。独特の出だし（いわゆるブロッホ的端緒《アンファング》）の持つ魅力に打たれながらも、表現主義の詩を想わせる独自の文体、通常の理論的解明を絶する難解な思弁、倦むことをしらずに語られる混沌の巨大さと暗闇の深さ、これらが読者を辟易させ、なまなかの好奇の接近を拒絶してきた。今度一冊にまとめられたK氏の『希望の弁証法』は、この処女地としての暗黒大陸に、少なくも日本人としては初めて、深く分け入った――それもたんなる好奇心ではなく、ある内的必然性をもって分け入った――孤独な探検家の貴重なドキュメントである。………

　この暗黒大陸に分け入るのに、なまなかの語学力では歯が立たず、通常の理論的装備は無効であるという窮境の中で、氏が手がかりとしたものは何だったか。それはさしあたり、革命的メシアニズムの根源に帰ることによるマルクス主義の再生、あるいはマルクス主義による自己の再生という祈念を、ひたすら保持し続ける貞潔な痛覚のようなものとしか言いようがない。この痛覚をほとんど唯一の指針として、方向と姿勢を正しながら、著者は一九一八年の『ユートピアの精神』から第二次世界大戦の亡命中に書き継がれた大著『希望の原理』に至る一線に、この大陸の背景をなす山脈が走っていることを見抜き、その間の螺旋的な内面的成熟と孵化と変容の痕跡を、一方で謎めかしい原テキストを読み解き、他方で同時代のさまざまの批評者の批判を突き合せることによって、丹念に跡づけていく。こういう態度は、この暗黒大陸に外部から闖入して財宝を劫掠しようとする冒険家のそれではなく、むしろ困難な思想の旅を共に旅しようとする道づれのそれであり、音楽的に発想され叙述されたテキストを楽譜として弾こうとする演奏家のそれである。交響の響きは、まさしく高鳴ったと言ってよい。このような対象と主体との節度ある一致を核とした態度が、たんに最初の理解者、紹介者というより以上のもの、つまり生きた思想把握の水準と品位とを本書に付与しているように思われる。

だがそれにしても……

二十年代の明るさと三十年代の暗さと、そして時代を超えて包む巨大な暗闇と、そして視覚的には捉えがたい豊饒な虚無の内に、一切が闇か光かの「あれかこれか」（二者択一）を迫る何者かの声が響いてくる。光と影が交錯し、闇と明るさが暗転して私は目醒める。ここは明るい病室、ブロッホが嫌った、あのアウラなきガラスとコンクリート建築の近代的病院の一室である。三冊の本が私に与えてくれた読書のよろこびと衝撃は大きかった。しかしこの近代的病院のうちに心身を管理されて、ひたすら衝撃《ストレス》を避けつつ潰瘍の癒えるのを待つしかない病人の軀に、この衝撃がどう響くか、それは近代医学の判定にまつしかあるまい。それが肯定的《ポジティフ》に働くという不逞な希望を胸内に秘めつつ、このささやかな読書の旅を了えることにしよう。

ざっと目を通して私は半ば呆然とした。何やらこれは書評らしいが、こういうむずかしい文章は、学のない私にはほとんど理解できない。だいいちここには彼の六十年代の足跡を辿る手がかりは何もないではないか。終わりの所を見ると病院が出てくるから、彼はあの入院病棟でこういうむずかしい文章を書いていたのだろうか。途方に暮れた私はふと末尾を見て愕然とした。そこには、「子もらふ慈悲乞う」著、『鬼謀の弁償法』　散逸書房　一九七八年刊　と記されてあったからである。私が驚いたのは、この異様な名前に対してではない。私のように近所の団地の奥さんや子供たち相手の本屋をやっている者には、こういう学術書めいた本や著者に馴じみが薄いのは当然なのだが、驚くのは、この出版年次だ。六十年代の彼の死が欺瞞であることに想い至って、やっと関所を突破し、これから七二年の死までの足跡を追おうとした矢先に、いったいこれは何事だろう。七二年に彼は死んだのではなかったのか。

　この衝撃に耐えるのはむずかしかった。こんなことがあっていいのだろうか。死んだ彼が死後に出た本の感想を書くなどということが。もう一度私は原稿を見直してみた。まごう方ない彼の書体だ。ここ数年、彼の原稿や断片に親しみ、それを手がかりに、履歴の再構成に浮身をやつしてきた私が、彼の筆跡を見ちがうわけはない。とすれば、彼は七二年後も生きていたのだろうか。だが彼の死を、私はこの目で見とっているのだ。

　彼が七二年に死んだのは事実だ。しかし彼が七八年に出た本の感想を記しているとすれば、彼がその後も生きていたことはやはり事実だ。この動かしがたい二つの事実の間で私は立ち尽し、考えあぐねた。死の意味は死の事実より重いなどということはない。死こそ事実そのものが意味である唯一のものだからだ。数日間考えあぐねて、しかし答えはどうしてもでてこなかった。しかしその数日の間に、私は彼の履歴を再構成するという仕事への情熱が、急速に私の内で冷えていくのを感じていた。私は最後の数日を私と同室し、死んで行った彼の霊をとむらうために、この仕事に熱意を傾けてきたのだ。しかし彼が死んでいなかったとすれば、そして今も尚生きているのだとすれば。私は生きている者の履歴には興味がない。一回かぎりの死という唯一つの確実性から出発して、私はそれまでの彼の経歴を辿ってきたのだ。生を明るませることによって、死のかげを和らげるために。だがその死がなかったとすれば、彼の生は彼に任せておけばいい。「生者をして生かしめよ」だ。

私は彼の原稿を古ぼけた風呂敷に包み返し、ボストンバッグとともに押入れの隅に放り込んでおいた。あの院長に送り返し、あなたは何故私をだましたのですか、彼はその後も生きていたのに、なぜあなたはそれを隠していたのですか、と問いただしてみたい気が起きないではなかったが、「人は何度でも死ぬことができるのですよ」と言った時の、あの異様に優しい院長の笑顔が、猛り立とうとする私の心をなえさせていった。疑心暗鬼の中で私はとつおいつ考えてみた。第一に、あの時の彼の死が事実だったのかどうか。たしかにあの時、彼は私の部屋から危篤者用の特別個室に移され、数日後それとなく死が伝えられ、運び出されていく白布に蔽われた担架を私は目撃している。それは普通なら当然彼の死を裏書きするものと受けとっていいだろう。しかしもしそこにある作為があったとすれば。何度も繰り返してきたように、又もや彼が重病の床から脱け出して病院を逃亡したのだとしたら。そして病院側にそれをひた隠す意図があったとしたら。私が直接に彼の死顔を見ていない以上、そういう脱け道は客観的にはありえないことではない。しかしそうだとすれば、第二に、何故に病院側はそういう作為をしてまで彼の死を装わねばならなかったのか。悪意をもって私は想像してみる。そこには何か後めたい所行が、たとえば生体実験に彼は使われていたのではないか。ひょっとすれば私の切りとられた内臓が彼に移植されたのではなかったのか。それを隠すために……。いやいやと、院長の笑顔を想い浮べながら、私はそういう悪魔的想像を打ち消す。そして善意をもって考え直してみる。彼は原爆症だったのだ。彼は直接に被爆はしていないにしろ、爆発後最初の列車で爆心地に入り、そこで救援活動に従事していたのだ。彼が目を悪くしたのも羽出蛾の鱗粉ではなく、原爆の故だったかも知れないし、彼の白血病もやはり原爆症だったのではなかったか。何よりも彼の心が受けた痛手は致命的だったのだろう。そういう過去を消すために、原爆の記憶を打ち切ってそこから彼を救い出すために、社会的には死んだことにして、院長は彼をひそかにどこかの病院に移したのではなかったのか。「生者をして死なしめよ」、「死者をして生かしめよ」。そう院長は言っているかに見える。

昨年秋、新聞は、城の見える病院の院長の訃を報じた。自ら骨髄腫に侵され、自らに局部麻酔による手術の執刀をくり返しながらその人は遂に世を去ったという。「ああ、これですべては闇に包まれてしまったな」と私は思った。私の目の前で死にながら、しかもその死さえさだかでない彼の生死を知る唯一人の人が死んでいったことで、すべては終わったのだ。

しかし今私は信じている。おそらく院長の言ったことは正しかったのだ。人は何度でも死ぬことができる。死ぬためには人は生きていなければならないだろう。だが逆に言えば、生きるためには人は何度でも死に続けなければならないのだ。彼の二度三度にわたる死は動かしがたい。しかし同時に彼が生き続けたことも動かしがたい。この二つが矛盾でなくなる地点に院長は立っていたのだろう。そういう地点から見るかぎり、少なくとも人の生死は、昆虫を展翅板にピンで止めるように、時間系列に沿って体験を羅列して行く履歴書という形式では捉えられないものなのだろう。私はもはや履歴書作りを放棄した。そして彼の死にかかわらず尚彼が生き続けていることを、そして生きるために死に続けていることを、信じることにした。

「どなたか彼のその後の消息を御存知の方はいらっしゃいませんか。御一報下さった方には薄謝を呈します」。だがこの新聞広告への応答は、一九八三年春現在どこからもまだ来ていない。

長靴の話　あるいは「カントと形而上学の問題」

前口上

　これは長靴が本になりそこなってさつま芋に化けてしまったお話です。長靴はナガグツではありません。チョウクヮと読みます。戦争中、兵隊さんたちはくるぶしまでの編上靴《ヘンジョウクヮ》をはいてゲートルを巻いていたのに、将校たちは膝までくる赤い一枚皮の長靴をはいていたのです。つやつやした光沢に輝くその長靴は、それはりっぱなもので、帝國陸軍の威信を象徴するもののように見えました。だから子供たちは、それをはいた将校が向こうから歩いてくると、まるで靴だけが歩いているように、それに見惚れていたものでした。その長靴が本になりそこねて芋になってしまったのです。何としたことでしょうか。

（一）

　その本を彼が見かけたのは、銀座の、とある古本屋の本棚でした。薄暗い壁の上の方まで、ずらりと並んでいる洋書の背文字を、見るとはなしに追っているうちに、ちょうど眼よりも少し高いあたりで、何かがチカッと光ったように見えました。背筋を伸ばすようにして、彼はそこにその本を見つけたのでした。「ううん、これか、これがあの……」。手についた埃で白いページを汚さないようにしながら、「カントと形而上学」という表題のついたその本をゆっくりと手に取ってみました。戦争以来まだ輸入は途絶えていたので、大学の図書館へでもいかないかぎり、洋書にお目にかかる機会はまずなかったのです。開けて見るとドイツ語がいかめしく横に並んでいて、知らない単語の方が多いぐらいでしたが、彼はまるで整然と進んでくる分列行進を閲兵する軍司令官にでもなったような気になって、しばらくはキラキラと寄せては返す活字の行列に見惚れていたのです。ようやく何かに出会えたという想いでした。「おれが求めていたのはこれだったのかもしれない」。尚しばらくは名残りを惜しむようにしながら、それでも彼はもう一度ポンと埃をはたいて本を元の所に戻しました。閉じる時に裏表紙に書かれた九百円という値段を示す数字がチラと眼に入りましたが、それは強いて見なかったことにしました。九百円というのは、当時の学生の一ヵ月の生活費に相当する金額でした。そういう大金が懐中にないことはもちろん判っていましたが、だからといってこのささやかな満足感を喪うのは、いかにも残念に思えたからです。「いつかはこれを。いやこれを買えなくてもいい。同じのが大学の研究室にあるだろう。いつかはそれを」。はじめて目の前が少し明るんでくる想いで彼は表へ出ました。外に出ると生ぬるい春風の吹く銀座通りをアメリカ兵を乗せたジープが駆け抜けていました。「秋風やジープの走り無心なれど」というどこかの雑誌で見た誰かの句がふと想い浮かびましたが、彼はフンと思いました。もう春だ。おれはもうそんな所には居ないぞ。「春風やジープたばしる都大路を」、そんな滅茶苦茶な句を口にしながら、彼は入る時とは打って変わった軽い足取りで、地下鉄の階段を降りて行ったのです。

（二）

じつはその日、彼は本郷の大学に入試の発表を見に行ったのでした。試験は三月の始めにもう済んでいて、九州から出てきた彼は発表になるまで、埼玉の田舎にある母方の祖父母の所に身を寄せていたのです。それは東北本線が利根川を渡るたもとにある小さな街で、母親の実家は、代々そこで米穀肥料問屋を営んでいました。子供の頃、彼の一家がまだ東京の近くに住んでいた頃は、よく母親に連れられて、彼はここに遊びに来たものでした。寺岡善八商店という古めかしい看板のかかった表通りの格子戸をくぐると、正面に黒ずんだ帳場があり、横の土間には、米俵やタイヤのように円い形をした黄色い豆粕の肥料などがうず高く積み上げられていました。店を抜けると奥の方、堤防に向かって緑色の緑青を塗った塀が延び、それにそって石畳の庭が続く奥には、昔利根川下りの廻船業を営んでいた名残りでしょうか、大きな土蔵がいくつも白塗りの壁をつらねていました。店ではモードンとかサードンとか呼ばれる小僧さんたちが、家ではキヨヤとかヨシヤとか呼ばれるねえやたちが大勢甲斐甲斐しく働いていましたが、その間を縫って、彼はよく兄や従姉妹たちと鬼ごっこや隠れんぼに興じたものでした。

しかし小学校の半ば頃、父の転勤に伴って一家が九州に移ってからは、一度もここを訪ねることはありませんでした。戦争、そして敗戦、ようやく少年期を了える頃、ほとんど十年振りにやってきてみると様子は一変していました。戦時中の統制に続く戦後の物資の欠乏で、米俵の山は跡形もなく、古びた家屋敷はそのままでしたが、すっかり荒れ果てて、使用人の影もない家の中はガランとしていました。満州に一旗上げに行った上の叔父は未だ引き揚げてこず、学徒出陣した下の叔父はフィリピンで戦死していました。その上農地解放で、ほとんどの土地も失った祖父が、めっきり老けこんだのも無理からぬことだったのでしょう。「おじいちゃん。ハエトマルトスベールって何だか知ってる」などとからかっては怒鳴られた祖父の頭の光沢も、心なしか艶を失っているように見えました。そればかりではありません。前の年の秋にはキャサリン台風が関東平野を襲い、この町のすぐ上手で利根川の堤防が決壊したために、堰を切った濁流が町を浸し大勢の死者を出したのでした。それから半年以上たった今でも、母屋こそ片づけられていましたが、壁には二階近くまでその爪跡が残り、土蔵にはまだ白茶けた泥がいっぱいにつまっていました。

三月始めに入試は終ったのに彼がそのまま居残っていたのは、べつに通るという自信があってのことではありません。もちろん受験に出かける際に、はやばやと東京で生活するためのふとんや荷物を持たせた母の目算では、当然入るものと決めこんで、二度出直す汽車賃を節約するという気があったのでしょう。本人にしてみればずいぶんと重荷な話なのですが、原爆に傷ついて以来、半病人の父が休職中だった家計のことも考えると、それも無理のないことだったかもしれません。それに何よりも、洪水の跡片付けをするためには、彼の労働力が必要だったのです。入学者発表の三日前には、戦死した叔父の葬儀が予定されていて、祖父にしてみれば、それまでに何としてでも、泥流につかった土蔵や墓を元どおりに洗い浄めておきたかったのでしょう。受験を了えて帰ってくるなり、連日彼はそういう労役に使役されることになりました。しかし庭の玉砂利の間に落ちた松葉を火箸で拾って歩くほどの綺麗好きだった祖父の、気の済む迄片づけることなど、とても無理な話でした。それに地主の旦那気質が抜けきれず、癇性な上に勤倹禁欲を至上倫理としているような祖父は（昔は人目がない所では下駄がすり切れないように、それを手にかかえてはだしになって歩いたとさえいう話でした）、「おいっひろし、隣の豆腐屋へ行って昨日かけさしてやった電話代十銭取ってこい」とか、「お前の母親の教育費にはこれだけかかった」とか言って、昔の大福帳を持ち出してきたりしては、彼を居たたまれない想いにさせるのでした。受験勉強などにそれほど精魂使い果していたわけではありませんでしたが、誰でも栄養失調にかかっていたような当時の食料事情の下では、彼も心身ともに憔悴していて、憑かれたような祖父の叱咤に耐えながら連日労役に従うのは、ずいぶんと消耗な業でした。

それでも予定されていた日には大勢の親戚縁者が集まり、とにかく無事に葬儀が行なわれました。しかし読経の声が起こり、焼香の煙の中にきらきらと金の衣が舞い、人々のすすり泣きが聞こえる中で、彼は何ものへとも知れない怒りが、幾重にも虚脱した心の奥から激しくつき上げてくるのを感じていました。ここにその日の日記があります。

「今日で森男叔父さんの葬式は終わった。習慣の中に死んでいる人間たちが、一つの断絶をまぎらわしたいために、ことさらこういうことをやりたがるのだ。弔辞がつぎつぎに読まれ、あちこちからすすり泣きが起こった時、私は例えようもない怒りに頭の血管が破れそうな気がした。虚偽だ。いや罪悪だ。ここには森男叔父さんは居やしない。叔父さんはどこか別の所に居る。いったいここにいる人たちは誰を祀っているのだろう。だがそれでいいのだ。叔父さんは何も自分を他人に理解してもらおう等とは思わないし、ここで皆が薄暗い本堂に集まり、金襴の衣がひらひらと舞い、線香の煙の中に木魚と念仏の響きがこもって鳴り合う景色を、ふと振り返ってニッコリ笑ってくれるに違いない。そして再び前を向いて、暗い向こう側に身を向けるに相違ないのだ。果てしない憂愁が私を捉えた。焼香が次ぎ次ぎにあげられて木魚と念仏が一段と高くなった。台の上の蠟燭がふと燃え切れて、白い蠟の塊りがぽとんと落ちて床に転がった。連日の激労と不眠で疲れ切った体内を血が音を立ててかけ廻るのが感じられた。それでも私は坊さんの表情が銅像のように見える面白さに、この儀式の美的効果と魔術性を考えることで、この重苦しい退屈さに耐えることにした。だが結局何もありはしない。ここには何もありうる筈がないのだ」。

（三）

それが三日前のことでした。その朝彼は格子戸を開けると店先まで送りに出た祖母に「では見てくっけんね。ばってんどうせ駄目ばい」と長崎弁で挨拶すると、そそくさと家を出ようとしたのです。すると祖母は「あっ、ちょっと待って」と彼を呼びとめると、店の奥から大きな紙包をかかえてきました。ゴワゴワした油紙を解くと、中から出てきたのはりっぱな陸軍将校用の長靴でした。「森男の遺品だけど、これはいてお行き」。赤皮がテカテカと光ったその長靴は、古びたスフの国民服姿の彼には、いかにも仰々しくて、照れくさく思われましたが、入試の発表を見に行く彼をはげまそうという祖母の心づかいも感じられて、ちびた古い短靴をそれにはきかえると、歩調を取るような恰好を気にしながら彼は表に出てきたのです。汽車は相変わらず混んでいて、やっと着いた上野駅は買出しの人たちや浮浪者でごったがえしていました。腐臭に充ちたような構内を出ると、彼は上野公園を抜けて不忍の池の方へ、長靴をきしませながら歩いて行きました。池の水はほとんどなく、枯れ朽ちた蓮の葉が、乾いた傷口の血糊のように、底の泥にこびりついていましたが、柳はもううっすらと芽を吹いて春風に烟っていました。この道を走ったんだっけな。二週間ほど前の入試の日の朝のことを彼は想い出しました。あの日も汽車はものすごく混んでいて、やっと窓からもぐり込んだまま、身じろぎもできない満員列車は、予定より一時間も延着しました。上野へ着いた時、時計はもう入試開始時刻を廻っていました。息せきって彼は小走りにこの道を急いだのです。弁天様を過ぎたあたりで、ようやく彼は足をとめて、こらえていたものを枯池に向かって放水しました。乾いた蓮のわくら葉に春の水が滲み透っていくようでした。その気配に目を醒ましたのか、横の植え込みの向こうに寝ていたらしい浮浪者が、むっくり起き上って、大きな伸びをしたのに彼は驚かされました。その男はまとっていたボロボロの上着をぬぐと、背中にくっついていた枯芝や塵をはたきながら朝日に向かってバタバタと振って見せました。すると無数の白く輝くものが、キラキラと逆光をすかして、意外にたくましいその男の半裸の筋肉に振りかかったのです。虱だったのでしょう。でもそれは朝日に輝く豊麗な爆布の飛沫のように見えました。その白い輝きを一瞬眩しいものに感じながら、彼は風呂敷包を持ち直すと、一散に本郷の丘の方へ馳け出していったのでした。

それが二週間前のことでした。しかし今日は不忍池の畔には人影もなく、裏門から構内への坂を登って行くと、三四郎池を取り巻く木立も、めっきり緑を濃くしたように見えました。しかし彼の心は重たかった。あんな答案を書いて入れてくれるわけがないじゃないか。あの日彼が試験場に馳け込んでいくと、もうとっくに試験は始まっていましたが、どうにか中には入れてくれました。でも他の受験生が一斉に背をかがめて一心に鉛筆を走らせている中で、アタフタと座席について問題を見た時、思わず息がつまるようでした。それは国語の時間でしたが、彼の目に飛込んできたのは「芭蕉と心敬を比較せよ」という問題でした。心敬なんて、高校時代ろくに国文学史の講義に出なかった彼には、見たことも聞いたこともない名前でした。ええい、もうどうにでもなれ。自棄になった彼は芭蕉についてだけ勝手なことを書きまくることにしました。覚悟を決めた彼は、芭蕉の「荒海や佐渡によこたう天の河」の句とパスカルの「宇宙の無限の沈黙は私を怖れさせる」という文句の共通性を指摘し、日本実存主義文学の伝統の中に芭蕉を位置づけて椎名麟三にまで及び、最後に、心敬は一面においてこれと共通するも他面において異なる、と書いて答案を出したのでした。ひどいものです。三倍あまりの競争率、全国から秀才どもが集まってくる試験に、あれで入れる筈がない。彼の脳裏にふと九州を発つ時に彼を送り出してくれた母の顔が浮かびました。すでにふとんや机を持っておれは上京してきたのだ。落ちるわけにはいかない。しかしほんとうはどうでもいいという感じでした。入るとか落ちるとかいうこと自体がどうしても現実性を持って感じられないのでした。入ろうが落ちようが、そういうことが今のおれに何の関わりがあるのだろう。おれ自身は何も変わりはしないのに……。おそらく彼には未来への感覚がまったく欠落していたのでしょう。いや未来への意志が欠けていたと言うべきなのかも知れません。あらゆる未来からずり落ちたまま、こうやってうつむき加減にノタノタと坂を登って行くこの現在の自分以外に、いったい何があるというのだろう。

　御殿下のグラウンド横から坂を登りつめると、文学部のアーケードの裏口あたりに人だかりがして、白い紙が張り出してあるのが見えました。運命の重い軛に首を突っ込む想いで右から左へと視線を動かしていくと、彼の名前が無表情にそこに書き出されているのが見えました。そうかおれは入ったのか。別によろこびも湧いてはきませんでした。むしろ待ち望んでいた決定的な断絶の代わりに、時間の連続する橋が、平凡に目の前に現われたという想いでした。もの憂気に彼は首をまわして、東京に居残る彼に結果の通知を頼んで九州に帰っていった友人の名前を探して見ましたが、それは見当らないようでした。人だかりのざわめきを後に、彼は三四郎池の方へ降りていって、水面を見降す樹蔭のベンチに腰を下ろしました。池の水はどんよりとよどんで何も映してはいないようでした。重たい疲労が湧いてきて、彼はそのままよどんだ水の濁《ニゴ》りのような記憶の中に身体ごと沈んでいったのです。

　この十日あまり、彼はあの母の実家のある街で、戦死した叔父の葬式の準備に追いまくられていたのでした。洪水で浸ったお寺の先祖代々の墓も水浸しになり、彼は祖父の命令で墓石を横にかかえ下ろし、墓穴の中にもぐりこんで、たまった水を汲み出さなければなりませんでした。墓の穴の中に入るのは初めてでしたが、入って見ると中はひんやりとしていました。その暗い穴の中に溜っている青みどりの水。これは昨年の洪水で浸入してきたものなのか、それとも何百年もかかって溜まった先祖代々の水なのでしょうか。狭い穴の中に身をかがめ、バケツで汲みとっては外にいる祖父に手渡しているうちに、しだいに水は減って、底の方にいくつかの骨壺が出てきました。手にとってみると、それはガシャガシャと音をたてて狭苦しい墓穴の中で反響しました。その時ふと彼は思ったのです。これはおれの骨壺で、今音を立てているのはおのれのくずれた骨なのではないだろうか。「ひろし！　何をしとる。早うせんかい」。外で怒鳴る祖父の声に彼はハッと我れに返りました。そこまで想い出して、ほんとうに彼は我れに返ったのです。ここはあの田舎の街の墓の中ではない。三四郎池のほとりでした。緑色に濁った池の水底から、彼は視線を振り切るように空を見上げました。いったいおれは何を見つめているのだろう。そんな所を見つめてはいけない。とにかく何かやるべきことをやらなければ。やるべきこと、それはさしあたり九州の友達に電報を打つことでした。彼は正門を出るとその先の郵便局に入っていって頼信紙を手にとりました。入試に落ちた友にどんな文面がふさわしいか。サクラチルとかケンドチョウライヌキスとか、そういう場合の出来合いの文句は、彼にはうとましいように思われました。できる限り率直で端的な言葉を。そこで彼は、鉛筆をとると、ザンネン・オチタと書いて、そしてそんな文句しか書かなかった自分に腹を立てながら、そこばくの金を払うと郵便局を後にしました。やるべきことがもう一つ彼に残されていたからです。

（四）

今朝出がけに、彼は祖母から一つ頼み事を受けていました。「お前時間があったら白木屋の食堂に居る楠木さんていう人を訪ねてみてくれないかい。戦死した叔父さんの部下だったとかで、今度南方から引き揚げてきたらしいの。それ、お前がはいてるその長靴、それを遺品だといって送ってくれたもんで。お前お礼かたがた行って、何か森男のことを聞いてきておくれ」。日本橋の白木屋まで、大学の正門前から市電に乗ればそんなにはかかりません。エレベーターはまだ復旧してなかったので、七階まで下から階段を登っていくと、美味しそうな匂いが上からふんわりと漂ってきました。腹がへっていた故ばかりではなく、それはなつかしい生き生きとした匂いでした。昔子供の頃、東京へ連れてきてもらって、デパートの食堂でお子様ランチを食べるのが、無上のよろこびだったからです。レジの女の子に来意をつげると、やがて呼ばれて出てきたのは、案に相違してウエイトレスの女の子でした。あんた、男の学生が訪ねてきてるわよ、とか何とか同僚に言われてきたのでしょう。エプロンで手を拭き拭き、その田舎っぽい女の子は、にきびが健康そうに吹き出た赤い顔を、期待と媚でいっぱいにしながら、それでも幾分けげんそうに、「あたい楠木ですけど、あたいに何か」と口ごもるように言いました。「あっあのお、楠木さんて、今度南方から引き揚げてきた男の人居られませんか」。「何よ、コックの楠木さんのことなの。そんならそう言ってくれたらいいのに」と、その子はプイと調理場の方へ戻って行きました。代わって出てきたのは、小柄で顔が小さいわりに、まぶたの薄い眼だけが大きく開いた、顔色の悪い男でした。「あの、戦死した寺岡森男の身内の者なんですけど、このたびは、遺品のこの長靴を送って下すったそうで、どうも……」と挨拶しかけると、一瞬その人はチラと長靴を見て、おびえたような視線を凍らせると息を飲みました。そして傍のテーブルに手をついて、何やら口ごもるようにしていましたが、突然その人の口からほとばしるように出てきたのは、「小隊長殿は、寺岡小尉殿は、帝国軍人として、りっぱに、まことにりっぱに……」という言葉でした。そして絶句したなり、へたへたと傍の椅子に腰を落とすと、テーブルにがばと面を伏せて、「申し訳ありません。済みませんです。私一人だけ。かんべんして下さい」と肩をふるわせ始めたのです。予想外の成り行きに、いささか彼も面喰らって、「いや、僕はただお礼を、そして何か叔父の消息についてお話を」と言いかけたのですが、その人は面を伏せたまま「知らない！　私は何も知らないんです」と激しく頭を振るだけでした。そろそろお昼時で、食堂にはボツボツお客も入ってきていました。途方に暮れて立ち尽しているうちに、その人はいきなり立ち上ってこちらを見ないまま顔をこすると、「一寸待って下さい」と調理場の方へ駆け込んでいきました。しばらくして戻ってきた時、もう先程の興奮の跡はありませんでした。そして蒼白い顔に大きな目を引きつらせたようにしながら、黙って手で下げるように結ばれた一箇の折詰を差し出したのです。「そうですか。どうもありがとう」と彼は言って、黙ってそれを受けとると食堂を後にしました。この人はこれ以上何も言わないだろう。人にはそれぞれどう仕様もない過去がある。バタアン戦線からコレヒドール島へ転戦して死んだという叔父の身に、何があったかは知る由もないが、そしてこの人はたしかに何かを知っているようだが、それが言いがたいことであるなら、今さら何を聞くことがあろう。もう葬式も終わったのだ。過ぎゆくものがあれば始まってくるものもあるだろう。祖母には楠木さんという人は居ませんでしたと言えばいい。ただ私は二度とここへ来ることはないだろう。叔父への錯綜した物思いと、子供の頃のなつかしい想い出を振り捨てるようにして、彼は折詰をぶら下げながら、屋上への階段を登っていったのです。

屋上庭園とは名ばかりの、壊れかけた遊園地の残骸が残る屋上には人影も見えませんでした。空は薄く曇ってアドバルーンが一つ上っていました。三月の末とはいえ大都会のビルの屋上を吹く風は冷たく、はるかに富士山が白くポツンと光って見えました。見降すと東京の街々にはまだ焼跡があちこちに拡がって、点々と焼け残ったビルの合間にバラック建ての家々が蘇生し始めていました。過ぎゆくものがあり、始まってくるものがある。だが果して何が始まるというのか。そうだ私は今日大学へ入ったはずだ。これからこの東京での生活が始まるはずだ。だがいったい東京とは何だろうか。それはただ埃をかぶって白茶けた一本の材木のようなものではないか。侮蔑以外に、そこに何があるというのか。

人気のない屋上庭園に立って、あわただしい街のざわめきを見下しながら、彼はただ巨大な空虚さだけが、生温かく春の空に拡がっていくのを感じていました。正午を告げるサイレンが物憂く鳴って、下界の蟻のような人のざわめきがあわただしくなり始めました。空腹に我れに返った彼は、ベンチに腰を下ろすと、さっきの折詰を開いてみました。飢えた都会ではめったにありつけそうにない、当時としては目を見張るような御馳走がびっしりと詰められていました。赤く隈取ったかまぼこ、黄色い卵焼、しいたけとかんぴょうの煮しめ、甘辛く煮ふくめた棒だら、そして昔なつかしいミンチボールの中には、ゆで卵の白と黄がコックリと埋められていました。

(五)

白木屋を出ると彼は京橋から銀座の方へブラブラと歩いて行きました。久しぶりの思わぬ御馳走に満腹して彼の心もいくらか軽くなっていたのかも知れません。芽ぐみ始めた柳の並木に吹く風も何かしら生温かいように思われました。そして四丁目を少し数寄屋橋の方へ曲がったあたりで一軒の古本屋を見かけて入っていったのです。そしてそこの本棚に、あの「カントと形而上学」の原書を見つけたのでした。ここでようやく話は冒頭に戻ります。上京、受験、戦死した叔父の葬儀と続くあわただしい日々の中で彼は疲れ切っていました。その日その日を、いや次の一刻をどうやって生きていいのか、彼には精一杯だったのです。合格の発表を見たからといって、急に何かが始まるわけもありません。それにもともと彼には、入学して何かをしようという当てもなかったのです。大学の哲学科に入るということは、実社会へのパスポートをもらうことではなく、むしろ逆に実社会から身を引いてひそかに旅立っていくことのように思えました。しかも彼の考えでは、哲学とは生きる意味を与えてくれるものとは思えませんでした。それは生きることの空しさを、その空しさを瞭然と認識させてくれるものでしかありませんでした。それは暗さを明るくするものではなく、ただ暗さを暗さとして明らかにする以上のものではなかったのです。この虚空に泌みこんだ空しさを歴然と見分ける眼の発明の何になろう、という叫びが身体の底から湧いてくるようにも思えましたが、しかし道はそれしかなかったのです。

だが今ここで、「カントと形而上学」の原書を手にし、その活字を見るとはなしに追っていくうちに、張りつめた氷が融けて、春の潮がみちてくるように、あるよろこびのようなものがどこからか湧いてきて、彼の心を満たすのが感じられました。大学に入るということは世を捨てて出家するというだけではない。こういう本を読むこともできるのだ。おれにもまだやることがある。

これを手がかりに、おれは過去から自分を引き抜き、未来に向かって投げてやろう。終戦以来おれの現在を未来から隔てていた断崖の向こうに飛び移って、そこに生えている雑草の束を摑み、それを引き抜く反動で、自分の体重を向こう岸に放り出そう。もしもこの本が、その手がかりになるとすれば、それはもう雑草の束ではない。一本の青いりんどうの花だ。

未来というものがはじめてその地平を彼の前にひらく想いでした。その本を買う金がないなどという形而下的なことはこの際伏せておいてもいいのだ。そこで彼はその本を大切に元の書架に収めると、春風の吹く銀座通りに出て行ったのです。「春風やジープたばしる都大路を」。彼のあんなひどい国語の答案でも、入れてくれる大学もあったのだ。これぐらいの俳句をつくることは許されていいだろう。それまで重たかった赤革の長靴をキュッキュと鳴らしながら、入ってきた時とは打って変わった軽い足取りで、彼は地下鉄の階段を降りていったのです。

当時東京の地下鉄は渋谷から浅草まで通っているだけでした。銀座からそれに乗って浅草へ出、そこから東武線に乗り換えて、彼はあの利根川のほとりの街へ帰ろうとしたのでした。浅草へ着くと雷門の一帯はごった返していました。咽の渇きを覚えた彼は、電気ブランで有名な神谷バーの横の食堂の店先で牛乳を一本立ち呑みしました。冷たい牛乳を咽の奥に流し込みながら店の奥を見ると、そこではケバケバしい化粧をしたパンパンたちが二、三人、ハイヒールの脚を高く組みながら、ふっくらした大福餅をテーブルの上に積んでパクパクやっていました。あの大福の白い粉が彼女らのどぎつい唇につくか、それともルージュの跡が大福の方へつくかなどと、埒もないことを考えながら彼は店を出ました。六区や田原町へ通じる道筋には、ズラリと屋台が並んで、蜜柑や干いも、衣料品や靴などを売っており、甲高い叩き売りの声があちこちで景気よく響いていました。「さあさあ、放出のアメちゃんのズボン。綿ギャバのズボンがたったの五百円。買ったあ。ええい駄目か。よしそんならこの靴下、純綿の軍足が三十円。それで駄目なら二十円。ええいっ、十円にしとけえ」「よしっ買った」「えっお客さん買うのか。この靴下片っ方だけだよ。いいのか、よし売ったあ」。どっと取り囲んでいた人垣から笑声がおこり、拍手がわきます。彼には関わりのないそういう外界の風景でも、何かしら湧き立つような活気が感じられて、その雰囲気に溶け込むような気になってくるのでした。おれのはいているこの長靴には、あの軍足がよく似合う。そこで彼は金二十円を投じて、ちゃんと両方揃った軍足を一足買い求め、ズボンのポケットにつっこむと、足早に東武線の改札口の方へ歩いていったのでした。

(六)

浅草雷門を出た日光行きの東武電車の急行は、今なら一時間ちょっとで、その利根川べりの街へ着きます。しかし当時はそこまで、二時間以上もかかったのです。ましてその時彼が乗ったのは各駅停車の鈍行でした。しかもやっと春日部まで来たと思ったら故障のため電車はそこで打ち切りということになってしまったのです。次の電車まではたっぷり一時間待たねばなりません。狭い待合室は買い出し客たちでいっぱいでした。大きな継ぎはぎだらけのリュックを股の間に置いて、彼らはその上に身をかがめたり、ベンチの背にもたれたりしながら、黙然と煙草をふかしたり、眠りこけたりしていました。今でこそ春日部は東京の通勤圏に入り、新興住宅地になっていますが、当時はまだ農村でした。駅前といっても喫茶店一つあるわけではなく、待合室がいっぱいでは、どことといって所在なさをまぎらす場所もありません。それでも彼が駅舎を出て線路沿いの便所の方へ廻っていくと、そこに十人ほどの人だかりがしていました。詰将棋でもやっているのかと覗きこんで見ると、それはその頃あちこちの街頭でやっていたデンスケ賭博でした。ふつう新宿あたりでやっているのは煙草の箱を使うやつで、十本入りのピースか光の箱を三つほど横に並べ、どれか一つの箱の下側に目印しをつけて、左右に二、三回ぱっぱっと置き直し、さあ印しがついているのはどれだと当てさせる、そして当たれば、賭けた金が倍額になって返ってくるという仕組みです。ところがそこでやっているのは一寸変わっていました。年の頃はまだ三十前でしょう。兵隊服にサンダルばき、色の浅黒いアンちゃん風の小男が小さな折りたたみ式の腰かけに坐って前にリンゴの木箱を据え、その上に蚊取線香の紙箱のふたなんかを置いて、「いいか小父さんたち、この小さな紙切れに印しをつける。そして丸めてここにおくよ。そしてもう二つ三つ、何にも印しのない紙切れをこうして丸めて、鉛筆の先でちょちょいのちょいと混ぜ合わせる。さあ丸印しのあるのはどれだ。当ったら賭けたお金は倍にしてお返しする。どうだい。おっさん。母ちゃんにたまにはお土産でも買っていきなよ。さあ賭けた賭けた」と威勢よく、それでも取締りのお巡りでも気にするのか、チラチラ周囲に気を配りながらやっているのです。その廻りをお百姓だか、労務者だか、老若いろいろですが、いずれも似たような風体の男たちが取りかこんで、声につられて、百円、二百円と金を置きます。「よおし、始めるぞ。よく見てなよ。この紙に丸印しを書く。そして丸めて、ちょちょいのちょいとかき廻す。それ玉は三つしかねえ。どれだかわからねえ方がおかしいくらいだ。そうそう。よしっ。おっさんはこの右のか。おう、あんちゃんは真中で、そっちのおっさんが左へ二百円。いいな。よく考えなよ。はて、当りはどれか。さあ開けるぞ。ははん、これは外れと、そんならこれか。いやこれでもない。そうなりゃあ、当りはこれに決ってらあ。はいっ。お二人さんのはいただき。おっさん二百円だったな。そんならこっちの分はそっち行きと。何だ、こちとらには何も残らねえ。よしっ、やり直しだあ」。なるほどこれはなかなか面白い見物でした。思わずつられて覗きこんでいると、何度かそんなやりとりが繰り返され、五百円かけた革ジャンパーのおっさんなど千円を手にしてほくそえんでいるのもいれば、二、三回かけては空しく舌打ちして帰っていく老人もいるという具合でした。ふと気がつくと、彼の右手に五十がらみのお百姓らしい着流しの男が立っていて、すでに何回も巻き上げられ、最後の百円玉をにぎりしめて、手をブルブル震わせている具合でした。碁でも何でもそうですが、傍見八段とか言って、傍で見ていればよく見えるもんです。彼は思わず横の老人の袖をひいて目くばせを送りました。「ちがうちがう。そうその右の方」。あわてて老人がそこへ金を置き直すと、見事それは当りでした。そうして教えてやっているうちにその老人は三回続けて当りを取り、倍々になった金を握りしめると、ひょっと彼の方へ卑屈な笑顔を向け、一寸手を合わせるようにして、そそくさと立ち去っていったのです。

そこで彼も引き上げればよかったのです。しかし駅の時計を見ると彼の乗る電車までまだ三十分ありました。他人に教えて儲けさせてやるだけじゃ能がない。自分でやってみたらどうだろう。そういう囁きと同時に、突然ひらめくものがありました。さっき古本屋で見たあの「カントと形而上学の問題」という金文字が、ピカリと彼の目の中に躍ったのです。そうだ。おれは今四百円あまり持っている。これが倍々になればあれが買えるのだ。よしっ。彼はがま口から百円玉を出して、ほうり出すようにそこに置きました。二センチ四方ぐらいの紙切れに鉛筆で○印しをつけて丸める。同じ紙玉を二つつくってかきまぜるだけ。いくら何でも三つのうちどれに印しをつけたかは一目瞭然なのだ。現におれは隣の老人に儲けさせてやったではないか。やってみると案の定、彼の賭けた百円は二倍になって返ってきました。次に二百円賭ける。四百円が戻ってくる。よしもういっぺん二百円かけて当ればあの本が買えるのだ。一瞬未来の地平線がキラリと輝いたような気がして、「よしっ、これだ」という彼の声も意気込んでいました。しかし今度は案に相違して彼の賭けた紙片を開けると何の印しもついていませんでした。そんな筈はない。もう一度、もう一度とたたみかけるようにやっているうちに、いつしかはじめの儲けはおろか、最初に持っていた元手まで、すってんてんになるのはあっという間でした。もう何かないか。ズボンのポケットに手をつっこむと、叩き売りで買ったあの軍足が手にさわりました。黙ってそれを摑み出して叩きつけるようにそこに置くと、彼の興奮ぶりを横目で見ていた胴元の男は哀れむように言いました。「学生さん、かんべんしてくんなよ。軍足なんて、どうしようもないぜ」。学生さんと呼ばれて、いっそう彼はカッとなったのでしょうか。軍足を摑んで再びズボンのポケットに押し入れようとした彼に、ふと今日はいてきた赤革の長靴が目に入ったのです。それは闇市で叩き売ってても三千円はする逸品でした。九百円の本を買うためなどという目的はもうどこかに行っていました。いきなり彼はそれをぬぐと、裸足になってドスンとそれをリンゴ箱の上に載せて男を睨みつけたのです。廻りをとり囲んでいた男たちはいっせいに手を引きました。胴元の男はしばらく息をのむようにその長靴に見入っていましたが、やがて冷たく彼の方に目を戻して言いました。「よしっ紙玉を二つにしよう」。男は片方の紙に鉛筆で○印を書き、丸めた横にもう一つ紙玉を転がしました。かきまぜるという程でもありません。鋭筆の先でほんの一寸右の玉を左に、左の玉を右にやっただけでした。「よし勝負‼」。しんとした静けさがあたりを支配して一同は固唾を飲んでふたの中の小さな紙玉を見つめました。印しをつけた紙玉をはじめ右に置いてそれを左に寄せただけなのです。それ以外にはありようがない。「よしっ、これだ」。男は黙ったまま彼が指さした紙玉を拾いあげてゆっくりとひろげました。そこには何の印しもついていませんでした。沈黙のどよめきがあたりに走り、彼は呆然とそこに立ち尽していました。

話がこれだけで終わるなら、それは彼が、ポット出の田舎の学生が、都会に出てきてデンスケ賭博にひっかかり、すってんてんになってしまった、身ぐるみ剥がれてしまったというだけだったかもしれません。しかし呆然と立ち尽している彼の前に、胴元の若い男は、例の長靴をドンと置いて言ったのです。「おれはあんたの足まで取ろうとは思わねえぜ」。そして儲けた金を入れたズックの下げ鞄と折りたたみ式の腰かけとを、台にしていたリンゴ箱にほうり込むと、ヨイショとそれを小わきにかかえて、スタスタと駅前通りを街の方へ立ち去っていったのです。

いつ電車が来たのか、どうやって帰ったのか、それは彼の記憶には定かではありません。彼が最初に教えて儲けさせてやった老人がサクラだったのか、あのデンスケ賭博がインチキだったのか、拾いあげてひろげる時に男の手のひらの中で紙玉は巧みにすりかえられていたのか、そういうことは彼の頭には浮かんできませんでした。溢れるような屈辱感に押しひしがれながら、破局が破局でさえなくなる鉛色の空間の中で、長い灰色の線が無限に未来に続いているのをじっと見つめているだけでした。

（七）

実家の黒ずんだ格子戸を開けて、店先の帳場で彼が重たい赤革の長靴を脱いだのは、もう薄暗くなってからでした。夕餉の支度をしていたらしく、手をふきふき迎えに出てきた祖母は「ひろし、どうだった」と言いかけて、悄然とした彼の様子にてっきり落ちたと思ったのでしょう。おろおろして「赤飯たいて待っとったんやけど」と口ごもるようにしました。「通ったよ」とぶっきらぼうに言い、彼はドタリと赤革の長靴をそこの土間へほうり出すようにして、「ばってんそげなこつ、もうどぎゃんでんよか」とつぶやくようにつけ加えました。

仏壇のある奥の間に置かれた食膳には、赤飯となまり節の煮付、そして配給の残りのお酒一本が添えられていました。「お前もとうとう帝大の学生になったのかねえ」と祖母は、仏壇に飾られた戦死した叔父の学徒出陣の時の写真を感慨深そうに見上げて、そっと涙を拭うのでした。寡黙がちのささやかな宴が終わった時、祖父は言いにくそうに切り出しました。「ひろし、お前あした買出しに行ってくれんか。この赤飯炊くのにとっといただけで、もううちには米はねえだ。今時、金では誰も売ってくれよらん。それに一升何百円とかふっかけてきよる。そんでも着物か何か持っていけば、換えてくれっとこもあっぺえ。婆さん、何かまだねえべか」「さあ、帯もお召もこないだの法事の時に、皆出してしもうたし。まさか寺岡の紋のついたものをやるわけにもいかんもんなあ」。祖父母の実家とはいえ、居候同然に寄食している身には、いささかつらい会話でした。しばらくきまずい沈黙が続いた後に、突然彼は押し殺した声で叫びました。「あるよ。あれだ。あの長靴を持って行けばいい。あれなら米の三升や四升になるさ。あれにしよう」「えっ。あの死んだ森男の靴をかい。あれだけは残しておこうと思っていたんだけど」「ううむ。しかし仕方あんめえ。背に腹はかえられねえだ」。

翌日、彼は大きなリュックに例の赤革の長靴を入れて、祖父と買い出しに出かけました。水天宮から川下へ二里あまり、五霞村という所に、元の小作があって、その何軒かを訪ねて廻ってみたのです。しかしもうこの辺まで東京からの買い出し組が足しげく這入り込んでいた故か、あるいは決して寛容ではなかった筈の昔の地主への恨みだったか、彼らは決していい顔はしませんでした。インフレと新円切り換えに伴う貨幣価値の変動について行けない祖父にとって、彼らのふっかける値段は、法外なものに思われたにちがいありません。それでも憤懣を抑えて、昔の小作人に頭を下げて廻る老人の姿には何か哀れを誘うものがありました。三、四升の米にはなると思われた赤革の長靴も、さつまいも五貫目にしかなりませんでした。ドンゴロスのリュック越しにゴロゴロと背に当たる農林一号の重みに腰をかがめるようにして、祖父と彼とは、朝来た土手道を、それぞれに打ちひしがれた想いで帰っていったのです。

利根川の土手は青く晴れて、ゆったりと流れる板東太郎の水の彼方には、麦の緑が烟るように拡がり、時折紫の背をひらめかせて燕が竹藪や土手のタンポポをかすめて行くと、はるか高圧線の塔が流れるような線を画いている関東平野の空から、ヒバリの声が空の青さと溶け合って降ってくるようでした。うっすらと黄色い菜の花畠、大水で運ばれてきた赤い泥土の堆積からは、未熟なままの落花生が白い根を出していました。向こうの村の火の見櫓では鐘がユラユラと春風に揺れています。彼の心も陽炎のように揺れ動いていました。目の前一メートル四方ぐらいを視野に入れて、彼はクダクダと歩いて行ったのです。水天宮の近くまで来て、彼はかついできたリュックを土手に下ろすと、水際まで歩いて行って流れる春の水に放水しました。暖かく湧き上った泡たちは蘆の葉にぶつかるとしばらくためらうようにクルクル廻り、やがて二つに分かれて又流れて行きます。彼は川原のくぼ地に寝ころんで空を仰ぎました。音高い瀬のせせらぎもそこでは少し低く聞こえるようでした。しかしすべては流れて行く。あの赤革の長靴が、「カントと形而上学」が、二十歳の彼の青春が。「きっともう、おれはあの本を読むことはないだろうな」。

いつしか彼は寝入っていたのでしょうか。あたりは夜でした。月の光が平野に満ちて蛙が鳴いています。見渡すかぎりの田んぼで月の光を背に浴びて鳴いている蛙の緑色の光のような鳴声。遠くの鉄橋を渡る東武電車の響きが烟っています。利根川がそこを悠々と流れていて、今しも一艘の筏が上手からそこの荒瀬にさしかかってきている。しかし筏の上には誰もいない。いや一人の男が必死に流れに逆らおうとしているようだが、その男には顔がない。一瞬戦死した叔父の顔がそこに現われ、すぐ長靴を置いて去った賭博師の男の顔に代わり、そして彼自身の顔がそれにダブったようにも思えました。しかしあっという間に筏は流れ去っていきました。沛然と雨が降り出し、雨に濡れた高架線から凄まじい紫色の火花が飛びちります。「彼は人生を見渡してもとくに何も欲しいものはなかった。しかし雨の夜の高架線が発する紫色の火花だけは、命と取り換えても摑まえたかった」。長靴はすでになく、彼にはもう自分以外に賭けるべき何ものもない……。雨が止んで、風もかすかに冷え出してきた。水洟が出る。時間の肌がしだいにしなびて行く。

「おおい、ひろし、何をしているんだ。もう行くぞ」、土手の上からの祖父の声に彼は我れに返りました。あっ今のは白昼夢だったのか。でもどちらが現実なのか、彼にはわかりかねました。立ちぐらみによろけながら彼は立ち上って、リュックを置いた場所へ戻りました。何が燃え尽きた跡なのか、そこには焚火の跡があって、そこに置かれたリュックの底は薄黒く汚れていました。それを払い落として勇気をふるいおこすようにリュックを背負うと、五貫目のさつま芋のどっしりした感じが、ドンゴロスの布地越しに背中に重く感じられました。とにかくおれはこれを背負って歩いて行くほかはないんだ。「ああい、今行きます」。萌え始めた雑草を踏みしめ踏みしめ、彼は土手を登り始めました。雲雀の声が空いっぱいにまた降ってきました。そして焚火の跡の消し墨の中からは小さな地虫が一匹地面をはい出して行きました。

三　旅の空から

ヴェニスのゲットーにて

1　歴史の迷路

ヴェニスを訪れる人は多い。だが、そのうち何人が、ヴェニスのゲットーを訪れるだろうか。

ヴェニスを訪れる人は、列車で着こうが、空港からバスで来ようが、まずはサンタ・ルチア駅前の広場に降り立って、大運河《カナル・グランデ》を眺めることになるだろう——『ヴェニスに死す』の主人公のように、トリエステから海路リドへ着くというコースは、ヴェニスの第一印象としてはたぶん最良のものだろうが、ふつうの観光客には、まず無理だろう——。細い曲がりくねった石畳の路地と、ゆるい弧をえがく橋々とで織りなされているヴェニスの街には、車の乗り入れは禁止されているから、駅前に降り立った人々は、石畳を踏みしめて歩いていくか、大運河を走るヴァポレットと呼ばれる定期船に乗るかして、三々五々と街中に散っていくことになる。

広場を出て左側へ、カナル・グランデと並行して、リアルトの橋からサン・マルコ寺院に通じる、ヴェニスとしては比較的広い方に属する一本の通りがある。駅寄りには土産物店やホテルなどが立ち並び、観光客でごった返しているが、サン・ジェレミア寺院を右に見ながらしばらく行って小さな石橋を渡ると、ちょっとした広場があって、色鮮やかな野菜や果物、魚介類などを売る露店が並んでいる。その手前を左に曲がり、今渡った橋の下を流れる運河（リオ・ディ・カナレッジオ）沿いを、ものの百メートルも歩いていくと、右側に、一見ふつうのしもた屋の入口と見まがうような二メートル幅ぐらいの戸口が、さりげなく開いている。私がはじめてここを訪ねたのは、年の暮れの冴え返るように寒い夕刻で、あたりに人影もなく、入口を探しあぐねて河岸に佇《たたず》んでいた私を、一人の少年が案内してくれて、黙ったまま白い指で暗い奥を指さしてくれたものだった。それから何度かここを訪ねているのに、いつ来ても素通りしてしまうほど、それは目立たない形で、まるで外来者を拒むかのように、その暗い口をのぞかせているのだった。だが、注意して見れば、重々しい扉の傍らの壁に、風化した大理石の石碑がはめこまれていて、それが「古ゲットー」（Ghetto Vecchio）の入口であることを示している。これが現在でも、古ゲットー地区と外部とをつなぐ、唯一の通路なのである。

ヴェニスのゲットーの歴史は古い。と言うより、ゲットーはヴェニスから始まったのである。ゲットー（Ghetto）の語源についてはいろいろな説があるようだが、ヴェネチア方言で鋳造所を意味するGettoから由来する、というのがほぼ定説になっている。小運河に四周を囲まれたこの地区は、もと鋳造所の鉱滓《こうし》やバラスの集積地だったらしく、孤立して街中の島同然の土地柄が、ユダヤ人を隔離するのに好都合だったのか、ここがユダヤ人の居住区に割り当てられたのは、

創設（1516年）当時のヴェニスのゲットー

十六世紀初頭のことだった。

少しく歴史を辿ってみよう。イタリア半島におけるユダヤ人の足跡は、考古学的資料では紀元前から残されているが、いわゆるユダヤ戦争の敗北後、奴隷もしくは捕虜としてローマに連行されたユダヤ人の数は三万人を越えたといわれている。彼らの多くは後には解放され、キリスト教徒と混交しながらも、ローマ、ラヴェンナ、ミラノなどに、ユダヤ人の共同体がつくられていった。これがいわゆる「土着ユダヤ人」もしくは「イタリア・ユダヤ人」と呼ばれるグループの先祖である。その後のいわゆるゲルマン民族の大移動とローマ侵入、ビザンチン・カロリンガー支配期を通じて、これらユダヤ人共同体は、曲折を経ながら各地に拡がっていった。イタリアは、他の諸国と比べれば、ユダヤ人にとって比較的安定した生活を送れる土地だったと言われる。法王庁をはじめ、各時代、各支配者によって、さまざまのユダヤ人への差別・制限立法が制定されたが、実際にはそれほど実行はされなかった。中世末、ユダヤ人憎悪が一気に燃え上がる十字軍時代になると、たとえば法王イノセント三世は、第四回ラテラノ公会議に基づいて、ユダヤ教徒の居住制限や黄色いマークの着用などの古証文を復活させるが、十字軍の発進基地となったヴェニスにおいてさえ、ユダヤ人は、それまで十五日ごとに更新を義務づけられていた滞在許可を、恒久的なものにするのに成功する。もちろん多くの租税負担との引き換えではあったにしても。彼らは金融業（キリスト教徒間では、同信者への有利子貸付けは禁止されていたから、これはユダヤ人の独占的な職種となった）、商業、周旋業、医師、船員、通訳などに活躍し、南イタリアでは例外的に、不動産取引だけでなく、土地所有者まで現われるに至った。北イタリアでは、パドヴァ、ボローニア、フェララなどにもユダヤ人共同体が発達したが、ルネッサンス期以後、その中心地は、何といってもヴェニスだった。

ヴェネチア人の祖先が、アッチラの侵攻を避けて、アドリア海の潟《ラグーン》に移り住んだのは五世紀のことだが、海運貿易を基盤にヴェネチア共和国が、ジェノヴァやピサなどと対抗しながら、しだいに地中海の覇者としてのしあがってくるのは、十世紀以後、とりわけコンスタンチノープル攻略で悪名高い第四次十字軍（十三世紀）以後のことである。十一世紀末にイタリア半島のユダヤ人共同体を歴訪したスペイン・ユダヤ人ベニヤニイモ・ダ・トゥーデラの旅行記には、まだヴェネチアは注目されていないから、ユダヤ人の進出はそれ以後のことに属する。興隆期のヴェネチアにとって、東方貿易を争う上で、イスラム圏内のユダヤ商人は、異教徒というよりは、むしろ危険な経済的ライヴァルだった。そういう意味で十世紀頃のヴェネチアは、自国船によるユダヤ人やユダヤ商人の商品の運搬を禁止したのだった。しかし、これは東方（東地中海）ユダヤ人に関してであって、ヴェネチア船が東方から運んでくる商品を買い取り、中西欧に仲介するドイツ系ユダヤ人（テデスキ＝アシュケナージ）は、むしろ大事な取引相手として歓迎された。だから、彼らははじめは本土の街々に、そして十四世紀後半以降は、ジュデッカ、ムラーノ島に墓地の建設や居住が許されるようになる。そして、いくらかの曲折を経た後に、一五一六年、前記ヴェネチア本島の西北部、カナレッジオ地区の鋳造所跡に、ユダヤ人居住区が設置される。これが現在の「新ゲットー地区」(Ghetto Nuovo) である。当初ここへ移住した約七百名のユダヤ人のうち、大多数はドイツ系で、ごく少数の土着イタリア系が混じっているだけだったという。

しかし、やがてこういう状勢にも変化が起きる。これまで経済的ライヴァルとして排除されていたイスラム圏のユダヤ人(レバンティニ＝東地中海系ユダヤ人)とも——とくに宿敵イスラム教徒との直接取引が法王によって禁止されて以後——取引が行われ、一五三八年以後、ゲットー・ヌオヴォに隣接する地区にも居住が認められ、一五四一年には、そこもゲットー化される。これが現在のゲットー・ヴェッキオである。さらに、もう一つの大きな変化は、一四九二年以後、十六世紀のはじめにかけて起こってくる。スペインあるいはポルトガルを追われたユダヤ人たちが、モロッコその他を経て、陸続とイタリアへやってきたからである。彼ら(ポネンティニ＝西地中海系ユダヤ人)はふつうセファルディと呼ばれているが、彼らもここに居住地を見出した。こうしてヴェニスのゲットーは、十六世紀中葉には現在あるようなゲットー・ヌオヴォとゲットー・ヴェッキオを併せた形で(新ゲットーの方が創設は二十—三十年古い点に注意)形成されたのだが、その内部で、ドイツ系、東地中海系、スペイン系は、それぞれ別箇のシナゴーグ(会堂)、スコラ(教学館)を持ち、別箇の儀礼や風習、言語を保ちつつ共存し、外部に対しては、一つの纏まった独立形態を保っていた。それは、ある論者の言葉を借りれば、都市の中の別の都市、国家の中の別の国家の観を呈していた。住民の職業活動は、前に記したように、商業、金融、医師、船員、外交、通訳等が主だった。そして、それらはアレキサンドリア―イスタンブールを結ぶ三角貿易の上で全盛期を迎えるヴェネチアにとっていずれも重要な職業だったが、特筆すべきなのは、庶民銀行としての質屋業と印刷・出版業である。前者は、キリスト教徒にとっても重宝がられ、後者はトーラーをはじめとするヘブライ語図書（ダニエル・ボンベルク工房で作られた豪華本だけでも約二百点に及ぶ）の出版によって、ユダヤの文化・伝統を守る上に多大の貢献をした。十七世紀中葉、全イタリアを襲ったペスト流行の際に、お定《き》まりのユダヤ禍が唱えられたが、その後、全盛期を迎えたこのゲットーには、約五千のユダヤ人が住んでいたという。

ゲットーは、もちろん離散したユダヤ人が寄留先で蒙る隔離政策、居住や移動の自由を制限する差別立法の産物である。小運河沿いのゲットー・ヴェッキオの入口の扉は日没とともに重々しく閉ざされてしまう。しかし、逆の面で言えば、ゲットーはユダヤ人にとって自己防禦の城砦でもあった。それは不合理な税負担やマークをつけさせられる屈辱を代償に購われた安全地帯でもあった。そこで人々は、孤立し閉鎖した世界の中で同信者たちと睦み合い、限られた信仰の自由を享受することができた。同時期の中欧におけるゲットーの暗いイメージとは違うそこはかとない明るさが、そこに漂っている。

ディアスポラ（離散）のユダヤ人が生きた国々の中で、イタリア（それは十九世紀の統一までは国家名称ではなく、たんなる地理的名称にすぎないが）は、相対的にもっとも平穏、安全な土地だったと言われる。ユダヤ人迫害の総本山だった法王庁の所在地でありながら、実際には、それほど血なまぐさい迫害は行われなかった。スペインやポルトガル、あれほどの猛威を振るった異端審問にしても（これについては、拙訳ヴィーゼンタール著『希望の帆』新曜社を参照）、本拠地イタリアでは、カタリ派（アルビジョア派）、エラスムス主義、光輝派（ルミニスモ）などには弾圧が強行されたが、ユダヤ教徒（コンベルソ、戻りユダヤ教徒）に対しては、ドミニカン派の煽動にもかかわらず、あえてガリレオのように教理上の反対説を称えないかぎり、黙認される慣わしがあった。ヴェニスにも異端審問所の支所があって十八世紀半ばに至るまで、マラーノの告発が行われたが処刑は行われなかった。ヴェネチアが比較的寛容だったのは、ホモ・エコノミクスだったヴェネチア人の宗教的無関心の故だったか、あるいはヴェネチア共和国がとり続けた政教分離政策に基づく故だったのか、とにかくヴェニスのゲットーは、掠奪や襲撃を受けることなく、今日まで、十六世紀以来の姿をわれわれに残してくれている。それは、大規模なゲットーとして（ヘローナのような小規模居住家屋を除けば）現存する唯一最大のものだと言えるだろう。

リオ・ディ・カナレッジオの河岸に面した戸口を入っていくと、奥へ続く細い石畳の小路は、両側にそばだつ七、八階の建物の陰になって、いつもほの暗い。両側の家の中には、窓越しにかつて数々の名品を生んだ製本所だったのか、古ぼけた印刷機械のようなものが土間に並んでいるのが見える。レストランらしい家もあるが、バラバラと椅子が置かれているだけで人影はない。しばらく行くと重厚な教学館《スコラ》の建物が重々しく見えてくるが、何せ十六世紀以来のものだから、壁もはげ落ちて古色蒼然としている。旧ゲットー区と新ゲットー区をつなぐ小さな橋を渡っていくと、真ん中に古い大理石の泉の跡のある広場に出る。ここにはわずかに一、二軒、絵葉書やユダヤ教関係の土産物を売る店があるが、いつ行っても客はほとんどいない。シナゴーグやスコラは、博物館化した部分を除けば、信仰を持たない者は入れてくれないから、観光客が来ないのも当然かもしれない。しかし、寒々としたその広場の、スコラや土産物店の反対側の赤煉瓦の塀には、ベタベタとはられてはがされたポスターなどと並んで、第二次大戦時の殉難者の墓碑銘が刻み込まれている。ヴェニスのゲットーが比較的安泰だったのは、十九世紀までのことにすぎない。二十世紀の中葉になって、はじめてこの広場には血が流されたのだ。ファシストとドイツ兵の手によって。

ヴェニスのゲットー風景

ヨーロッパのゲットーの扉を打ち破り、次々に解放していったのは、ナポレオン軍だった。ナポレオン個人が親ユダヤ的だったわけではない。ただ少なくとも結果としては、彼を介して啓蒙とフランス革命がヨーロッパ旧体制を打破していったと言うべきだろう。だが、それは、同時にヴェネチア共和国の終焉でもあった。一七九七年、千年にわたったヴェネチア共和国は、波瀾に充ちたその幕を閉じる。以後、ヴェネチアは、フランス帝国やオーストリア帝国の支配下に入り、やがて十九世紀後半のイタリア王国の統一の中へ組み込まれていく。だが、そういう政治的曲折の中でも一度開かれたゲットーの門が閉じられることはなかった。ゲットーを出たユダヤ人たちはイタリアの統一運動に協力し、イタリア王国を統一したエマヌエル二世は、一八六六年、ユダヤ人に同権を保障する。解放前十八世紀末のヴェニスのゲットーには千六百のユダヤ人が住んでいたとされているが、豊かな家族たちは新しい家を購って外へ移り住み、後には貧しい人々が残されたという。その後しだいにこの地区のユダヤ人口は減少していくが、それでも第二次大戦前までは、ヴェネチア・ユダヤ方言が話され、伝統的な儀礼が行われていたという。イタリアは、離散のユダヤ人にとっては、他のヨーロッパ諸国と比べれば、とにかくもっとも安全に暮らせる国だった。決定的な迫害は、けっして中世末ではなく、二十世紀の中葉に起こる。はじめ人種差別政策をとらなかったムッソリーニは、ドイツへの義理もあってか三十年代末に突如ユダヤ人の迫害に転じる。それはナチス・ドイツ軍の侵攻とともに決定的になり、大戦末期の混乱もあって、各地で血なまぐさい惨劇が繰り広げられた。イタリア国内に作られたユダヤ人の強制収容所は、トリエステの一箇所にすぎなかったが、ヴェニスのゲットーからは、人口の五分の一が老若を問わず連行され、イタリア全土では、この間に八千五百から九千五百人が犠牲になったといわれる。ゲットー・ヌオヴォの広場の壁に刻まれている殉難の碑は、その折の犠牲者たちの墓碑銘なのだ。

ゲットーの家々はどれも見上げることのできないほど高い。そうでなくてもヴェニスの街の家は高く、道は狭い。「両辺の家に住める人は、おのおの六層楼上の窓を開いて、互に手を握ることを得べく、この日光を受けざる巷は、僅に三人の竝び行くことを許すなるべし」とは、鷗外訳『即興詩人』の一節だが、狭い区画に押し込められたゲットーではなおさらのこと、人口の増加とともに家々は上に建て増すしかない。何世紀にもわたって継ぎ足され、増築された高層は七階、八階と層をなし、陽もろくにささない道の上の方には、両側の窓から綱を張って色とりどりの洗濯物がはためいている。ゲットーを歩いてまず目につくのは、暗い路地のこういう光景だろうか。

2　ジンメル——虚飾の街

ヴェニスを訪れた文人墨客の数は数えきれない。バイロンやスタンダールたちを別にして、アルプスを越えてドイツからやってきた人だけでも、ゲーテ、ヴァーグナー、ニーチェから、トーマス・マンまで枚挙に遑《いとま》がないほどだろう。これら北方の人々にとって、アルプスから降り立った北イタリアの地は、「オレンジの花香る」陽光と古代の遺跡とに溢れていた。たとえばゲーテは、ヴェローナの円形劇場に古代から吹いてくる風の芳香を嗅ぎ、パドヴァの大学の狭さには辟易しつつも、ヨーロッパ最古と言われる植物園ではじめて見る異国の草木や花々に感銘している。しかし、何と言っても彼にとって運命的な出会いと思えたのは、ヴェニスだった。そこで彼は、ほとんど感性と知性のすべてを全開して、サン・マルコ寺院の塔から運河の海中の生物までに好奇の眼をそそぎ、感嘆し魅了され、観察し吸収している。こうして彼はヴェニスには二週間以上も滞在しているが、それに対して、フィレンツェはなんと三時間いただけで通り過ぎてしまうのだ。

文人墨客たちのそれぞれに個性的なヴェニス体験をここで辿ることはできない。ただ彼らの印象の中では、ヴェニスは一様に讃嘆の対象となっているのに対して、例外的に、ヴェニスに対してもっとも冷たく手厳しい評価を下した一人のユダヤ系哲学者をあげておきたい。それはゲオルク・ジンメルである。彼はその『芸術の哲学』の中に、ローマ、フィレンツェ、ヴェニスなど、いくつかのイタリア都市についてのエッセイを書いている。これらは後にベンヤミンが、その『都市の肖像』をナポリから書き始めた時に、おそらくモデルにしたものと思えるのだが、そこでジンメルはヴェニスとフィレンツェを対照させ、明らさまにヴェニスを非難断罪して、軍配をフィレンツェに挙げている。カントをゲーテによって補完し、大著『ゲーテ』を書いたジンメルが、先のゲーテのヴェニス偏愛とフィレンツェ軽視を知らぬはずはない。だから、そこにはゲーテへの反対もひそかに込められていたはずだ。だが、そこにはジンメル自身が意識したより以上のことが秘められていたように見える。

一九〇七年に執筆された「ヴェニス」の中で、まず彼が見出すのはヴェニスの表面に漂っている「もぎ放されて海にただよう花のように、根を持たずに生の中を泳ぐアバンチュールのいかがわしい美しさ」である。ここでは壮麗な建築は、内的な意味の的確な表現ではない仮面であり、「ヴェネチアの人間は誰も彼もが、舞台を横切るように通りすぎる」「橋さえもがここでは、生気を与える力を失う」「季節もこの都市の中を滑走していく」。人の歩くのと変わらないゴンドラの単調なリズム。ここにあるのは「現実的な存在の生気にも発展にもあずからない美」であり、「基盤を放棄した表面、もはや生きた存在を内に保っていない仮象」にすぎない。こういう時、ジンメルはこの沈みゆく古都の頽唐《たいとう》とした雰囲気を詠嘆しているわけではない。むしろ後にアドルノが強調するように、芸術に対しても、厳しくその真理性を問い糺そうとするジンメルは、そこに「ヴェネチアの虚偽」を摘発しているのである。外部や表面がもはや内部の生や全体性との結びつきを喪っていながら、それを表現しているかのように装っている形式の人工性。ここでは芸術(Kunst)は、たんなる人工性(Künstlichkeit)に成り下がっている。じつは芸術こそ、そして芸術だけが、「僥倖に恵まれた瞬間に、仮象の内に存在を取り込み、この存在を自分自身と同時にさし出すという仕事を果たすことができる」にかかわらず。「もぎ放されて海にただよう花のように、根を持たずに生の中を泳ぐアバンチュールのいかがわしい美しさ」、ここは「われわれの魂にとっていかなる故郷でもない」と、ジンメルはこのエッセイの末尾で言い切っている。

　このジンメルの激しい語気は、いささか意外な感じを与える。フィレンツェとヴェネチアとは、昔から都市国家として、政治的にも経済的にも、ライヴァルの間柄だったし、トスカナ美術とヴェネチア派という形で、美術的な類型として対照することはできるだろう。そして、ミケランジェロ対ティントレットという具合に両者の代表を対決させてみれば、ジンメルの評価もうなずけないことはない。しかし、全体としての都市論として、この全面否定は、いささか異様な響きを持つのではなかろうか。

昔、この小論をはじめて読んだ頃、私にはフィレンツェとかヴェニスとかは、どこか遠い国の街の名としかイメージできなかった。何よりも「形式と内容との調和」というイデーを重んじるジンメルから見れば、たぶんそんな風なことなのだろうぐらいに思っていたのだが、今はそう簡単に見過ごすわけにはいかないように思う。

何よりも目につくのはゲーテとの差異である。もちろんゲーテが訪れたのは、滅亡直前とはいえ、まだヴェネチア共和国の残照が照り映えていた時であり、ジンメルの場合は二十世紀のはじめである。しかし、政治的にはともかく、街のたたずまいや美的な景観に関しては、この百年余の間に、ヴェニスはそれほど変わりはしなかったはずなのだ。にもかかわらず、ゲーテが生の充溢を見たヴェニスにジンメルが生の衰亡を見たとすれば、それは対象の差ではなく、もっぱら感じる側の受け取り方の違いだろう。それを両者の器量の大きさなどに還元してしまっては身もふたもない。だが、ジンメルが何に反撥したのかは、少しく注視を必要とするように思われる。私にはジンメルがヴェニスに反撥したのは、じつは生の衰亡とそれを蔽い隠す虚飾だったのではなく、むしろ生の無定形な充溢だったのではないかと思えるのだ。ジンメルはもともと形式と内容の調和を信じる古典主義者ではなかった。むしろ世紀末のドイツをマージナルに生きてきたユダヤ人として、近代文化における生と形式との乖離を身をもって体験し、その微妙な乖離と齟齬の諸々相を鋭く分析してきた哲学者だった。彼の名を広めた「形式社会学」の背後にも、こうした負の記号を帯びた生がひそんでいる。そういうジンメルにとって形式と生との調和が端正に保たれているかに見えるフィレンツェが、理想化して見えたのは当然としても、だからといってヴェニスの不調和に今さらことさらに反撥するいわれはないはずなのだ。にもかかわらず、彼が反撥したのは、ヴェニスの華麗さの中に溢れている無定形な生が、無力なジンメル自身の生を圧するものとして感じられたからではなかったろうか。敢えて言えば、彼はヴェニスの持つアナーキーな生の力におびえたのだ。

やや時はずれるが、ほぼ同時代にヴェニス体験を基に『ヴェニスに死す』を書いたトマス・マンにとっては、この作品は、芸術家対市民《ビュルガー》という対立図式の止揚を、言い換えれば、弱き芸術家の自己清算という意味を持っていなかったろうか。ヴィスコンティの映画では、少年の神秘的な美しさだけが強調されて、原作の主人公の、あるいは作者自身のしたたかな強さが消し去られていたように思える。それに対して、鋭い観察者、表現者でありながら、無力な観照者であったジンメルにとって、ヴェニスの持つ無定形の生のアナーキー（ある意味でのデカダンス）を斥《しりぞ》けることは、むしろ彼自身の形式への自己防衛でもあったかもしれない。

いささか長くジンメルにこだわり過ぎたようである。しかし、これにはいわれがある。もう十数年前になるが、私はエルサレムにいた。ドイツにおける反ユダヤ主義の研究のために、そこにあるレオ・ベック研究所に滞在していたのだった。そこではじめて私はヴェニスのゲットーに関する文献を手にした。それまでも観光客として二度ほどヴェニスを訪れたことはあったし、ゲットーの語源がヴェニスの鋳造所に由来することぐらいは知ってはいたものの、具体的な土地や歴史と結びつけてヴェニスのゲットーに注目したのは、それがはじめてだった。帰途そこへ寄ってみようと思っていた矢先に、私はその研究所で定期的に開かれている国際シンポジウムの過去の記録を読んでいて、ハッとする所にぶつかった。『ヘーゲルからジンメルに至る歴史像』の研究を同研究所のシリーズの一冊として出しているリーベシュッツ（現在イギリス）という学者が、そのテーマで報告したのに対して、質疑応答の記録が残されている。そこで、――その数ヵ月後に亡くなった――碩学ショーレムが語気するどく発言している。「あなたはジンメルが典型的なユダヤ人であったとして論じているが、はたしてそうか。彼は周りの非ユダヤ人たちから遇せられるままに、たんに孤独で不遇であったにすぎない。彼はいつも受け身だった。彼が一度としてユダヤ人たちの運命のために戦ったことがあるか！」。ジンメルこそ典型的なユダヤ人の思想家だと思っていた私には、この発言は一つの衝撃だった。

二ヵ月をエルサレムで過ごし、ヴェニスに降り立った私は、駅近くのカナル・グランデに面したホテルに投宿した時、「ああ帰ってきたな」というある華やいだ安堵の念を覚えた。翌日、私ははじめてゲットーを訪ねてみた。それはその宿から程遠からぬ所にあった。年も押し詰まった寒い日で、冒頭に記したように、ようやくゲットーを探り当て、私は中の小路を、周りの小運河沿いの路を、長い間凍えながらさまよい歩いた。夜は、季節外れのことと人気もないホテルのバーで、カンパリか何かで口をしめらせながら、改めてジンメルのことを思い出した。たしかにヴェニスにはある二重性がある。表面の人工的華美と、その裏にあるいはその奥にある生と。しかし、その裏や奥にあるものとは何なのだろう。ジンメルはサン・マルコの広場やピアツェッタを訪れて、その華やかな情景の背後に、「鉄のような権力意志や暗鬱な情熱が、物自体《ディング・アン・ジッヒ》のように」ひそんでいるのを感じている。しかし、そういうものならば、メディチ家の、チェザーレ・ボルジアの都フィレンツェにないはずはない。ジンメルには言おうとして言えないものがある。そこでは彼はただ抽象的に、「生」とか「存在」とかいう言葉を使っているだけだ。だが、と、私はカンパリをキャンティに切りかえながら考える。ヴェニスの表面を彩る華麗さの裏にあってジンメルに違和感を感じさせるもの、それはあのヴェニスのゲットーだと言っていいのではなかろうか。根無し草の根に当たるもの、少なくともそれに関わるもの。その存在をジンメルは知らなかったし、いわんや訪ねることもなかった。歪められた故郷のインデックスを、それと気づくことなく、しかし何かの不満を残しながら、彼は通り過ぎていったのである。

3　リルケ——ゲットーとドゥイノ

ヴェニスを訪れる文人墨客の数は数えきれない。しかし、そのうち何人がヴェニスのゲットーを訪れたろうか。彼らのほとんどすべては、ヴェネチアの華麗な美しさに、ジンメルのいわゆる装われた虚偽の表面に、讃嘆し陶酔したのではなかったか。私の知るかぎり、唯一の例外と言っていいように思えるのは、ライナー・マリーア・リルケである。リルケが深く愛した都市は、パリを別にすればヴェニスだと言われているが、まずはリルケの筆を借りてゲットーに案内してもらうことにしよう。私がサンタ・ルチア駅からの道順を示したのに対し、リルケの案内は、リアルトの橋から運河をゴンドラで辿っていく。「リアルトの橋をゴンドラでくぐり抜け、……魚市場のあるあたりを過ぎる頃、船頭に『右へやってくれ』と言うと、彼はけげんな顔つきをして、きっと『えっ、どちらへ』と聞き返すでしょう。でもこちらはあくまで舟を右へやるように言い張らねばなりません。そして薄汚い小運河の一つに入ってから舟を下り、船頭と舟賃をかけあって捨てぜりふに悪態をついたりしながら、せせこましい路地や黒く煤けた門道を抜けていくと、ちょっと展《ひら》けたガランとした小広場に出るでしょう」。これが先に触れた「新ゲットー広場《カンポ・デル・ゲットー・ヌオヴォ》」である。リルケの『神様の話』(*Geschichten vom liben Gott*)に収められている「ヴェニスのユダヤ人街の一情景」の物語は、宮殿とアバンチュールと仮面の都、ジンメルの言う虚飾の表面の背後に隠れたこの月並みの、賤民たちが徘徊し、みじめな喧騒に充ちた一区画を舞台にしている。時代はおそらく十八世紀末頃のことであろう。「なにか禍いが国家のうえにふりかかるたびごとに、いつも腹癒《はらい》せの相手に選ばれるのは、ユダヤ人でした。ヴェニス人そのものがあまりにユダヤ人と似通った気性をもっていたために、他国民がやったように、ユダヤ人を商業面で利用するわけにもいかなかったのでしょうか。租税で苦しめたり、財産を没収したりしただけではありません。ユダヤ人街の区域をどしどし制限していったために困窮のまっただなかにあえぎながらも、人数ばかり殖《ふ》えてきた、これらユダヤ人の家庭では、やむなく屋上に屋を架して、自分たちの住宅を、上へ上へと築いてゆくよりほかはなくなったのでした。こうしてもともと海に臨んでいなかったユダヤ人街は、別の海を求めるかのように、天海にむかって、しだいに背丈を伸ばしてゆきました。その果ては、あの泉のある広場をとりまいて、切り落としたように険しい建物が、巨塔の側壁のように、四方にそそり立つにいたったのです」。

このユダヤ人街に、一人のユダヤ人の長老が住んでいた。彼は金細工師として長年まじめに働き、共同体の世話役なども務めて、同信者たちの尊敬を集めていた。彼は孫娘と二人で住んでいたが、かねてから息子や孫たちに、一つの頼み事をしていた。区域を限られているために、横に拡げることができず、ただ屋上屋を架して、上へ建て増していくしかないこのゲットーの家々のなかで、いつもいちばん高い家の最上階の部屋に自分を住まわせてほしい、というのがその願いだった。そんなわけで彼は七階八階と建て増しされる家があるたびに、何回でも引っ越しを繰り返していた。何年かが過ぎて、ある年の夏、またゲットーでいちばん高い家が建て増されると、もう老人は長い階段を登っていくのが困難だったにもかかわらず、そこへ移ると言い張って、人々に手を取られながら半日がかりでそこまで登っていったのだった。秋がきて空気も澄み渡ったある朝、暁の光を通して、「これまで誰もユダヤ人街からは眼にしたことのないもの」が、この頂から望見された。屋根の縁（今様に言えば屋根部屋のルーフ・テラスの縁）に老人は一人立って手をあげ身をかがめては、そちらの方へ向かって祈りを捧げ、跪拝《きはい》を繰り返していた。下から見上げる人々にはその姿は神々しいものに見えた。その時老人が見ていたもの、「それは海だったのだろうか、それとも神だったのだろうか」。

この物語を聞かされた子供たちは口々に答える。「海さ、やっぱり海が見えたんだ」、だが、リルケにとって、その時、海と神とは別のものではなかったにちがいない。

リルケが『神様の話』を一気に書き上げたのは、一八九九年秋のことである。つまり『時禱詩集』（*Stundenbuch*）とほぼ同時期で、その年の春のロシア旅行の成果だと言われている。しかし、この物語集の後半の素材から言っても、ここにはたんにロシアだけでなく、それより数年前のイタリア旅行の体験が生かされていることは疑えない。ロシアとイタリアの体験に共通するもの、それは貧しき者、敬虔な者、無垢な者、子供たちが持つ神へのまなざしへの共感である。教会の神ではない異郷の人々にとっての神。もちろんリルケがキリスト教とユダヤ教の相違についてどれほどの知識を持っていたかは疑わしいし、まして老人がゲットー解放に黙って笑うだけだったように、ユダヤ人の社会的解放に積極的関心を持っていたなどということはない。しかし、貧しい敬虔な心を持つかぎり、両者の間に差はない。事実この物語の中でサブ・テーマになっている老人の孫娘、まだ下の階に住んでいた頃、ゲットーの外からひそかに通ってきていて、今はもう来なくなったイタリア人貴公子の子供を、最上階の部屋で、人知れず生み落とすエステルについて、そういうふしだらな話を子供たちに聞かせるわけにはいかないという俗物氏に対して、リルケは語り手にこう言わせている。「おや、あなたとした方が、子供は神から出ているということをお忘れになっていらっしゃるとは。エステルが天の間近に住んでいるから、子供を授かったと言ったって、子供たちはべつに怪しみもしませんよ」。この時リルケは、明らかにこのユダヤ娘に、聖母マリアを重ね合わせていると言っていい。

だが、リルケにおける神の問題が今の主題ではない。「海さ、その時老人は海を見たのさ」という子供たちに、私も同調しておくことにしよう。少なくともヴェニスの海に関して、河岸の館の灯がゴンドラに揺れる運河の水のきらめきや、「センサ祭」の海とヴェニスの大いなる婚礼を祝う満艦飾や、ラグーンの渚のもの憂い波打ち際を描く文人墨客の数は多いが、閉鎖されたゲットーの建て継がれた高屋の屋根裏から、はじめて垣間見られたアドリア海の光を書いたのは、リルケしかいない。

私の物語は、ここで終わってもいいはずだった。しかし、リルケにとっての海、それもアドリア海ということになれば、どうしてもヴェニスだけで済ますわけにいかない。翌日私は汽車に乗って北へ向かった。年の瀬も押し詰まったうすら寒い一日、ドゥイノの城を訪ねようというのである。以下その時の日記。——ドゥイノの駅には今は汽車は停まらないので、トリエステまで行ってバスで引き返す。真鶴《まなづる》あたりを思わせる保養地らしい美しい海岸が続く。ドゥイノ村のバス停を降りるとすぐ前がお城らしい。しかし、大きな門は閉ざされていて、どこから入っていいのかわからない。城壁とも言えるような五メートルほどの高さの塀がぐるりを取り囲んでいる。今でもホーエンローエ侯爵家の所有なのか、管理人の住んでいるらしい館のベルを押すと、中年の婦人が姿を見せたが、「プリバート、プリバート」と手を振るだけで入れてくれない。やむなくずっと左の方へ廻っていくと、民家の切れ目から上手に登れそうだ。金網の破れ目からもぐり込んで林の中へ入っていくと、海に臨んだ断崖の上に裏木戸らしきものがあり、どうやらこれがドゥイノの城の裏口らしい。しかし、雑木林越しに、わずかに塔らしきものが見えるが、はっきりしない。頑丈な鉄条網が張ってあって近寄るすべもない。ああ、せっかくここまで来ながら、城の姿さえ見ないで引き返すのか。しょせんリルケとは僕にとって、近寄れば近寄るほど姿を隠すものなのか。それともドゥイノの城とは、やはりカフカの『城』のようなものなのかと唇を噛みながら振り返ると、断崖沿いの雑木林の先の少し小高くなった所に、点々と白い岩が露出して

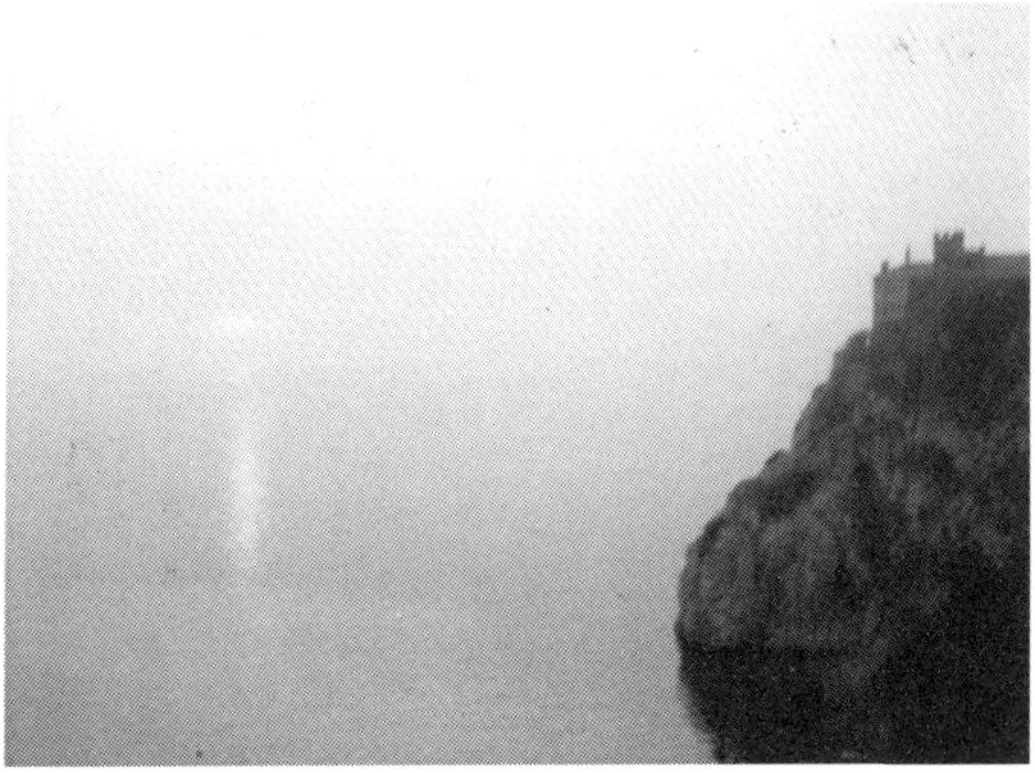

ドゥイノの城とアドリア海の夕陽

いるのが見えた。そうだ。あそこからなら城が望めるかもしれない。木苺《きいちご》や茨《いばら》やグミの棘《とげ》だらけのヤブを漕いで、やっとそこへ登りついて振り向くと、アドリア海に屹立する白い岩肌の、足摺岬を思わせる断崖の上に、ドゥイノの城の全容が忽然と浮かんで見えた。孤絶！　としか言いようのない形。息を呑んでしばらく僕はそこへ立ち尽くしていた。夕靄《ゆうもや》にかすむアドリア海にはさざ波もなく、薄陽のさす逆光の中に浮かび上がった城の姿。あそこに立ってリルケは何を見つめていたのだろう。ただ茫々と拡がる冬のアドリア海と靄にかすむ夕陽以外に何もない孤独の中では、集中よりもむしろ放心がふさわしいだろう。だが、彼は集中に集中を重ねていって、「たとえわれ呼べばとて天使の位階からはたして誰がそれを聞こう」というあの人類のもっとも痛切な言葉がここからほとばしったのだ。この城には「白い貴婦人」の伝説といういかにもロマン派風の物語が伝えられている。だが、「悲歌」の厳しさは、はるかにそれを超えている。まことに「美こそはおそるべき（schrecklich）もののはじめ」。

　どのくらい僕はそこに立ち尽くしていたのだろう。放心から我に返って、僕は白い岩の上に腰を下ろし、煙草をとり出して火をつけた。夕靄の中に一瞬赤い光が滲む。岩のくぼみに溜まった水にはうっすらと氷が張っていた。あたりには点々と野兎のものらしい糞が落ちていた。風はなく、それほど寒くはないが、十二月末のこと、もう気温は相当下がっているのだろう。帰りのバスの時間も迫っていた。僕は立ち上がってもう一度、靄に煙るアドリア海と絶壁の上にそそり立つ城の姿を胸に折りたたんで、その場所をあとにした。靄の中から現われたバスに乗って、はじめて僕は手の痛みに気がついた。茨や木苺の棘で、あちこちに引っかき傷ができていた。傷口に唇を当てて血を吸いながら、「ああこれもリルケの匂いだ」と僕は思った。……当時の日記はここで終わっている。

リルケが『ドゥイノの悲歌』の第一、二、三を書いたのは一九一一年から一二年にかけて、ドゥイノもしくはヴェニスでだったと言われている。『神様の話』が一八九九年だとすると、その間には十年以上の歳月が流れている。ここにはもう無垢な子供たちに語って聞かせる「愛する神の物語」は姿を消している。ここにあるのはヴェニスのゲットーの高層の屋根から垣間見られた、神と見まがう海ではない。リルケは、断崖の頂に吹き曝《さら》されて、たとえ叫んでも届きがたい、その現存に人間が耐ええない、恐るべき天使を仰ぎ、人の血の中にどよめく海神ネプチューンの矛《ほこ》の響きを聞いている。巨人ミケランジェロでさえ打ちひしがれるような強大な「恐るべきもの」を彼はアドリア海の虚空に凝視し、それに対峙している。その戦いの帰趨は、今私には知る由もない。だが、と私はふと思うことがある。あの時、夕靄の中でさだかには見えなかったが、ドゥイノの城からヴェニスの灯は望見できないのだろうか。あるいは少なくとも、ドゥイノの城でリルケはヴェニスを想うことはなかったのだろうか。ソドムの巷《ちまた》、虚飾の市としてのヴェニスではなく、あのヴェニスのゲットーを想うことはなかったのだろうか。なぜなら人間の歴史における恐るべきもの、人間の血のうちに潜むネプチューンの三叉矛《さんさほこ》のどよめきは、アドリア海の虚空ではなく、外ならぬあのヴェニスのゲットーの門内に込められているように思えるから。だが、ドゥイノからミュゾットへのリルケの行程の中には、その後もうヴェニスのゲットーは姿を現わさなかったのだろう。とすれば、リルケもジンメルと同じようにやはりゲットーを素通りしていったことになるだろうか。この、いささか早すぎるカタルシス！

今年の春、ミュンヘンのウェーバー学会の後、私は数日の小暇を得て、黄色い連翹《れんぎょう》の花咲く北東イタリアの街を歩いた。ヴェローナ、パドヴァ、ヴェニス、トリエステ。前に訪ねた時は知らなかったが、トリエステは第二次大戦中、イタリアでただ一つ、ユダヤ人の強制収容所が置かれた街である。だが、シナゴーグはりっぱに再建され、駅前にはユーゴからの避難民のキャンプがひしめいてゴッタ返していた。ヴェニスからトリエステへ向かう車窓から、はるかにドゥイノの城の後姿が望見された。その手前の土地は開発が進んで、リゾート用の分譲別荘だろうか、掘り返された黒い土の上に沢山の兎小屋めいたものが建てられていた。

注記
ジンメル（川村二郎）・リルケ（谷友幸）等の引用は、既存の邦訳を参照させていただいたが若干の変更を加えてある。写真に関しては、筆者自身の撮影したもの、図版に関しては、ヴェニスのゲットーの売店で購入した絵葉書、パンフレット等の資料による。

なお、表記として、市名はヴェニスという慣用により、共和国名としてはヴェネチアと呼んだことをお断りしておきたい。

主な参考文献

Umberto Tortis : *Juden und Synagogen*, 1973.
Béatrice Leroy : *Die Sephardim*, 1986.
John Bunzl : *Juden im Orient*, 1989
B. Netanjahn : *The Marranos of Spain XIV-XVI century*, 1966.
塩野七生『イタリア遺聞』第二〇話「シャイロックの同朋たち」一九八二年。

旅の曾良・筑紫の白魚

一　しらうお

博多の港から船に乗って壱岐の島へ向かったのは、かれこれ二十年も前になるだろうか。甲板に立つと、春霞の中に間近に玄海島が浮かんで見えたが、風はまだ冷たかった。全然そのつもりではなかったのだ。さる講演会の講師として私は福岡に来ていた。その春、大阪の大学を定年で辞めた同僚が財界の援助を得て郷里に研究所をつくることになり、その開所式を兼ねた経営者向けセミナーで私にも何かしゃべろと言う。冗談ではない。虚学口説の徒に筋違いもはなはだしい、と断る私に彼は言ったものだ。「大工だけでは家は建たない。神主が一人必要なんだ」。「ウム」と私は少し口籠ったが、すぐに交換条件を思いついた。「世に名高い室見川の白魚の踊り喰いを御馳走してくれるならば」ということで、私は春の筑紫路を西下してきたのだった。

室見川というのは博多湾の西南の端、檀一雄が晩年隠れ棲んだ能古《のこ》の島向かいあたりに注ぐ別に何ということはない河なのだが、背振山塊から流れ出ると、途中に工場があるわけでもなく、菜の花畠の中を蛇行するだけだから、まあ清流と言っていいのだろう。春先になると白魚が遡上してくるらしく、両岸には白魚料理の旗や看板を立てた店が何軒か並んでいた。私が上京、遊学した後、しばらく両親がこの近くに住んでいたことがあるから、帰省した折など散歩の途次こういう風景を見知ってはいた。しかし春先のこの季節だけ味わえる白魚料理を賞味したことはなかったのだ。

講演会は無事に済んだ。西鉄の重役たちをはじめとする経営者セミナーの生徒たちは、神主の祝詞を心地よくウトウトと聞いていたようだった。その晩、室見川沿いの旗亭で念願の白魚料理も賞味することができた。しかし三杯酢だったか日本酒だったか、その中に生きた白魚を数匹入れて、そのままグッと呑み込むと、最後の抵抗を試みながら喉元を滑り落ちて行く。その不気味な感触には、信心薄き私でも思わず念仏を唱えたくなるほどだった。そういうわけで、その年の九州行は、微苦笑の裡に、つまり想定した程度の軽い失望で終わったことに満足して、幕を下ろしたように見えた。だがそれは公務の表面上のことにすぎない。いくら私が喰いしん坊の好奇心の塊でも、白魚踊り喰いのためだけに「筑紫の極み」までやってきはしない。じつは最初から私には、心中ひそかに期するものが、「肝心の一事」があったのだ。何を隠そう。それは芭蕉の一句

あけぼのや　白魚白きこと一寸

の解である。

この句はたんに『野ざらし紀行』だけでなく、芭蕉全体を代表すると言えるほどの名作で、「古池や」に次いで知られている句ではなかろうか。俳句はほとんどが古典、古事を踏まえていて、その教養がないと完全には理解できないものが多いが、これなどは、その視覚的な明晰さ、気品ある美しさだけで誰の鑑賞にも耐えると言えそうである。しかしじつは必ずしもそうではない。たとえば、この句で、白魚はどこに居るのか。通説では網の中で飛びはねているとされているようだが、地べたによこたわっていると解する者もいる。その場合、地べたとは黒土なのかうっすら雪がつもっているのか、それとも水中を泳いでいるのか。じつは私は最後の水中説を採りたいのだ。たぶんそれは俳人としてではなく釣人の視線で私がこの句を見ているからだろう。芭蕉がこの句をつくったのは桑名の渡しで、紀行の前文には、「草の枕に寝倦きて、まだほのぐらき中に浜の方に出て」とあり、その時同行していた弟子の木因によれば、「海上にあそぶ日は、手づから蛤を拾ふて、しら魚をすくふ」とある。あの辺りで「しら魚」と言うのは、はぜ類の稚魚の「素魚《しろうお》」を指すと思われるが、いずれにしてもそれは生きているかぎり透明、少なくも半透明であって、加熱しないかぎり白くはならない。それは岸辺の砂の上であろうが網の中ではねていようが同じである。むろん芭蕉には白という形容について、「海暮れて鴨の声ほのかに白し」のような象徴的用法もあろう。だがこの場合はどうだろうか。問題は作者が身を置く視点とその位置である。私の考えでは、作者は船べりに、あるいは岸辺に身を乗り出して水面をのぞきこんでいるのだ。すると水中を遡上してくる「しら魚」たちの動きが見える。この句、初案では、初五は「あけぼのや」ではなく「雪薄し」だったという。うっすらと水面に雪の降る夜明けの河面からのぞき込むと、暗い水中を遡上してくる透明な白魚たちの、一、、、寸刻みの動きが、――おそらく小さな黒点のような眼の動きを通して――刻々に感じられる。もしこの句が叙景句であるとすれば、描かれているのは、網の中に群れていたり浜辺に打ち上げられている白魚ではなく、こういう水中の動きなのではなかろうか。しかし初案の「薄雪や」が「あけぼのや」に直されることで、季題も冬から春に変えられている。そして水面を蔽う薄雪の白さが消されることで、かえって透明な白魚そのものが「白きこと一寸」という見事な象徴に造形されてくる。その意味でこの句は、けっしてたんなる静態を描写した叙景句ではない。

できれば河岸に泊って翌朝夜明けの白魚漁を見てみたかった。しかし宿は市中にとってあった。やむなく車に揺られて帰りながら、尚私の心には、もう一句、白魚の句が浮かんでは消えるのだった。それは、

行春《ゆくはる》や鳥啼魚《なきうお》の目は泪《なみだ》

むろん『奥の細道』の冒頭、旅だちの朝の離別の悲しみを歌った句である。しかしこの句、「あけぼのや」に比べて視覚的な明晰さを持たない。「鳥啼き」はいいとしても「魚の目の泪」とは何だろうか。これについては古来、たとえば梨一の『菅菰抄』をはじめ、杜甫や崇徳院を下敷きに想定する向きがあるようだが、鳥や花に比べて「魚の目」を想うのにはどうしても無理がある。

そこで今様の具象性を求める人のなかには、これを「魚屋の店先に並べられている（つまりすでに死んでいる）魚」だと断定する者も出る始末である。だが死魚の眼の泪とは何だろうか。じつはこの句、『続猿蓑』には、留別と前書のある、

鮎の子の白魚送る別《わかれ》かな

という形で初案が示されている。送ってきた人々に示して評判がよくなかったので、例によって芭蕉はこの初案を捨て、推敲を重ねて「行く春や」の句にあらためた。その余韻が下五に残っているのだが、送る人＝小鮎、送られる人＝白魚という童画的な水中劇のシーンが消されているために、「魚の目は泪」が、それだけ唐突な形で取り残されることになったのではあるまいか。この場合魚の由来や行方を内外の古典や、まして魚屋の店頭などに探そうとするのは筋違いと言うものだろう。

隅田川では白魚の漁期は早春で、小鮎は春たけなわの頃だという。「草の戸の住人」が住み替えるように、水中世界にも季節の交替があり、月日の過客は過ぎ去ってゆくのである。

しかし数年をかけて構成に腐心し推敲を重ねた作品、『奥の細道』冒頭の漢語調を帯びた高揚した調べの中では、やや直接的に過ぎるこの擬人法と――釣師井伏鱒二の『山椒魚』を想わせるような――童話的シーンは、ややそぐわないものとして削除・訂正されるのはやむをえぬことだったろう。しかし少なくとも異和感を与える「魚の泪」という句だけでこの初案のイメージを生

かした形で理解するのは困難なように思う。そればかりではない。じつは、私はさらに踏み込んでつけ加えておきたいのである。それは送る人々＝子鮎、旅立ってゆく者＝白魚という対照からすれば、芭蕉はむろん白魚の側に置かれている。この白魚に自分を投影しているという事実を、もっと拡げて普遍化することはできないだろうか。端的に言えば、これをこの句案だけでなく、あの「あけぼのや、白魚白きこと一寸」という名句にまで転用して考えることはできないだろうか。つまり早春の夜明け前、みぞれのような薄雪がうっすらと水面を流れていく間をのぞき込むと、それと逆行して暗い水面下を遡上してゆく白魚の、一瞬のきらめきが一寸刻みの動きとなってひらめく。その動きに芭蕉は自己自身の生命のきらめきを感じはしなかったろうか。もしそうとることが許されるなら、蕉門の正風は深川芭蕉庵での蛙合《かわずあわ》せの冒頭を飾った「古池や」の句から始まったと言われているようだが、芭蕉自身の新生は、すでに「あけぼの」から始まっているとは言えないだろうか。

俳句という、世界でも稀な短詩型文学の作品には、どんなに明確な輪郭を持ったものにもどこかに謎めかしいものがつきまとっている。それは常に説明不足なのであり、常に別の鑑賞と解釈を許す。それが作品としての自立性、完結性の欠如と見なされれば、そこに第二芸術論なぞが割り込んでくる隙があるだろう。しかし謎としての作品が、豊かな、場合によっては無限の、解釈と連想の波動に連なっている――そこに連句や歌合の可能性が開ける――とすれば、子規をまつ迄もなく、そこにこのジャンルの類い稀な魅力があるとも言えるだろう。だが限りない解釈と連想の可能性とは、他面では、限りない曲解や誤解の可能性でもある。

九州博多、室見川べりの白魚料理店における芭蕉の「あけぼの」をめぐる私の想念が、何がしかの新しい地平を開いてくれたのに対し、壱岐の島における曾良の墓碑銘をめぐる私の物想いは、錯覚の地平から、さらに深い迷路へと私をのめりこませることになった。以下はその顚末である。

二　島に死す

博多の港を出た船は二時間半ほどで壱岐の南岸、郷の浦に着く。温泉の湧く海辺の湯本に泊まり、その宿で私は初めて北岸の街勝本（旧名風本）のお寺に曾良の墓があることを聞いたのだった。曾良。むろん『奥の細道』の同行者、曾良のことである。同行二人とは、本来仏とともに歩むという遍路巡礼の心境をさす言葉だが、ふつうには、――許六以下の絵巻に見られるような――編笠姿の芭蕉と曾良の二人の托鉢行が目に浮かぶのではないだろうか。芭蕉の旅には――杜国への熱い想いに駆り立てられた吉野行の一部を除けば――独り旅はほとんどなく、その土地ごとの送り迎えで引き継がれていくことが多いので、長期にわたる鹿島行以来の随行者曾良が、専属のお伴のような感を与えるのだ。『奥の細道』だけに限っても、曾良が登場するのは、那須野ヶ原の萩の中を馬を追って随いてくる童女、かさねというその名に八重撫子《なでしこ》を想う件り。あるいは市振《いちぶり》の宿で遊女と同宿する折の感情を書き止める箇所など、全巻の中でも彩り豊かな所所《ところどころ》。それだけにそれらは芭蕉の創作ではないかという説もある。さらに山中温泉で芭蕉と一時別れて、養生のため先に帰省する折に詠んだ

ゆきゆきてたふれ伏すとも萩の原

などの句から見ても、曾良が単なる鞄持ちの従者ではない詩魂の持ち主であり、旅を終えた最晩年の芭蕉に江戸東上を勧める手紙から見ても、彼がたんなる旅の道づれではなく、人生という旅の親しい同行者であることが偲ばれる。しかしそれだけに、いっそう芭蕉の没後の曾良の動静については、空白の中に、注意の外に置かれてきたと言っていい。それに振り返ってみれば、これまでのところ芭蕉の側からの一方的な曾良の紹介をそのまま受けとってきただけなのだ。だが芭蕉の描く曾良の肖像画だけが、曾良の顔であり姿であるとは限らない。芭蕉の目を通さずに曾良その人を知る手段はないのだろうか。

もともと曾良には、芭蕉サイドからの記述文献以外に、彼自身の筆になる『おくの細道旅日記』と呼ばれる文献がある。今日では同名のものが岩波文庫版『おくのほそ道』に併録されているから比較的簡単に目にすることができるが、これは抄録であり、筆者のてもとにある小川書房版『奥の細道随行日記』（昭和十七年刊）には元禄四年の近畿巡遊日記を含め全部が収録されている。じつはこれらは昭和十年代に民家の私蔵品の中から発見されたもののようで、奇跡的な発見と言わねばならない。これがきわめて興味深いのは、同行二人が一緒に旅をしつつその同じ旅について違った記録を残しているということに、つまり両者を比較対照してみた場合の一致対応よりは、むしろ微妙なズレや不一致、あるいは一方だけの沈黙、省略にあると言えよう。むろん同行二人とはいえ二人旅である以上、さまざまの差異があるだろう。まず関心の差。芭蕉にとって歌枕を訪ねる旅が、――吉川神道に連なる――曾良にとっては神社めぐりであるといったこともあるだろう。主従（師弟）関係という立場の差は、当然役割分担における分業をも生むだろう。スケジュールの立案、宿探し、会計担当は、むろん曾良の役目である。それは当然日々の出来事を記録する紀行文の性格にも影響せずにいないだろう。両者のズレは、さまざま解釈と推測と場合によっては邪推をさえ生むことになるのだが、まず公正なところ最大の相違は、曾良のものは備忘録として記された旅の記録、実録であるに対し、現在伝えられている『奥の細道』のテキストは、旅の後数年をかけて推敲を重ねた文学であり、慎重に配慮された構成、修正、場合によっては虚構《フィクション》を含む創作だということであろう。じつはそこにこそ、『土佐日記』や『東関紀行』などとは異なる芭蕉の文学的な自負もあったと思われるのだが、それをめぐっては最近の「トリヴィアの泉」から旅行ガイドに至る諸家の百家争鳴にゆだねることにしよう。私は『奥の細道』の創作性を強調する解釈に与したいと思うが、ここでは芭蕉なき後の曾良の動静、端的に言って、壱岐で出会った曾良の墓、その墓碑銘が問題なのだから。

墓は壱岐の島北岸の漁港勝本（旧名風本）の港を見下ろすちょっとした岡の上、能満寺の境内にある。墓石はそれほど大きくはなく、苔むしてと言うほどではないが、白ちゃけて刻まれた字もよくは読みとれなかったことを覚えているから、墓碑銘の句は、あるいは横に高札があったのか、あるいは説明書きで読んだのかも知れない。一読私は衝撃を受けた。

春に我乞食やめても筑紫哉

その時、その瞬間、私が考えたのは次ぎのようなことである。ああ漂白の詩人曾良は、芭蕉の死後も一人漂泊の旅を続け、放浪の果、ついに晩年に筑紫に流れつき、最後には日本列島の西の端、壱岐の島にまで渡って、ここに定住の地を見出し、自分は永年、乞食《こつじき》つまり托鉢行脚の旅を続けてきたが、今この筑紫の地の春に会って、もはや漂白の人生に別れを告げ、ここにこそ定住の地を見出し、ここで生き、そして死んでいこう。

「春に我」という出だしの強い調子、「乞食やめても」とこれまでの人生の条件を否定した上で、筑紫かな、とこの大地を選ぶ決意。

日本の詩歌の伝統は、「出家遁世の志」を述べるところにある。しかしこの曾良の句はそういう伝統の常套を破って、むしろ「定住への志」を述べたものであり、筑紫の春という自然への讃歌であると同時に、漂泊の人生に対するささやかな勝利の歌なのではなかろうか。その意味でこの句は稀有の句と言わねばならない。境内を出て坂を下りると、街筋の両側に猟師のおかみさんたちだろうか、その日のそれぞれの獲物を道端に並べて、道ゆく人に声をかけていた。感激おさまらぬ私はそこに今迄見たこともない直径二五センチの巨大鮑を見つけ、金五千円を投じてそれを買い求めると、まるで戦利品を持ち帰るような勝ち誇った気分で、空港への路を急いだのだった。

だがゲーテをまつまでもなく、「一切の学問は灰色」である。何年か経った後、ある篤学の研究者が調査探索の成果を公表した。その人は対馬藩、壱岐郡役所に残された宝永七年(一七一〇年)

の古文書を調べていて、そこに幕府中央から派遣されてきた地方巡見使の詳細な、一問一答に至る記録を発見したのだった。その巡見使の次席とも言うべき御用人様、岩波庄右衛門なる人物が、じつは曾良の本名なのである。曾良は芭蕉の死後も、一人漂泊を続け筑紫に辿りついて住みつき旅路の果てで世を去ったのではなかった。彼は中央のエライさんとして地方巡見、査察に派遣され、官僚的な査問を行ない、日付こそさだかではないが、数日後に現地で不慮の死を遂げたらしい。その壱岐巡行がきまった段階で曾良は故郷諏訪の縁者にその旨を浮き浮きした調子で報じ、それに例の墓碑銘の句を書き添えたという。

もともと深川の芭蕉庵の近くに居をかまえて出入りし、薪水の世話までする前は、曾良こと河合惣五郎＝岩波庄右衛門は伊勢長島藩士であり、吉川神道に通じながら、剃髪して墨染めの衣や六部の姿に身をやつし、托鉢して歩きながらも常に大金を所持し、時に身をくらまし、旅慣れた老練なその所行を考える時、また元禄綱吉の頃、地方雄藩の動静を掴む必要に迫られていた江戸幕府にしてみれば、風狂の名の下に自由に旅のできる宗匠のお伴として心利いたる公称浪士を地方探索のために派遣することは、充分に考えられることである。芭蕉自身にさえ嫌疑のかかることを想えば、曾良に「公儀隠密」の烙印が押されるのも、もっともなことかもしれない。しかしだからと言って曾良の奥の細道随行を「公費出張」などと言う気はない。永い道行きの間に通じあった二人の親愛の情は、「ゆきゆきてたふれふすとも萩のはら」という漂泊の志の共有なしには考えられないからである。

さきに対馬藩壱岐郡役所の古文書を調査して晩年の曾良の動静を発掘された村松友次氏は、さらにその著書の末尾で、並河誠所の『伊香保道記』に出てくる榛名の岩窟に住む老翁に、「壱岐で死ななかった」場合の曾良の最晩年を暗に擬しておられる。幕府の練達の官僚よりは、やはり世を捨てた仙人としての曾良の残像が捨てがたかったのであろうか。

それはむろん事実を問うべき事柄ではないが、少なくとも私は、さきの曾良の墓碑銘について決着をつけておかなければならない。定住の志を述べたものだという私の感激音痴の解釈が誤りであることは客観的に明らかだからである。しかし完全に撤回する気はないので、ささやかな修正を加えることにしたい。「春に我乞食やめてもつくし哉」。この句は辞世でもなく定住の述志でもない。しかし筑紫下りの志がかなえられようとするよろこびに溢れている。托鉢、乞食に身をやつしていつかは筑紫を訪ねようと切に思っていた。しかし今や再び本来の旗本用人に戻り、公務に明け暮れる身になっては、それもかなわぬ夢と諦めていたのだが、はからずも巡察使の役目をおおせつかって筑紫の春に会えることになった。

なぜ筑紫なのか。ここにあるのは歌枕への未練ではなく、むしろ自然への愛情である。筑紫の春は美しい。曾良が西下したのは四月末から五月の初めだからもう室見川の白魚の遡上は終っていたかもしれない。しかし菜の花が咲き、楠の若葉がかぐわしく野に充ちていたことであろう。

この句は辞世ではない。この句を故郷に書き送った時、曾良は間近に自分の死を予期してはいない。だから芭蕉の文字通りの辞世、

旅に病んで夢は枯野をかけめぐる

とは比べようもない。しかし芭蕉と同じように、隠密であろうとなかろうと、曾良もまた「旅に生き旅に死」んだのである。今日『奥の細道』の正本と目されている『曾良手択本』を遺して。「万代の過客」は、やはりここをも踏みしめて過ぎ去っていったのである。

北海道＝約束の地？

「北海道と私」というテーマで何か、という編集子からの御用命に、とりあえず返事を認めることにした。「折悪しく、目下締め切りの過ぎた、あるいは締め切りの迫った原稿を、いくつもかかえているので、今回は見送らせてもらいます」。だが、そう書いて何やらひっかかるものを感じた。たしかに、夏遊んだキリギリスの報い。色んな仕事が重なって暇がないのは事実だ。しかし仮に暇があったとして、このテーマで書けるか。そう自問した時、答えは、明晰判明に「否」だ。私は、今流で言えば、二二歳から三九歳まで、十七年を北海道で過ごした。いわばそれは私の青春そのものである。とすれば、「北海道と私」というテーマで何かを書くとすれば、それは私にとって、青春の総括をすることになる。青春の総括、そんな大それた大仕事を、どうして一日かそこらでできるわけがあろう。だが、しかし……。

一九五二年、昭和二七年五月初め。東京にはまだ「メーデー（皇居前広場）騒乱」事件の硝煙が立ちこめていた。本郷・東大文学部地下の「二食（第二学生食堂）」の地下には、まだ血の滲む繃帯を頭に巻いたりした学生たちがゴロゴロしていて、さながら野戦病院の、キナ臭い雰囲気が立ちこめていた。私は喫茶部で働いているはずの、石英のような感じの少女が居ないかと見廻したが、どこにもその姿は見えなかった。「よしっ、これが見収めだ。もう二度とここへ帰ってくることはすまい」。その脚で私は裏門を出ると不忍の池を横切り、弁天様の細道を通って、上野駅に向かった。その晩、「上野発の夜行列車」に乗って、私は北海道へ旅立った。「はるかに狂乱の群を遠く離れて」。

とにかく、遠くへ行きたかったのだと思う。その頃、私の実家は九州にあった。私は東京の大学に来ていた。そういう家から、自分自身から、すべてを引っくるめた過去から、私は逃れたかったのだと思う。遠くへ、遠くへ行かねばならぬ。できれば外国へ、海外留学ができればむろん行きたかったのだが、敗戦後の国際関係の中では、アメリカ以外にはまず不可能だったし、私はアメリカには興味がなかった。とすれば、国内でもっとも遠い所、それは北海道しかない。「蛍の光、窓の雪」という歌は、今でも小学校の卒業式の時に歌われているだろうか。少なくともメロディーは、パチンコ屋の閉店時に流されるのを覚えている方もおありだろう。その三節か四節目の冒頭に、「筑紫の極み、陸奥の奥、海山遠く隔つとも」という文句がある。しかし実は戦争に負けるまでの一時期、この部分は修正拡大を加えられて、「台湾の果も樺太も」と変えられていた。「筑紫の極み、陸奥の奥」の代わりに、こういう形で日本帝国主義が海外進出を果していたのだ。敗戦とともに日本は海外植民地を放棄し、「蛍の光」の歌詞は、また元に戻った。こういう終戦秘話を知る人はもう少ないかも知れない。しかしこのことは、つまり樺太が歌詞から消されたことは、何を意味するのか。それは北海道が日本の最先端として再登場したことを意味する。どういう意味の最先端か。たんに地理上の北限の地というだけではない。かつて私が造った言葉をリサイクルさせてもらえば、それは「牧歌的近代」の最先端なのである。

　卒業後就職口がなくはなかった。しかし国立大でも、東京より西では、何か昔に戻る気がしたし、私大なら東京にも口はあったが、何よりもこの直前の過去からは抜け出したかった。だから北大に文学部（最初は法文学部）が出来た折に熊本の五高から移って居られた旧師、哲学の細谷貞雄先生が助手で来ないかと誘って下さったのに甘えて、私は躊躇なく北大行きを決意した。「若い時から無鉄砲で損ばかりしている」というのは、確か漱石の「坊っちゃん」の書き出しだが、私は多分そんなに無鉄砲な人間ではない。むしろ昼飯を喰うのにも、カレーライスにしようかハヤシライスにしようかと、思い惑い遅疑逡巡することもある人間だが、この時は違った（結婚する時もそうだったが迷う事は何もなかった）。つまり第三者として比較検討すれば選択に迷うこともあるだろうが、眼前にただ一本の道しかない時には、踏み出すか踏み出さないか、どっちかしかないのだ。私は東大では「師」と呼べる人には出会えなかった。その場合、私が言う「師」とは、たんに学術研究上の教師ではなく、「汝等、家を捨て己れを捨てて、――（十字架を負いて）――我れとともに来たれ」という衝撃を与えてくれる人、そういう強調された意味を持っている。細谷さんがそういう人であるかどうか判別はつかない。しかし細谷さんのハイデガーを読む読み方には、――東大の先生方にはない――切迫したものが垣間見られるような気がした。「よしっ。行く所まで行ってみようじゃないか」。私はそれまで東京以北には、（正確には、利根川の鉄橋を越えては）行ったことはなかった。しかし五月闇の中、上野発の夜行列車に揺られて北上川のほとりを北上しながら、私の胸には、そういう何やら熱いものが燃えているのが感じられた。しらじら明け、津軽海峡を船で渡って、水芭蕉咲く大沼のほとり、車窓から駒ヶ岳を仰いだ時、私は「約束の地《プロミスト・ランド》」という言葉を想い浮かべた。

辿りつき、住みついた札幌の地が、どういう意味で私にとって「約束の地」であったのか。それは冒頭に述べたように、私の青春の意味と重なり合って、容易には筆にすることはできない。約束が裏切られたとは思わないし、夢が醒めたとも思わない。しかし夢は移ろうものだ。仕事の面では、いく分偶像崇拝的な気持の否めなかった私の細谷―ハイデガー熱は――とくに彼が「帰郷」して以来――影を薄くして行き、何年か後には、私はなすべきことの核心を見失って茫然自失していた。

ふりくれど　ふるさともなし
ふりしきる昏き野の涯
ひるがへる　白き風花

昨日われ　何をかなせし
経る時も　吹雪乱れて
今日の日も　しかとは見えず

しかすがに　死にもえせずして
沈黙《シジマ》吹く　針葉樹林
ふりやめば　ふと雪明り

「北國詩編」と題して後に同人誌に発表したこの詩などは、当時の心象風景を或る程度示しているだろう。私があらためて学問的に自分を建て直すことができたのは、一九六二年から二年間飛び出していったドイツでのアドルノのもとでの研究留学を転機としているだろうか。しかしどうやら今後の課題が見えてきたのを予感しつつ、東京オリンピックで湧き立つ日本、F教授事件で荒廃した北大に帰ってきてみると、文学部には私にふさわしいと思える席はなかった。私は生まれつき「坊っちゃん」のように無鉄砲な男ではないと思う。しかしその時も私は即座に、北海道を去る時が来た、と思った。

二度と帰ることはないと思った内地に、私は帰ってきてしまった。「帰郷」ではなく「帰京」という題の小説を書いて、私は北海道へ訣別を告げるつもりだった。しかし夢は潰え、思惑は外れる。オーバーランした私は大阪から神戸まできて、アウトということになってしまった。今、朝夕、明石海峡を通る船を見ながら思う。その後の阪大でのいわゆる学園紛争、私のエルサレム留学、晩年の学部長など管理職務め（それ以来私は「人間性悪説」を信じるようになった）。九十九折の曲り角が重なりあい、時間の屈折率の中に霞んで、昔の私の青春は、偲ぶ由もないけれども、今でも私は毎年夏は札幌で過ごす。そんな時、夏が来れば想い出すのは、北海道の風土であり、友人たちだ。私は札幌で、酒をおぼえ、二日酔の苦しみを知り、宿酔がいやされていく、よみがえりのよろこびに目ざめた。宿酔に落ちこんでいる捕囚の境涯から脱出して、逃れゆく約束の地は、積丹であり石狩であり大雪山だった。ヨルダン川で洗礼を受ける代わりに、私は北海道の山野を、渓流を山女魚を求めてさまよったのかもしれない。私が札幌で得た友人たちは、ほとんど大学関係者だ。しかしその人々と語り合うのは、ほとんど大学ではなくて薄野界隈だった。その意味での薄野関係者が、私の交友圏を区切っている。しかし薄野は「ソドムの巷」ではない。歓楽街とさえ言えない、と私は思う。それは、こう言ってよければ、「友情の街」だと私は思う。

そういう友人の多くは、もうこの世に居ない。何年か前の夏、お盆の中日だったと思うが、私は小岸昭君と二人、彼の先輩でもあり私の薄野の友でもある永井義哉の墓を訪ねて行った。それは石狩川を大橋で渡って北へ、しばらく行った右手の小高い丘の上にある。はるか見はるかす下、白い燈台のあるあたりから川は蛇行して、砂浜を保護するため、河口の両側に築かれた導流堤が、泥流を沖の方へ運び去っている。石狩川河口は私のもっとも好きな場所の一つである。しかしふつうの人はせいぜい燈台の所ぐらいまでしか散歩に行かないし、たまに釣人がその先の草原に見かけられるぐらいだ。しかし私はさらにその先、沖に突き出た、鉄枠を繋いで組み立てただけの不安定な導流堤の先端まで釣竿片手に手探りで行ったことがある。悠揚迫らぬように見える石狩川も、ここには足下に濁流を集めて矢のように早く、私は恐怖にかられて、早々に逃げてきたものだった。今、亡友の墓石の傍らに立って、はるか眼下に、石狩川がいっぱいに濁流を沖に押し出し、白く広い帯のように日本海に消えて行くのを眺めていると、私はふと、その先にこそ、永遠の休らぎが、「約束の地」があるのではないか、という気がしてきた。私もできたらそこへ流れて行きたい。熊野灘の沖に、昔の人は「補陀落」と呼んで、そういう「帰るべき所」＝「故郷」を想定していたのではなかったろうか。

北海道が第二の故郷などと、歯の浮くようなことは言わない。第一の故郷さえ信じない者が、他人様の土地を第二の故郷などと呼ぶのはおこがましいと私は思う。しかし、夏が来れば想い出す。私は北海道へ行くのだろうか。それとも帰るのだろうかと。

四　作家論

井伏鱒二論　黒・水中世界・自然のナルシシズム

（一）

戦後の時の流れのうちで、多くの作家が挫折し、転向し、自失し、自殺し、行方不明になっていったなかで、井伏鱒二は、いつも時流の傍らにたたずみながら、人知れずさまざまの工夫をこらし、腕をみがき、着実に自己を実現してきたように思われる。めまぐるしい出発と再出発のかけ声の陰で、この四十年にあまる持続の重みは、偉容ともまた異様とも感じられる。

井伏文学は、「志を述べる」体のものではない。しかし大切なのは志を述べることではなく、志を遂げることだ、という素朴な事実を、しばしば人は見失っている。大正の末期、同じ雑誌の同人仲間が一斉に左に向きを変えた時に、井伏は、「何とかして左傾しないで生きていきたい」という、ささやかな志をたてたそうである。もちろんそれは、左か右かというイデオロギーの選択とは関わりのないものだったにちがいない。どうしても「進軍ラッパを吹けない」自分へのいとおしみと、そういう自分を表現する上で、概念的な言語に感じる救いがたい違和感とが、ささやかな願いとなって現われたのであろう。だがその願いは、どんなにささやかであったにしろ、情況と離れて、自分自身で、自分なりの文学的自己を実現していこうとする、時流に対峙する、はるかな志と結びついていた。五十年後の今日、その志は果されたと言っていいであろう。あまり角ばった所を感じさせない宗匠風の井伏氏の風姿のうち側には、身も細るばかりの刻苦と、人知れずこらしてきた数々の工夫と、絶え間なく交錯させてきたレフレクシオンの視線とが、うずたかく積み重なって、ふっくらとした丸みを見せているかのようである。旅はいかにも長かったであろう。それにしても、その「旅上手」な人の、「浪費を知らず」「観念することを知っている」「十年一日の如き歩み」は、太宰治をして「不敗」と感じさせるほどの偉容を備え、入水の間際に「井伏鱒二ハ悪人ナリ」と走り書きさせるほどの威圧感を持った強固な文学的姿勢を構築させている。

井伏は庶民的作家だと言われる。だが庶民の哀しさ、おかしさ、いじらしさ、いやらしさをきびしく観察する彼の目が、それ自身庶民的である筈がない。それにどれほどの愛情が込められていようとも、そこには、人間をも自然物として観察する冷たい目が光っている。井伏はむしろ「市民」に対立する「芸術家」というタイプに近い。ただその芸術家とは、文化人の一種ではなく、むしろそれに対立する方向にあっただけであろう。おそらく非常に早い時期に、彼は、庶民とか人間というものを捨てている。ただそれは、庶民や世の中を離れて、それを超えた所に、彼の視座を築かせはしなかった。その姿勢のうちには「世直し」の志向はない。しかし彼は単純な「世捨て人」でもない。いわばそれは、「世の中での世捨て」であろう。世の中の真中で、彼の目は、三六〇度廻転する小さな灯台のように、庶民の心や振舞い、欲望の出所や行末を、見抜き、見届け、見守っている。この小さな灯台には死角がない。その光は、さりげなく自分の足下をも照らし、昼間でもその光を消すことがない。時にはそれは大空高く翔ける鷲の行方を追い、時には水中にひそむ生き物のかすかな動きをも浮かし出す。外から見ればあるいは昼行燈のように見えるかもしれない。しかしその光は、『川』にでてくる不気味な血球のように、二四時間閉ざされることはないかのようである。

「観る者」となることは「為る者」を捨てることである。井伏は、世の中で何かを為ること、世を直すことを捨てている。その代わりに彼が選んだのは、さしあたり庶民の中への「方法的韜晦」であり、自ら観る者として、庶民の中へ籠ること、であろう。この出城の守りは、今日迄のところ、難攻不落を誇っているかのように見える。

だがそれがはたして井伏の「最後のもの」だったろうか。

（二）

井伏鱒二の作品世界をつくりあげている色彩のうちで、黒という色は特別の意味をおびているように思われる。はじめに黒い墨汁がぼたりとどこかに落ちて滲む。だがその汚点が拡がる前に（幾千の筆づかいが加えられるかは知る由もないが）それは丹念に塗り込められ消去されていく。そしてその上に別の絵具の一筆、その筆さばきがくっきりした形を作品の面に浮かべる。夜更けの梅の花、夜明けのプールに泳ぐ鯉。鮮やかに画き出される形象は、いずれも白い紙の上に直接に描かれたものではなく、かき消された黒地の上に移し植え、培養され展止された形象であろう。

だが井伏鱒二の場合、黒の対照色は必ずしも白い色ではなかったのではなかろうか。黒白をつけることは、彼の欲するところではないし、白絵具は、しょせん黒色を消すことはできまい。黒い墨汁は、ある透明さ、川の流れにさらされて（幾千の渦にもまれたかは知る由もないが）漂白される。黒くにじんだ汚点だけでなく、むしろ黒と白との残酷な対照そのものが、水の中でしだいに澄んでいき、やがてかき消される。そして川の面には、さざ波の優しい擾乱をとおして、くっきりとした影がたゆたう。井伏鱒二の作品の時熟のうちには、こういう黒からの漂白の作業、浄化と快癒、解放とカタルシスの過程が秘められているのではないだろうか。

井伏における黒のイメージは、いくつかの層に分かれている。

さしあたり黒い墨汁の一滴とは、「悲しみ」という井伏文学の生地にしたたる「いかり」の汚点としてあらわれる。井伏文学の全体が「悲しみの文学」として特徴づけられることは、事新しく言うまでもあるまい。「山椒魚は悲しんだ」という処女作の選び抜かれた最初の一行は、井伏全集の大前提として読むことさえできよう。昭和初期の大都会の郊外に下宿している「思いぞ屈した」孤独な文学青年のうら悲しさ。「私たちの六波羅」を懐かしみながら内海を漂泊する少年公達の、あえかな、ほとんどはっとさせるほどの生々しい色感。男男《おとこおとこ》しい侍大将たちの間で次第に大人へと変身していく少年の心理と生理の息吹き。それらに彩られながら流れていく時間のたゆたい。たとえば『夜ふけの客人』『夜ふけと梅の花』などの初期の墨彩画ばかりではなく、作者が十年の歳月の流れのまにまに、自分の文体の自然の変化を待って、移りゆく彩りを加えていったという『さざなみ軍記』も、いわば「花びらの流離譚」として悲しみの変奏曲であったであろう。ここで井伏は、悲しみから悲しみを書いている。

しかし井伏には、「怒り」という要素があることも見過ごすわけにはいかない。他人の横暴さ、他人のエゴに対するモラリストとしての怒りが。だがその「いかり」は怒りと書くよりは、「瞋り」という字を当てるべきなのかもしれない。怒りは、断固として他者を撃つ能動的な方向を持つ。それは義に照らして裁決し、刑罰を与え、決定を下す。場合によっては、それは、人間が旧約の神と共有する神聖な感情でさえあるかもしれない。井伏のいかりはそういう肩ひじ張った大形なものではない。「瞋り」とは、昔出た辞典によれば、「自己の情に違反せる事物に対して憎み憤り、ために心身の平安ならざること」であり、「仏教では貪や癡と並んで『三毒の一つ』に数えられている」と記されている。井伏の瞋りは、自分を出て他者を撃つことはない。それは防衛のために海外に派兵したりはしない。いわれなく割り込んでくる者、理不尽な押しつけ、無体なもの、「ひでえことをしやがる者」に対してだけ、彼のいかりは発動する。自分が被害者であり、しかも無辜であるかぎりでしか、彼は怒る者としての倫理的自信を持つことはできない。しかも外へ出ようとする怒りは、たちまちに他人のエゴイズムと自分のエゴイズムとを同時に透視するレフレクシオンによって、内化され、瞋りに転化される。そしてさらに自己内浄化装置によって、その毒が濾過されていく。他人のエゴイズムをもっとも敏感に感受するのは自分のエゴイズムであるという自己嫌悪と恥らいを、他人に見せることなく、瞬時に両者を中和する神速《しんそく》さ、それが悲しみという絹地を汚す瞋りの黒いしみを漂白すると同時に、絶対に受け身な無辜の被害者というミニマムの倫理的自信を井伏に与える。ある意味では、井伏ほど、このミニマムの倫理的自信を持ち通し、それを表現者としての発条に転化させていった文学者は稀であろう。受動的な被害者のみが、能動的な加害者の無体な振舞いを的確に見ることができる。そしてその身勝手さを笑うことができる。『白毛』『二つの話』を中心にする戦後の一連の作品のうちには、こういう瞋りの痕跡が、くろずんだ苦い余韻を漂わせている。

しかし井伏は、悲しみから悲しみを書いたと同じ意味では、怒りから怒りを書きはしなかった。瞋りの黒い瘢痕は、作品のうちでは注意深く吹き消されている。悲しみは瞋りの感情の鎮静した後に予後として訪れるが、それはもう身勝手な被害者意識をさえ可笑しいと見るレフレクシオンによって濾過され、落差を持った視点からユーモアとペーソスへと変容させられている。倫理的怒りにもとづく黒のイメージは、表現者としての井伏によって完全に漂白され浄化されていったように見える。

だが第二に黒のイメージは、他ならぬ表現者として、反省者としての井伏がのんだ毒として現れる。彼は、ある一つの強烈なイメージを核にして作品を構成することはしなかった。モーパッサンの『二人の友』の結末、銃殺された二人の釣師の屍体の傍に残された魚籠の中でぴちぴちとはねている魚の音。それすら「少し強烈すぎるように思われた」と感じる井伏は、ふっと強烈な色彩を吹き消す。単一なイメージの造型という点では、むしろ小説よりは、詩の形で、彼は自由に絵具の一筆をふるっているように思える。そこでは、吹き消された黒い毒も、ちょうど地下水が割れ目から吹き出して岩塩の結晶をこびりつかせるように、ときに地表に露頭しないではいない。『厄除け詩集』などのうちから、あまり目だたない詩を二つ。

黒い蝶

青山さんがロケイションに行ったとき
崖のはなの平たい大きな石をはねのけた
そこの穴ぼこにいっぱい黒い蝶がゐた
何千びきとも知れぬ黒い蝶である
それが蠢きぱっと飛びたち
あくまでも空たかく舞ひあがって行った

穴ぼこいっぱいに蠢く黒い蝶とは何なのだろうか。それは、「心は破るとも姿は破るべからず」という表現者としての戒律を、今の世で守り通そうとする禁欲者が、思わず吐き出した毒ではなかったろうか。穴ぼこいっぱいに蠢く黒い蝶は、終始作者の胸に巣喰っていた筈である。しかも彼はそれを一匹も逃しはしなかった。それらはすべてひそかに殺戮されたのだろうか。空高く放たれたのは何匹かの白い蝶であった。表現者としての井伏鱒二には、いつもそこばくの残酷さが滲んでいる。

つらら

場所は
甚九郎方裏手の水車小屋
毎年冬になると
その水車の輻《や》につららが張る
敷布をちやうど干したやうに
幅のひろいつららが張る
そのつららを表から見ろ
それからまた裏から見ろ
千羽がらすが写り出る
おのれの顔が写り出る

そこで息を吹きかけ耳を寄せろ
また息を吹きかけ耳を寄せろ
それを年の数だけくり返せ
それからつららを打ち砕け
この瞬間
骸骨が通り去る

場所は
甚九郎方裏手の水車小屋

つららは、いわば幾重にも組み合された作者のレフレクシオンの鏡であり、数限りなく繰り返された内省の反復の屈折光である。そしてそれを貫いているのは、作者の鋭い作品への意志であるか。だが骸骨の出現はいかにも唐突であり異様ではないか。それは、作品が結晶する以前に、交錯し反復するレフレクシオンの視線によって視殺されていった想念やイメージの死骸でもあろうか。しかしここには、表現者や観察者が呑んだ内面の毒以上のもの、黒のイメージの第三の層が露出してきている。ここには一見黒のイメージは表れていないように見えるかもしれない。しかしつららのイメージはじつは暗黒の鍾乳洞の中に垂れ下る鍾乳石からの連想として生れてくる。上から垂れ下る鍾乳石は、下から突出する石筍に対応していて「地獄絵を初めて描いた人は、こんな石筍の群から針の山の暗示を受けたかもわからない」この穴は「無間地獄に通じている」と井伏は感じる。しかし彼は、この「陰惨な感じ」のする鍾乳石のイメージを振り切って、つららの方に「畏敬の念」をもって身を寄せていく。

骸骨はいわばこの陰惨な無間地獄の象徴であろう。「つらら」の三連、四連を貫いている反復する意志の響きには、観察と反省、自己集中と自己否定とをつうじて、この不気味な陰惨さに打ち克とうとする作者の祈念と気魄とが凝集されている。

井伏鱒二のうちには、いつも何がしかの不気味なもの、異様なもの、残酷なものの気配が漂っている。色調からすれば、一脈の黒が地下水のように貫いている。『川』、『炭鉱地帯病院』、『厄除け詩集』、『かきつばた』、『黒い雨』。これらの作品系列は、『多甚古村』から『駅前旅館』を連ねる庶民風俗絵巻とは別箇の、特異なモチーフの水脈、いわば「黒の系列」を形づくっている。主題から言えば、そこで接触しているのは、死・悲惨・運命、つまり井伏が唯一つの現実、「懐しき現実」として選んだ筈の、日常的世界を脅かす「超越的なもの」である。

もしも井伏鱒二の作品形成の行為の基調を、黒の漂白、黒からのカタルシスに求めることができるとすれば、それは、日常的世界の亀裂から吹き出す超越的なものの黒い影を、井伏がどのようにして浄化していったか、という次元でこそ問題化されなければならないだろう。原子爆弾という超越的なものがもたらした暗黒を、井伏はどのようにして作品形成行為をつうじて漂白していったのか。名作『黒い雨』は、こういう角度からしても、ある一つの極限を示す問題作であるように思われる。

(三)

『黒い雨』以前に、井伏はやはり原爆という素材にかかわる短編『かきつばた』を書いている。それはたまたま広島から程遠からぬ町の知人宅に止宿していた主人公が、深夜広島から逃れてきたらしい狂女の屍体を庭の池の中に目撃する話で、狂い咲きのかきつばたを添景した、異様な美しさをたたえた佳品であった。しかしそこでは、異様なもの無気味なものは、まだ側面から暗示的な効果を持っただけで、原爆が主題的に取り扱われていたわけではない。それに対して『黒い雨』では、「かつてこの宇宙に現れたこともない」異常事、原爆が、はっきりと人間に向き合うものとして、正面から取り上げられている。その点でこの作品は、あくまで『山椒魚』以来の持続の延長線上にありながら、新しい地平に作者を立たせる、ある飛躍を含んでいたであろう。そこには並々ならぬ作者の覚悟と意気込みがひそんでいた筈である。

だが、それにしても、「心は破るとも姿は破るべからず」という花伝書の戒律をかたくなに守り続けたにちがいないこの作家が、なぜに原子爆弾という、かつて姿を破ることなしには画かれたことのない主題に取り組む気になったのか。悲惨さ、死、あるいは被害者という主題が彼にとってもとから親密なものだったというだけでは、とうていこの稀代の力業に取り組むことはできまい。そこには、原爆という主題を扱って、尚かつ姿をも、そして心をも破られることがないという自信があったからにちがいない。

さしあたり、それは、原爆という対象に対して明確な距離と遠近法を設定するという周到な手法上の配慮の上に成り立つようにみえる。『黒い雨』の文学的な成功は、原爆を遠景として捉える眼と、それを近景としての日常の人間を通してしか描かない、という二段構えの姿勢によって支えられている。近景に描かれているのは、広島近郊に住む、重松さん夫妻と姪という庶民的一家であり、かつて広島で被爆したことで、姪の縁談が壊れていくのを気づかう彼らの生活の波紋である。原爆は、あくまでこの平穏な日常生活をゆるがす不協和音として限定されている。ただ、時間的には、現在の生活と過去の情景とを被爆手記の清書という形で交錯させ、また複数の異なった視点からの手記を組み合せることで、遠景と近景をつらねる重層的な深みを浮かし出す。こういう周到な構成と、現場をさまよう人々の依然としてユーモアを失わない会話とが、悲惨さの描写からどぎつさを奪うとともに、かえってそれをありありと浮かし出すのに成功している。人間の耳が小さすぎる音ばかりでなく、大きすぎる音をも聞きとれないように、巨大な悲惨さの中では、人はそれに対して不感症になる。近景と交錯する遠景の中で、距離を置いた対象把握をつうじて、悲惨さは、はじめて破れない姿をとって定着されえたのであろう。

しかし『黒い雨』は、たんに悲惨さの描写において姿を保ちえたというだけではない。作者がもし、姿だけでなく心をも破ることがなかったとすれば、それは、この悲惨さに向き合う人間そのものが確固としたものとして捉えられていなければならないだろう。端的に言って、『黒い雨』に描かれている人間は、原爆という事件によって変化した、あるいは変化させられた人間ではない。原爆にかかわらず、変わることのなかった人間である。異常はついに尋常を変えることはできない。変わることなき庶民の心。人間讃歌とまで言わないにしても、作者は、従来育んできた庶民への愛情を、この巨大な運命の前でも確認しているように思われる。

『黒い雨』の読後感には、ほのぼのとした暖かさが滲んでいる。

近景を見よう。ある日、重松さんは軽い原爆症仲間の庄吉さんと池で釣糸を垂れている。折から農繁期とあって、通りかかった池本屋の小母さんが変な口をきく。

「お二人とも、釣ですかいな。この忙しいのに結構な御身分ですなあ」

「何だこら」……「小母はん、結構な御身分というのは、誰のことを云うたのか。わしらのことを云うたつもりなら、大けな見当はずれじゃった。大けな大けな大間違いじゃ。小母はん、何か別の挨拶に云いなおしてくれんか」

温厚篤実な庄吉さんも、日ごろに似合わず竿先をぶるぶる震わせていた。

「なあ小母はん、わしらは原爆病患者だによって、医者の勧めもあって魚を釣っておる。結構な御身分とは、わしらが病人だによって、結構な身分じゃと思うのか。わしは仕事がしたい、なんぼでも仕事がしたい。しかしなあ小母はん、わしらは、きつい仕事をするとこの五体が自然に腐るんぢゃ。怖しい病気が出て来るんぢゃ」

「あら、そうな。それでもな、あんたの云いかたは、ピカドンにやられたのを、売りものにしておるようなのと違わんのやないか……あんまり逆恨《さかうら》みのようなこと、云わんといておくれ」

……「何をこの、後家のけつまがり」

ヴィヴィッドに描かれたこの愛すべき口喧嘩の場面は、「丹下氏邸」の庭で行われたとしても不思議はない軽妙な調子をそなえている。だが同時に、原爆症を患った者が置かれている微妙な社会的環境と心理に触れられている。ここでは、複雑な構成を通してではなく、一枚の画面のうちに、遠景はその重層と奥行きとを以て捉えられている。この名匠の腕はさすがと言うべきだろう。しかも作者の眼は必ずしも患者側にかたよってはいない。空の目籠をしょっている後姿にまで、わざわざ威をつけて喧嘩別れして行く小にくらしい後家の小母さんにも愛情の眼はそそがれている。このシーンは次の会話で幕となる。「皆忘れとる。原爆を忘れて、何がこのごろ、あの原爆記念の大会じゃ。あのお祭騒ぎが、わしゃ情ない」「おい庄吉さん、滅多なことを口にするな。

——おい魚が来とる。浮子を引いとるじゃないか」。ここで作者が人間のうちに何を信じ、何を信じていないかは明らかである。『黒い雨』の中で一応主人公の役割をつとめているのは重松さんである。しかし重松さんは主人公というよりは、むしろ舞台廻しと言うべきであろう。現在の近景としての日常と、過去の遠景としての被爆の光景とを交互に写し出していくつなぎの役目は、被爆日記を清書するという重松さんの行為である。重松さんは、「ある負い目」にせきたてられて、何とか一日も早くやってしまわなければならないという責任にかられて、多忙多労な生活、「他人からは結構な身分と見える生活」の中で、ひたすら清書に打ち込む。

この何とか早く清書してしまわなければという衝迫が、日常と異常との交替に、ある緊張感をみなぎらせている。

作者は、例によって、主人公、登場人物に過剰な自己投影をすることはない。しかし少なくともこの何とか早く清書しておかなければ、という形での誠実な責任感のうちに、井伏鱒二の分身を見ることは行きすぎではあるまい。重松さんは原爆記念大会という「お祭り騒ぎ」に出かけはしないし、反戦の運動に参加することもない。「参勤交代」のように半ば趣味をもかねた養魚場を見廻りに出かける生活の中で、姪の気持と健康とを気づかいながら、ひたすら清書にはげむ。後世のために記録を残しておこうという、何かのためのものではなく、清書するという姿勢そのものが、重松さんの、そして作者自身の、原爆に対するあるいは現実に対する、ある態度決定を示している。

おそらく「清書」という言葉は、『黒い雨』にとって格別のアクセントを持っている。作者は、怒りから出発して原爆を告発しようとはしていないし、原爆体験という、一人として脱け出した者のいない暗黒の迷宮の中を彷徨してもいない。また原爆の悲惨さを描写し再現し記録しようともしていない。作者がやっていることはただ一つ。被爆という人間の現場を、文学によって「清書し直そう」としているのである。そこにこの作品の持つある誠実さと、凛とした気品との水源がある。

『黒い雨』は、最初「姪の結婚」という名で構想されたという。もしも作者の意図が、「日なくさい」陽光に照らされた重松さん一家の平和な日常と、そこにさしこむ過去の被爆という黒い影によって乱される波だちとを描くことに尽きるならば、「姪の結婚」の方が、内容を過不足なく表示するという点では適切であろう。それならば、原爆は、たんに幕の外からさしこんでくる不気味さの予感として、『かきつばた』と同様の処理で済ますこともできたであろう。だが作者が姪の結婚という日常の近景を越えて、いわば不気味さの幕を開けて、その向こう側に、地獄図の唯中に踏み込んでいった時に、尚かつ作者をたじろがせなかったもの、そこには、庶民的暖かさとはまったくかけはなれた作者の非情な目と崩さない姿勢がうかがわれる。

『黒い雨』のほとんど古典的といっていい表現の均勢を失わせなかったものは何だったのだろうか。井伏鱒二の非情の眼をつうじて視覚化された地獄図の一こま一こまを、その見事な（！）描写をここに引用する気はない。ただその描写のうちには、死を死骸をつうじて描くという手法、あるいは死骸の描写をつうじてしか死を描くまいとする作者のかたくなな姿勢をうかがうことができる。そこには、庶民的暖かさとは隔絶した非情な表現者の眼以上の何かがあるように思われる。

死とは、そしてとりわけ原爆によって現出した厖大な死の累積は、たんに日常生活だけでなく、およそ人間的な体験一般を超える超越的なものである。それは人間の意識的体験の中に与えられる志向的対象にはなりえないし、あらゆる人間の側からの意味づけをも超えている。にもかかわらずそれは一挙に否応なしに生の全体を否定するもっとも直接的な現実である。いわば死や原爆は、メタ・フィジカルであると同時にフィジカルであるという二重の構造を持っている。

井伏が、死を死骸をつうじてしか描かない——それはすでに名作『川』の中で明確な形をとっていた——ということはこのメタ・フィジカルなものをフィジカルなものをつうじてしか描かないということである。日常と異常との対照は、それ自身日常のレヴェルでの対照にすぎない。「姪の結婚」から『黒い雨』への飛躍は、日常のレヴェルでの尋常から異常への飛躍ではなく、明らかにこのレヴェルそのものを超えるメタ・フィジカルなレヴェルへの飛躍であろう。しかし賢明な作者は、超越的なものはそれ自体としては描かれえないということを知っていた。表現者として、あるいは描写者として井伏は、超越的なものへの明白な断念の上に立っている。人間の体験そのものを破壊する原爆という超越的なものを、あくまで原爆体験の中で追っていこうとする態度は、果てしない無明長夜へと導くだろう。またそれを必死になって現実の倫理的行動へと反転させようとする努力は、しばしば当てどない飛躍と、「ふたたびあやまちを繰り返しませんから」という記念碑銘を前にして感じるような、苛立たしい惑乱へと導くだろう。それに対して井伏鱒二の、この超越的なものへの態度は、決っている。彼は死を死骸をつうじてしか描かない。しかし、屍体の姿勢を物理的な形象として定着していく描写を貫いているのは、非情な描写者のどんらんな眼ではなくて、超越的なものへの断念、こう言ってよければ、あるつつましさのように思われる。そこには、二世界論を認めまいとする覚悟と表現者としての自己の姿勢への明白な自己認識がひそんでいる。

小説『黒い雨』の持つ古典的均勢は、原爆を遠景として捉える眼と、それを近景としての日常の人間をつうじてしか描かないという遠近法によって支えられていた。しかしここでこの遠近法が構築されている舞台の背景を眺めて見よう。

『黒い雨』の舞台は、バビロンの砂漠でも、シナイの丘陵でもなくて、明るい山陽の風土である。この明るい山陽の天地に、ある日、一閃の光が走り轟音がとどろく。

「身を起すと、目に映ったのは大きな大きな入道雲であった。それは写真で見た関東大震災のときの積乱雲に肌が似て、しかし、この入道雲は太い脚を垂らして天空高く伸びあがっている。その頂点をてべして、傘を開きかけの茸型にむくむくと太って行く。」

「雲はじっとしているようで、決してじっとしていなかった。ぐらぐらと東に向けて傘を広げるかと思うと、また西に向けて広がって行き、東に向けてまた広がって行く。その度に、茸型の体のどこかが、赤に、紫に、瑠璃色に、緑に色を変えながら強烈な光を放つ。同時に、むくむくと絶えず忙しそうに太って行く。ベールを束ねたような脚もぐんぐん忙しそうに太っていく。」

「あれは、あの下に見えるのは夕立らしいですのう。」ふと僕に声をかける者がいた。……「そうですかなあ夕立ですかなあ。」

「僕は目を凝らして空を見たが、何か粒状のものが密集しているような感じで夕立雲とは思われなかった。竜巻かもしれないと思った。今までに見たこともない一種異様なものである。あれが襲ってきて、もしあの粒で打たれたら、どうなることかと身の竦む思いがした。茸型の雲それ自体は、別々に東南に向けてのさばって行く。」

「茸型の雲は、茸よりもクラゲに似た形であった。しかしクラゲよりもまだ動物的な活力があるかのように脚を震わせて、赤、紫、藍、緑と、クラゲの頭の色を変えながら、東南に向けてはびこって行く。ぐらぐらと煮えくり返る湯のように中から、中から湧き出しながら、猛り狂って今にも襲いかぶさって来るようである。蒙古高句麗《ムクリコクリ》の雲とはよく言い得たものだ。さながら地獄から来た使者ではないか。今までのこの宇宙のなかに、こんな怪しげなものを湧き出させる権利を誰が持っているのだろうか。……」

だがこのすさまじい描写に目を奪われてはなるまい。ここで作者の目は、天空高く舞い上り盛り上る原子雲の壮麗とも言うべき不敵の輝きの行方に向けられていない。むしろクラゲ雲の脚の行方、盛り上る雲の下に降りそそぐ雨の行方に向けられている。雲の下の暗い雨への遠望は、さらに地表にもたらすその痕跡へと下向していく。

姪の矢須子の日記。

「午前十時頃ではなかったかと思う。雷鳴を轟かせる黒雲が市街の方から押し寄せて、降ってくるのは万年筆ぐらいな太さの棒のような雨であった。真夏だというのにぞくぞくするほど寒かった。雨はすぐ止んだ。私は放心状態になっていたらしい。……黒い夕立は私の知覚をはぐらかすように、さっと来てさっと去ったのであった。だまされたような雨であった。……

私は泉水の水で手を洗ったが、石鹸をつけてこすっても汚れが落ちなかった。皮膚にぴったり着いている。わけがわからない。……

私は何度も泉水のほとりに行って洗ったが黒い雨のしみは消えなかった。染色剤としてみれば大したものであると思う。」

この「黒い雨のしみ」がもたらす波紋が近景のうちで辿られていく。しかしもう一度視線を遠くへ、舞台の背景へ返そう。イメージの構成の上からいって、始めにある黒い雨に対応しているのは、終りに出てくる白い虹である。終戦の前の日、重松さんは線路伝いに、枕木に落ちる自分の微かな影を追いながら歩いて行く。その途中でふと振り返って、「薄ぐもりの空に鈍く光る午前の太陽を、白い一本の虹が横ざまに突き貫いて」いるのを見る。そして二・二六事件の前の日に同じ虹を見たという職場の仲間と、白虹日を貫くというのは凶徴だそうだとささやき合う。ここで敗戦の予兆として使われている白虹のイメージは、末尾のところで、やや別の形で使われている。姪の矢須子の病状が悪化した頃、被爆日記の清書を完了した重松さんは、ほっとして養魚池の様子を見廻りに行く。そしてその池の片隅に、暗紫色の小さな花を咲かせている蓴菜《じゅんさい》を見やりながら、「今もし向うの山に虹が出たら奇蹟が起る。白い虹ではなくて五彩の虹がでたら、矢須子の病気が治るんだ。どうせ叶わぬことと分っていても、重松は向うの山に目を移してそう占った。」

しかしこの白い虹のイメージは、終戦を予示する凶徴としては、――終戦そのものが必ずしも凶事としては受けとられていない故もあって――利いていない。凶徴一般としても、黒い雨への対応としては力弱いように思われる。本来井伏においては、黒に対応するのは白ではなく、ある透明な水の流れのようなものであった。この作品の中で黒い雨に対応しているのは、近景としての用水溝を流れて行く水であり、そこを遡って行く「うなぎの子の群れ」である。

終戦を告げる重大放送が始まろうとするとき、重松さんは「怖いもの見たさの反対」から裏庭に出る。

「放送はもう始まっていたが、裏庭に聞えてくるのは、跡切れ跡切れの低い言葉であった。僕はその言葉の意味を辿ろうとする代りに、用水溝にそうて行ったり来たりして、ちょっとまた立ちどまったりした（ちなみにこの表現は井伏の八月十五日の日記に見られる）。この溝は……底もすっかり石だたみで平らになっている。流れは浅いが、ぼさなど一つもなくて、透き徹った水だから清冽な感じである。

『こんな綺麗な流れが、ここにあったのか』僕は気がついた。その流れの中を鰻の子が行列をつくって、いそいそと遡っている。無数の小さな鰻の子の群である。見ていて実にめざましい。

……

『やあ、のぼるのぼる。水の匂いがするようだ』

後から後から引きつづき、数限りなくのぼっていた。」

おそらくこのシーンは、作中のもっとも印象的な場面であり、作者が「姪の結婚」を『黒い雨』

に拡大して構想したときに、黒い雨のイメージとの均勢を保つ一つの決め手として用意したものではないだろうか。

「水中の世界」は、井伏にとってほとんど「最後のもの」ともいうべき特別の意味を持っている。山椒魚の悲しみのこもる洞穴から、人気ない夜明けのプールに泳ぐ白い鯉。おそらく、超越的なものを切り落として、その切口さえ注意深く隠してしまった井伏が、ひそかにこの日常を超えるものを窺っているとすれば、それは「水中世界」の中に求められるのではないだろうか。

地上の人間の世界が死に彩られているのに対して、水中の自然の世界のうちには、いち早く生への息吹きが芽生えている。あるいは、絶え間ない生の持続が続いている。水中の自然は、井伏にとって二様の意味を持っている。それは第一に、現実に対して距離を置き、人間の現実を「なつかしい現実」として、レフレクティフに見る視座。人間を他者としてみる認識の媒介原理である。第二に、水中の自然は、「すでに破滅しているようなもの」としての人間を包み、その破滅に先がけて芽生えている生命＝希望の原理として予感されている。この水引草の花が咲き、ドクダミの白の映る用水溝の水の中に井伏はユートピアの生れてくる場所を予想している。「自然と人間との宥和」というユートピアを。死や悲惨はすでに『川』や『炭鉱地帯病院』以来井伏の親しんで来た主題であった。しかしそれを正面からとりあげた『黒い雨』には、『炭鉱地帯病院』にはない、あるかすかな救いが、黒い雨を浄化する清冽な水の流れと、「後から後から引きつづき、数限りなくのぼっていく」半透明な鰻の子の群れがある。人間によって作り出された原爆という、異様な発明物に汚されない「自然と人間との宥和」がそこに垣間見られている。

遠景から見られた『黒い雨』には、形式的には、同じく遠景としての「白い虹」が対応している。しかしその対照は必ずしも利いてはいない。敗戦を凶事とうけとる態度はもともと作者にはないし、終戦という人事は、他人事のように、作者の傍らを通りすぎていく。実質的にはむしろ黒い雨を浄化する清冽な水の流れとそこにある生命の息吹きとが、この作品をつらぬく「黒の浄化」というモティーフを結ぶものとなっている。

『黒い雨』は、原爆によって変化する人間を描いたものではなかった。むしろ原爆によっても変化しない人間を、変わらざる人の心を描いたものであった。そこにこの作品の持つほのぼのとした暖かさの源があったのであろう。しかしこの暖かさは、たんに人間的な暖かさ、いわゆる庶民的人情のぬくもりではなくて、人間を包む自然の懐の安らぎ、自然の中で育っていく稚い息吹きの持つ暖かさである。それは『多甚古村』の駐在さんの暖かさよりは、あの花びらの流れにも似た『さざなみ軍記』の少年公達の育ちゆく稚さにつうじている。

暖かさと清冽な水の流れとは相容れないのが通例であろう。しかし『黒い雨』のうちでは、黒い雨の痕跡は、人間の暖かさをつうじて、清冽な水の流れのうちに浄化されている。この「清冽な暖かさ」のうちに、この作品が持ちえた類い稀な気品と、読者に与えるカタルシスの力が宿っている。さきに私は「作者のやっていることはただ一つ。被爆という人間の現場を文字によって清書し直すことだ」と書いた。清書とは、書くことをつうじての「黒の浄化」、一つのカタルシスの過程に他ならない。

（四）

「井伏鱒二氏の『黒い雨』は、原爆をとらえ得た世界で最初の文学作品である。原爆について書かれたものは無数にあるが、私にはそのどれもが文学になっているとは思えなかった。そのすべてが『原爆』という観念、あるいは『悲惨』という情緒に依存して、この未曽有の体験を見据える眼を持てなかったからである。しかし井伏氏は、平常心という一点に賭けることによって、はじめてこの異常事の輪郭を見定めた。ここには人間として、作家としての氏の永年の修練がかかっている。私はこの必読の傑作に只脱帽するのみである。」

もとより私も、この居ずまいをただした江藤淳の頌詞に同調するのにやぶさかではない。ただ「平常心」といういささか禅僧めいた覚悟が、はるかに近代的な「日常性への方法的定位」に基づいていることにコメントをつけたかっただけである。だが同時に、名作『黒い雨』には、いつまでも脱帽してはいられないある不満、しだいにつのってくるやりきれなさ、を感じずにはいられない。その不満は、平野謙が言うような、後半部の構成の弱さとか、結末のつけ方への疑問といった、「名作にもかかわらず、尚かつこの作品が持っている瑕」に向けられるものではない。むしろ「名作なるが故に」もっているあるやりきれなさである。長所がそのまま短所であるということは、一つの道を行ききった作品の免れがたい宿命とも言えよう。私の持つ不満は、「『黒い雨』は透明で気品がありすぎるのが欠陥で、……広島の惨禍は、もっと無鍛練・無教養の誰かが一途の執念で下手くそに書いた方がいいのではあるまいか」という開高健の疑問と形として同形であり、内容的には、遠くから呼応するもののようである。ことは、「自然による黒からの浄化」

という井伏の基本的姿勢、「方法的に庶民の位置に視点を据えた自然詩人」という彼の本質的な構えそのものにかかわってくる。だがそれを述べるために、私は少し廻り道をしなければならない。

私は長らく井伏鱒二という名前は、てっきりつくられた筆名だとばかり思いこんでいた。じつは井伏満寿二という本名のうち、満寿を、同音の鱒という字に置きかえただけなのだそうである。私の思いこみは、他愛もない妄想にもとづく。どこか山峡の小川の水源に人知れず吹きこぼれる吹井があって、その水際に男が一人、身を伏せたまま、水中を覗きこんでいる。水底にはじっと動かない鱒の影が二つ。だが耳を澄ませば、その二つの影のかわす会話が伝わってくる。さざ波にみだれる水紋をとおして、ときにそれは山椒魚とも見え、またえびと見えることもある。その影は鱒でなくてもかまわないが、少なくとも二つなければならない。井伏鱒一であってはならない。なぜならその男がじっと聞いているのは、独白ではなくて、二つの影の間で行われる「対話」なのだから。そしてその男のやっていることも、孤独な「私」の観察ではなくて、「私」の日常的世界を外から見る、他者としての自然との対話の筈なのだから。

この童話めかしいイメージは、もちろん私の他愛ない空想にすぎない。しかし私が何となくこのイメージを捨てがたく思い、改めて今引き出してくるわけは、井伏鱒二の対話とレフレクシオンが行われている基盤、つきつめれば、井伏にとってひっきょう「他者」とは何であったのか、という一抹の疑念を感じるからである。

水の上をじっと覗き込んでいる一人の男。それは古典的イメージとしては、ナルシスの姿である。だがもちろん井伏が単純なナルシストであるわけはない。井伏の醒めた目は、自己陶酔とはまったく無縁のものだし、「一人よがり」は、倫理的にも表現の上でも、もっともきびしく切り落とされた当のものであった。他者の目で自己を見ること、そこに表現者としての井伏の強さの基盤があり、また自他を問わず一人よがりの悲しみや怒りを透視する視線が、それらをユーモアやペーソスに変調される至妙の芸を支えていたであろう。井伏文学の基本的姿勢は、どんなに愛すべき庶民の心やしぐさの動きを、肌のぬくもりの伝わってくるような手造りの在所言葉で描いている時でも、人間や人事を一種の自然の物として見る目によって支えられていた。こういう観察者としての姿勢は、人間を動物的存在と見なすある種の(たとえば自然主義的な)人間観にもとづくものではなく、ある方法的な断念にもとづくもののように思われる。人間をも自然の風物として捉える井伏の目は、自然主義的な「私小説」の目とは正反対のものである。井伏のうちに、「私」中心的なナルシスを認めることはできない。

しかしバシュラールのように「自己中心的ナルシシズム」に対して「宇宙的ナルシシズム」を区別できるとすれば、そしてそれを、この国の風土に即して、「自然のナルシシズム」と呼びかえるとすれば、はたして井伏がこの自然のナルシシズムに誘われることがなかったかどうか。ややいかめしく言うなら、自然は、自己を他者として見る認識上の媒介原理としてだけではなく、むしろ自己がそこに帰一する同一性の原理として働きはしなかったろうか。

こういう疑念の眼鏡をかけて見れば、『黒い雨』は、そのままの形で、また別の姿を呈してくる。そう言えば、原子雲の下で被災者の一人があげる「ムクリコクリの雲よ、もう去んでくれえ。わしらは非戦闘員だあ」という叫び声は、いかに無辜な民衆の切実な叫びを定着していようとも、それは「御神火」の被災者の「たすけてくれえ」という叫び、「まだ地面の底は、勘弁してくれないんでしょうか。もういいでしょうになあ」という吐息と、本質的には同一のものである。ここでは原爆は、自然の天変地異として、「御神火」としてしか捉えられていないし、被災者の態度は、原爆に対しても天変地異に対しても同じ「無辜の被害者」という形で捉えられている。『黒い雨』が描き出した人間は、原爆によって変わった人間ではなく、原爆によっても変わらない人間であった。外的にも内的にも、見る影もなく変わり果て、帰るすべもなく引き裂かれた人間、さらにそういう自己を変え、世を変えようとする傷だらけの主体としての人間は、ここにはいない。原爆が自然の異変として、人間が変わらざる自然の風物の一部として捉えられるかぎり、変わらざる人の心への讃歌は、同時に、ある種の人間不在に通じるのではなかろうか。『黒い雨』の末尾にあった救いは何かを暗示している。それは『山椒魚』の頃からあった救い、あるいは救いの無さにつらなるものを持っている。人の世で巧く救われない者の抱く自然の中での慰め。自然の一部としての人間たちへの自己憐憫。「自然の汎神論」と言ってしまっては言い過ぎであろう。しかし井伏の場合、自然が人間化されるよりは、人間の方が自然化されているとは言えるように思える。

だが井伏の自然は、人間に対立する非情な物の世界であるよりは、人間と親和関係に立つものとして捉えられている。彼は自分の文学に及ぼした「郷土の言葉」の影響について述懐しているが、山陽の山河は、また井伏における「自然と人間」との関係をも規定しているのであろうか。

そこでは自然と人間とは滲透し合い、人間と自然とはあらかじめ宥和している。西欧近代の主体が夢みる自然との宥和というユートピアは、この風土のうちではすでにあらかじめ与えられている。非情な目によって自然の風物として対象化された人間も、ついにこの産土《ウブスナ》の自然へと帰一するとすれば、井伏にとって、結局「他者」とは誰だったのだろうか。自然は井伏にとって他者ではない。人間を自然として見る井伏の目は、すべての生あるものを死者に変えるメドゥーサの視線ではない。そこには人間を自然へと解き放ち自然へと帰す開かれた親しみがこもっている。しかし自己という洞穴を出て、庶民のうちに方法的に韜晦しつつ、自己を自然へ解き放った井伏は、逆に自然という別の広々とした洞穴に捉われはしなかったか。山椒魚は、孤独な意識の洞穴を出たとしても結局水中世界という自然の洞穴を出ることはできない。他者との対話は、自然の完結したモノローグとして、自然の内にこもる。井伏文学にあるかすかな救いは、いわば自我から「則天去私」へという漱石の壮大な振幅の内部にこぼれて、「沈める鐘」の響きを水中の世界に谺させている。

『黒い雨』は、人間的悲惨さへの憤りからではなく、愛すべき人々を包む愛すべき郷土の山川への「郷土愛」と、その山川が黒く汚されたことへの「悲しみ」とから発しているのではあるまいか。それが『黒い雨』に名作としての香気を与えていることはたしかであろう。しかし基調にある「自然」の地平が、他者として対象化されないままに、原爆が無辜の被害者にふりかかる天変地異として、御神火として受けとられるならば、原爆の瞬間にひらめいた超越的なもの、人間が対立すべき他者は、「人事と自然とのあいまいな混交＝日常と自然との宥和」のうちで、ほとぼりをさまされ、水に流されていくことになろう。とすれば、『黒い雨』は、ついには、井伏的人物をはぐくむうぶすなの自然への鎮魂として、広島風土記の一ページとして記録されるのに止るのではなかろうか。

（五）

井伏鱒二氏は、『黒い雨』の受賞にあたって「これは被爆者の沈黙を書いていないから失敗作だ」という旨述懐をもらされたそうである。この名作を書き切った巨匠のこの一言に、私は限りない尊敬の念を覚える。しかし原爆がもたらした沈黙とは、たんに差別をおそれて話したがらない原爆症患者の沈黙、古傷に触れられたくない、忘れることだけが唯一の救いであるような被爆者の沈黙だけではあるまい。言語によってかろうじてこの世界を開いてきた人間に対して、原爆は宇宙開闢以来の新しい沈黙（たとえば技術と倫理との間の巨大な空白）を現出させたとも言えよう。名作『黒い雨』は、たしかにこの巨大な沈黙の一角を破る光たりえている。それは、生活者としての自分の弱さを方法化して、表現者としての強さに転化しようとする作者の、五十年にわたる工夫と黒からの浄化の努力、たえずはぐくんできた庶民への愛情、このつつましくたくましい人間としての営為が、はじめて獲得できた力によるものであろう。

だが神の目からの叙事詩として書かれるべきなのかもしれないこの原爆を、庶民の目から「小説」として書くという偉大さと同時にそのはかなさもまた如何ともしがたい。原爆が人間にもたらした沈黙は限りなく重く深い。黒い雨は、今日も小止みなく人間の上に降りそそいでいる。

「彷徨《さまよ》える人」・石上玄一郎の肖像

（一）

誰か或る人について、私たちが抱くイメージは、たいてい聞き違いや思い違いの上に築かれているものらしい。石上さんの場合もそうだった。

私が初めて石上玄一郎の名を耳にしたのは、太宰治がどこかで、弘前高校の先輩、それも（当時の活動的左翼学生グループ）「社会科学研究会」のリーダーとして、その名をあげていた時だったと思う。じつはそれは思い違いで、ほんとうは先輩ではなく、クラスこそ異なれ、同学年生だったのだが、私が先輩と勘違いしたのは、太宰の口調に、いかにも「一目置く」というか、自分よりエライ人を見上げるような、伏し目がちの気配が感じられたからである。津軽半島の片田舎の、大地主の三男坊で、文弱の優男《やさおとこ》だった太宰から見れば、東北のエリート校、盛岡中学から颯爽《さっそう》と乗り込んできた石上には、何か時代の風雲児のようなアウラが感じられたにちがいない。そこには「軟派」が「硬派」に感じるひけめや自嘲を超える何かがあったはずである。

そういう「強面《こわもて》」の先輩という私の石上イメージは、太宰の死に際しての石上の言動によって、さらに裏書きされたように思われた。その頃、昭和二三年六月、大学には入ったものの、私はほとんど講義に出るでもなく、学資稼ぎのバイトに、その日その日を送っていた。それは月島の埋立地で、材木を一本担いでは、端から端まで運んでいくだけの単純な肉体労働だったが、他人と口を利く必要もないその仕事は、けっこう私の気に入っていた。時には、東京湾の沖はるかに湧き上る積乱雲の壮麗の輝きが、孤独と倨傲とに鬱屈した私の心を、はるかなものへと誘ってくれた。その帰り、有楽町の方へ歩いて来た私は、新聞社の前に人だかりがして異様にザワめいているのに出くわした。見るとそこの掲示板にデカデカと、太宰治、多摩川上水で心中というビラが張り出されていた。それは電光のように私の心を打ったが、やがてもの憂く湧いてきたのは、何かやりきれない忿懣のような感情だった。これは「敵前逃亡」ではないか。少なくとも、自分勝手な「戦線離脱」ではないか。戦いはまだ続いているのだ。アメリカに敗れたとはいえ、おれたちはまだ人生という戦いを戦わなければならないのだ。……それなのに。「二十世紀旗手」を気取っていた太宰は、その戦いに拙《つたな》く弱く、早くも敗れ、いやむしろ降伏してしまったのではないか。そういう想いが胸に衝き上げてきたが、私はそれを呑み込んで、黙々と下宿に帰っていった。

その後世間では、この流行作家の心中事件は、芸能ゴシップさながらに、派手派手しく取沙汰されていたが、共感できるような言辞にはお目にかかれなかった。ただ一人、石上玄一郎が示していた非情な感懐が、私の忿懣に呼応するように感じられた。その正確な言葉がどうだったか、とにかく私は、女々しい「軟派」の挫折に対する勁《つよ》き「硬派」の非情さを、カッコイイものとして受けとっていたのだろう。

太宰の弱さにも、或る種の共感を覚えないわけではない。「富士には月見草がよく似合う」という人口に膾炙《かいしゃ》されたフレーズにしろ、たんなる納涼の風物詩的な叙景ではなく、失敗した心中未遂後の傷心の身を養いながら、月見草でさえ、その美しさにおいて富士山に匹敵できる。筆一本で生きるしがない文士にすぎない自分でも、いつかは、という決意の表明であるとすれば、名句であることを否定する気はない。しかしそこには何がしか自己卑下を効果的に利用しようとする打算や、コケットリーとないまぜのナルシシズムが込められていはしまいか。『人間失格』の主人公にしても、「生まれて済みません」と言って頭を下げながら、自己責任を見事に回避しているではないか。

後年、石上は、雑誌『スバル』に連載した『太宰治と私』を、一本にして集英社から出版している（一九八五年）。だがこの表題をめぐって、彼は出版元の編集者と大喧嘩をしたらしい。石上自身は、現在副題として添えられている「激浪の青春」の方を正題にしたかったのだ。しかし出版社としては、太宰という派手な虚名にオンブした形で、売行きをはかろうとしたのだろう。営業的には、無理もない話かも知れない。しかし石上にしてみれば、「おれにはおれの人生が、おれの文学がある。太宰は自分の青春の激流の中にまぎれてきた一枚の木の葉にすぎない」、そういうプライドがあったにちがいない。

むろん太宰の自殺に石上が無関心だったわけではない。彼の代表作の一つと言われる「自殺案内人」は、太宰の死をきっかけとして書かれたことは確かだろう。しかし大島の宿屋で客引きをしながら、当時の自殺の名所三原山で心中しようとする連中を、「どうぞ」と言わんばかりにそこへ案内し、その生態を冷然と観察することに偏執する主人公の視線には、死一般への突き放した思念はあるが、当人たちへの同情や憐憫は見当らない。有島、芥川といった自殺文士の系列に自分を置きながらも、石上にとって、生は死と同じように、闇と謎に包まれている。「未だ生を知らず、なんぞ死を語らんや」という東洋の賢人の知慧を、彼は主人公に想い出させている。

（二）

一九一〇年（明治四三年）、札幌で生まれた石上は、六歳の時、両親と死に別れ、盛岡の祖母に引き取られて育つ。だが盛岡中学を経て入った旧制弘前高校は、左翼活動のかどにより放校。二度にわたる検挙、拷問、病気による起訴猶予、釈放、といった経過の中で、いわゆる「日共リンチ事件」が起こる。自分への上部指令者と想い、忠実に服従していたOなる人物が、じつは当局のスパイだったとして摘発され、（かつて芥川を「敗北の文学」と断じた）党幹部Mらによって拷問、死に至ったという事件は、石上に組織というものの暗闇と党活動への疑念を植えつけたという。それでも盛岡市役所の農業部門に縁故を頼って身を寄せながら、まだナロードニキ気取りで、農民運動にも関わっていたらしいが、しだいに活動から離脱して上京。マルクス経済学者、猪股の書生に住み込んだり、ロシア語系書肆などの商業翻訳をこなしたり、どうにか食いつなぎながら文学活動に身を入れるようになる。やがて昭和十四年頃から小説「針」や「絵姿」などが有力誌に掲載されて注目をあび、ようやく文筆を業として生きるメドがつきかけた頃、彼は誘われるままに飄然と上海へ流出し、「中日文化協会」なる怪しげな団体にポストを得ることになる。

こういう石上玄一郎の「青春の激浪」の軌跡を、かつて私は「転向文学」という枠の中で捉えようとしたことがある。しかし「左翼から右翼へ」というほど極端でないにしても「革命から隠遁へ」、「社会から自然へ」、「外向から内向へ」といった通例の「転向枠」では、石上は捉えきれない。上京後の石上の交友関係から見ても、彼と親しくつき合っていたのは、弘前高校時代にはむしろ疎遠だった、壮士然たるアナーキスト・グループの人たちだった。「アナ（アナーキズム）対ボル（ボルシェビズム）」という古い左翼分類図式からすれば、石上は、どちらかと言えば、「アナ」の方に近いと私は思う。政治的な意味ではなく、性格や生活態度の面で。組織や規律に縛られることのない孤独と自由。故郷や定住にあきたりない放浪への志。放埓や無秩序とは無縁だが、他律よりは自律を選ぶプライド。「一匹狼」と言うほどたくましくはないが、（朔太郎の詩集名を借りれば）「月に吠える犬」とは言えるかもしれない。この段階で私が持っていた石上玄一郎のイメージは、左翼くずれながら「主語のハッキリした」、その意味で「毅然とした放浪者」というものだったろう。

（三）

私が初めて石上さんにお目にかかったのは、今の「神戸ユダヤ文化研究会」ができた時だから、かれこれ十数年前のことになる。はじめて接する晩年の石上さんは、好々爺然として、私が勝手に想定していたような、ミリタントな面影は、まったくなかった。会が終わってから、何人かの仲間たちと、近くでビールなど飲みながら、歓談することもあったが、話題に上ったのは、イエス時代のユダヤ教、たとえば「エッセネ派」とは何か、というような事だったと思う。またその頃私と小岸昭がとりくんでいた「インドのユダヤ人」をめぐっては、石上さんは「誰も思いつかないテーマだ」などと賞めてくれたが、しかしその時も、一種の思い違い、喰い違いがあったのだ。私は、ひょっとしたら石上さんはクリスチャンなのかと思ったりしたし、インドにしても、私たちが大航海時代の、ポルトガル→オランダ→イギリスと続く植民地化を舞台に考えていたのに対し、石上さんが想い浮かべていたのは、悠々と「死者の国」を貫いてナイル河の流れる古代エジプトとインダス河流域の古代インド文明とを結びつける、歴史的にも地理的にも、はるかに宏大な鳥瞰図だったのだ。

その頃私が、石上さんとほとんど無条件で共有できるな、と思ったのは、一九七四年に人文書院から出された『彷徨えるユダヤ人』である。大戦も末、すでに敗色濃厚な上海に流れてきた石上さんにとって、それは、特高に要監視中の身からの脱出であり、亡命という意味さえ持っていたかも知れない。日中友好を看板に掲げた事務所に就職したものの、ロクに仕事もなく（その頃どういう日中友好や文化交流がありえたろうか）、当て途なく街をうろつく石上さんは、ナチスに故国を追われて、租界に流れてきたドイツ系難民を目撃する。その中の一人、少年イリヤと識り合ったのが、石上さんにとって、一つの転機となった。受難と放浪の身の上話を聞くうちに、石上さんは、キリスト教とは別のユダヤ教の歴史、ユダヤ人の運命について、これまで何も知らなかったことに愕然とし、本格的に『聖書』というテキストの勉強にノメリ込んでいく。『彷徨えるユダヤ人』は、この猛勉の成果のレポートと言うべきものだが、私は今でも、これを『旧約』の読み方の最良の一つとして、貴重なものだと思っている。

とにかく一つのテキストを徹底的に読み極めようという熱中振りもさることながら、そこに見られるのは、複数の資料から合成されたテキストとしての『旧約』を、仕分け比較し、想像力を駆使して再構成してみようとする「歴史的方法」、『旧約』作者の文学的資質を、文体に寄り添いつつ鑑賞し感動する読み方、そして自分なりの解釈をハッキリさせる明晰さ、等々。個々の点では、たとえば豚肉は食べないという「タブーの起源」をめぐっての「遊牧民の農民蔑視」、異邦人と隣人との関係について、「族内道徳」と「族外道徳」に分かれる道徳の二重性、民族の守護神から「契約違反を罰する」「裁く神」への「神観念の変化」、民族国家再建から内面的救済への「メシアの変貌」、あるいは種々の祭儀の意味、等々。自分の知的関心に密着しつつ、当時として手に入る文献（ウェーバーやヴェルハウゼンの原書まで含めて）を縦横に読みこなし、自分なりに納得できるストーリーを紡ぎ出した石上さんの努力は、なみなみならぬものがあったろう。私も戦争直後の高校生時代、乏しい資料を元に旧約時代史を再構成してみたことがあるから、その苦しみと楽しみは、よくわかる。もし教師面《づら》をして言うことが許されるなら、こういう深い愛情と正しい距離を持って、批判的に書かれたレポートがあったとすれば、その見方の一面性や実証の不足、小さな事実誤認などにかかわらず、私は最高点をつけるだろう。しかも本書のレベルは、それだけに止まらない。哲学的とも言えるその深さは、たとえば「悪魔の変貌」の章などに見られるだろうか。

石上さんは「ヨブ記」に見られる「どんな苦難も結局は神の恩寵の下にある」とする弁神論に

飽き足らず、「悪魔は神の背後の顔であり、悪魔は神の深さである」。同様に「神は悪魔の深さである」と言い切っている。こういう神と悪魔の「等根源性」という考えは、ユダヤ・キリスト教的「一神教」の正統神学からすれば、異端の「グノーシス」に近いと言えようが、「青春の激浪」の中でもまれてきた石上さんの体験からにじみ出た信念なのだろう。そういう神と悪魔との関係を、主人公は一度はしたり顔で「矛盾するものの自己同一」などという哲学用語で言ってみるのだが、すぐにそれがヨブの苦しみ（この場合はイリヤの苦しみ）を前にしては「無用の薬師」にすぎないことに気づく。この場合、石上さんは哲学的観念に逃げたのではなく、むしろその空《むな》しさを自覚したのであり、「彷徨えるユダヤ人」は石上さんにとって、憐憫の対象ではなく、むしろ自省と自律の鏡なのだ。

本書『彷徨えるユダヤ人』が、『旧約』の読解をつうじてのユダヤ人の受難のドキュメントであるとすれば、まずもって歴史書であることは確かだろう。そしてそれが悪の根源性といった哲学的深さで裏打ちされているのは今述べたとおりである。しかしそれ以上に本書は、ある特別の意味で、文学的側面を色濃く持っている、と私は思う。それは歴史記述が想像力で補われているとか、哲学的な概念表現が避けられているといった消極的意味で言われるだけではない。もっと積極的に、本書は石上さんの敗戦前後の上海における体験実録ではなく、むしろ幕切れの最終シーンを前提し、それに向かって読者を誘導していく謎解きのような石上流小説作法が、この本の舞台装置を作り上げているのでは、と思えるからだ。

舞台は戦争末期の上海租界、場末の薄暗い酒場の片隅で弾くユダヤ少年の「コル・ニドライ」

の悲しい調べで幕が上がる。劇は、亡命者石上と、難民イリヤとの「対話篇」という形で進行する。そこでイリヤは、石上が抱くユダヤ教への素朴な（しかし正当な）疑問に答える解答者という役割を担っている。（ソクラテス）イリヤに学ぶ弟子（プラトン）石上。だが戦局もいよいよ押しつまった或る日、「現代におけるユダヤの預言者は誰か」という石上の問いに、イリヤは、「それはエレミヤでもイザヤでもなく、テオドール・ヘルツルだ」と答えたという。

この解答に石上が満足したかどうか。あるいは師ソクラテスの裏切りとして失望したかどうか。喜び勇んで新興イスラエル国へ帰るイリヤと、足取り重く敗戦国日本に戻る石上と、このすれ違いの隙間に働く異和感に基づきながら、しかしそれを洗い落とし、浄化した形で、イリヤの存在や役割が、フィクションとして造形されたのではなかったか。「対話篇」は実録ではなく、手慣れた小説作法によって構成されたものだったのではないか。だが石上の手慣れた小説作法とはどういうものか。

（四）

太宰ファン奥野健男は、石上の「小説技法上の観念的な青っぽさ」を瑕瑾《かきん》として指摘しているが、はたしてそうだろうか。たしかに石上の小説作法の組立ては、比較的単純なパターンに則っているように見える。幕明けは、棟方志功や小泉八雲の怪談を想わせる黒々とした霧に視界を閉ざされているが、一筋の光を辿っていくと、謎解きのように背後に隠れていたものが見えてきて、突如劇的な結末を迎え、中断された断面に象徴的な或るイメージが浮かび上る。そういう謎解きの探検行に引きこまれた読者は、意外な幕切れに驚き、暗然と我れに返る。

たとえば処女作とも言える「針」。街頭の千人針風景からさりげなく始まった場面は、やがて岩手の山奥の女たちが木樵《きこり》の男たちの作業衣を縫う縫い針へ、そして猟師《マタギ》の男たちが鳥を射る吹矢《ふきや》へと移り、そして最後に、突如、殺人の凶器として死体の胸に突き立つ。民話風の平和な世界が、突然、魑魅魍魎のうごめくインモラルな呪術の闇に代わり、その暗闇に輝く一本の針。舞台を彩る明暗変貌は、ほとんど序破急の調子で破局へと落下していく。こういう推理と象徴を巧みに結合した手法は、「絵姿」でも「黄金分割」でも、色調を代えて効果的に使われている。

太宰治は、「書き出しさえ決まれば、もうその短篇はできたようなもの」と言ったらしいが、石上の場合は、「ラストシーンが決まれば、その作品は決まる」と言えはしまいか。始めに結末ありき。だがその意外な幕切れは、落語の「オチ」のように笑って氷解する態《てい》のものではなく、むしろ新しい局面と宿題とを眼前に立たせる。こういうストーリーの進め方は、ある意味では単純で、巧みなつくりものとは感じさせないが、強い迫力をおびて迫ってきて、不安な余韻を残していく。それは、通例、小説とは言われぬ『彷徨えるユダヤ人』にも、巧まざる影響を与えていると私は思う。

石上玄一郎は小説家である。その作品は今、私の手許《てもと》にある冬樹社版作品集（全三巻）では二五篇だが、二〇〇八年の未知谷版『小説作品集成』では、さらに十数篇が追加されている。それらの作品が、その時々に受けた評価は、作者が持っているたくさんの顔に応じて、さまざま、とりどりである。荒正人は、石上作品の底に、「土俗的、仏教的、アナーキズム的、共産主義的」

といった多様な要素を数え上げている。一般には、「精神病学教室」などを元にして、知性派・思想小説といった評価が通用し、観念的というマイナスの意味と、哲学的というプラス（?）の意味で、さまざまな衣を被《かぶ》せられている。なかには初期作品をさして、「谷崎潤一郎よりはるかに深く……もっと残酷で苛烈な唯美小説」という評価もあり、それは、「和製ドストエフスキー」というキャッチ・フレーズで売り出そうとした出版社の宣伝文句にも通じるものだろう。しかし荒正人、奥野健男、日野啓三といった解説者たちは、いずれも石上の作品を持てあましている風がある。それは石上の関心と振幅が、それらの識者たちよりも、広くかつ深いからではないだろうか。

石上玄一郎のどの面に引かれ、どの顔に魅力を感じるかは、人さまざまだろう。彼の作品のうち好きなものを五篇選べ、と言われれば、誰もとまどうにちがいない。しかしこの夏（二〇一一年）未知谷から出た石上玄一郎アンソロジー『千日の旅』における編者、荒川洋治の選び方、表題のつけ方は、私には納得できるもののような気がする。選ばれた六篇は、「針」「絵姿」「鰓裂《さいれつ》」「氷河期」「秋の蟇」「蓮花照応」。いずれも戦中から戦後十年ぐらいの作品である。「精神病学教室」「自殺案内者」「黄金分割」といった、いわゆる代表作は、長篇の故もあってか除かれているが、荒川洋治は、詩人らしく、思想や観念で武装した力作よりは、むしろ中勘助の『銀の匙』を想わせる小品を評価し、さりげない文学的表現や漢籍の素養に注意をうながしている。とりわけ時間の表現（歴史の追憶や時の移ろいの感じ方）をとりあげているのはさすがだ。

ただ私なりに補足させてもらえば、石上作品における時間観念（時や歴史の移ろいの感覚）は、「国破れて山河あり」や「栄枯盛衰」といった、いわゆる東洋的無常感には捉われていない。石上自身は、自分のことを「想起者」だと自称していて、むろんこれはプラトンの「想起《アナムネーシス》」から借りた言葉なのだが、イデア論や或る種の存在論とは関係なく、またこの漢語から連想されるような、懐旧の情とも関係なく、積極的な意味を与えられている。それは、トロヤの遺跡からホメーロスの世界を復元したシュリーマンのように、古代世界の発掘であり、発見して再現する活動なのだ。晩年の石上さんが深く入っていかれた有史以前のエジプトやインダス文明への、一見考古学的・文化人類学的探究は、死とは何か、死後の世界とは何か、という問題から発している。ユダヤ教や仏教への関心も、ユダヤ教が「弁神論」という形でとり組んだ問題を、仏教は「輪廻思想」によって回避してしまったという批判的反省に根ざしている。そこに或る種の形而上学的な動機があることは、たしかだろう。しかしそれはけっして単に観念的なものではなく、内面的経験に裏打ちされたもの、文字どおり「身についた」ものとして表現されている。

石上さんは或る所で、自分の集中的な探究心を「凝視癖」という言葉で呼んでいる。いささか堅苦しい言葉だが、石上さんが、ユダヤ三千年の歴史と運命の勉強に没頭し、そこに見え隠れする深淵を「凝視」しておられた時期は、戦争末期、敗戦前夜のことだった。ユダヤの預言者たちは、イエスを含めて、いずれも、敗戦と亡国を預言する人々だったと言えよう。亡国と離散の預言を、敗戦前夜に「想起」しつつ、石上さんは何を「凝視」しておられたのだろう。

（五）

戦に敗れ、国そのものは、海外の植民地、占領地の全てを喪い、四つの島に押し込められながらも、一応は残された。その故国へ、しかし石上さんは帰ろうとしなかった。故郷というものの暗さ、土着というものの束縛は、「呪術の国」である土俗の不気味さを含め、すでに石上さんが戦前に書き尽くしたものではなかったか。他方、終戦によってゲットーから解放されたユダヤ難民は四散し、一部の人々は一九四八年に成立したイスラエル国へと、胸躍らせて、帰郷していった。イリヤもその一人だった。それはたしかに、一応はユダヤ人の二千年来の夢の実現であり、離散という運命の清算であるように見えた。しかしそれを祝福しつつも石上さんの想いは複雑だった。なぜなら敗戦後も帰国を望まず、上海に止まろうとする石上さんは、いわば自ら「離散《ディアスポラ》」の途《みち》を選ぼうとする「離散志願者」の心境にあったからである。「彷徨える石上玄一郎」の姿がそこにある。こういう故郷もしくは帰郷の持つ意味が歴史の変貌を境に喰い違い、すれ違っていくのが、作品『彷徨えるユダヤ人』の幕切れであり、イリヤとの対話篇は、それを基に構成されたフィクションでは、と私は思う。

海千山千の経験を積み、重い心と脚を引きずって復員してきた故国は、「氷河期」も同然であった。太宰の自死にあたっても、彼は「自殺案内人」という皮肉な地位に自分を擬して、この「脱落者」を見送ったのだった。

私が札幌に居た頃、一時間借りしていた北大の古い官舎は、元札幌農学校技師、有島武郎邸の向かいだったが、その敷地内の別棟で、石上玄一郎は呱々《ここ》の声を上げたのだった。有島の作品には、石上（本名大島）一家への言及もある。北海道狩太《カリフト》に持っていた大農地を進んで解放した有島の心中死事件は、もう遠いこととして忘れられているだろうか。その有島に石上が関心を持たぬはずはない。さらに戦争前ながら中国を訪ね、「南京のキリスト」を書いた芥川龍之介。それに、より身近な太宰を加えて、この自殺文士の系列の中に石上が自分を置いて考えることがなかったとは言えまい。しかし石上のしたたかさが、あるいは生への愛情が、それともある素朴さが、その濁流に巻き込まれることから彼を守ってくれたのか。そういう氷河期と、後年私がはじめてお会いした頃の、好々爺然とした柔和な笑顔との間には、なまじの想像力では容易には埋めがたい距離があるような気がする。

最晩年、神戸山の手の「外国人クラブ」で、神戸ユダヤ文化研究会の講演と音楽の夕が催された時、石上さんに講演をお願いしたのだが、持ち時間を超えても延々訥々《えんえんとつとつ》と想い出を語ってやまない石上さんを、自分の出番を待つヴァイオリン奏者が、たまりかねて強引に打ち切ってしまったことがある。それに憤慨されたか、以後この会に顔を見せることはなくなったように思うが、とにかく最晩年の石上さんの印象は、明るかった。暗い若年から明るい老年への転換。何がこの転換の源となったのか。私は「自己凝視」の文学から、世界史、人類史への視線の転換が、その地平を明るませたのではないか、と憶測する。

石上さんが去られた今、私もまた石上玄一郎の個人史の内部を覗き込むだけでなく、歴史の中に石上さんを置いてみたいと思う。石上さんのディアスポラの生涯は、二十世紀とは何だったかを問う上で、貴重な教材を提供するのではなかろうか。かつて太宰治は、自分の小説に「二十世紀旗手」という、いささかキザな題名をつけた。石上さんは旗手でも鼓手でもない。石上さんはもっと地味だ。だから石上さんのための葬送の曲は、行進曲でもポップスでもなく、また故郷南部の古浄瑠璃でもなく、あのコル・ニドライがふさわしいと思う。

石上玄一郎には、コル・ニドライが、よく似合う。

崩壊と訣別

池田浩士『教養小説の崩壊』を読む

（一）

昨年の秋から私はさんざんだった。夏遊んだキリギリスの報い。溜まった文債に追われて、読みたい本もまったく読めなかったからである。そんな中で病中わずかに手にした池田浩士著『教養小説の崩壊』は、書くことで貧しくなるような状態にあった私にとって、久しぶりに生気と充溢を味わわせてくれた。一瞬私は空気の震えを感じ、地鳴りを聞き、死火山の火口を蔽っていた砂礫が天空に飛び散っていくのを、小気味よく眺めていた。しかしやがて噴煙がしずまるにつれて、私はかすかな痛みを覚える。飛び散った火山礫は、どうやら観客である私の肌をも傷つけたらしい。とりたてて教養小説の作者でも研究者でも愛好者でもない私が、何故にこの崩壊の野外劇によって傷つかねばならないのか。いわゆる教養小説ではなくても、思想史の中に、いわば「書かれざる教養小説」を読み込みたがる私には、教養小説への無意識的な未練がひそんでいて、まだ血がかよっているその未練が絶ち切られた、ということなのだろうか。傷は案外に深いようである。たまたま私は、この本へのいくつかの書評を目にすることがあった。いずれも好意的な筆致で書かれている。ただいささか気になったのは、一人（松本鶴雄）は、誰も傷つかないかのように、もう一人（高本研二）は、傷つくのは誰か自分以外の者の筈だと言うふうに、そして、もう一人、彼自身よき教養小説作家である中野孝次は、「しごくまっとうな」この本の論旨には今さら傷つくまでもないかのように、著者の「手柄」を讃えていることだった。そういうものなのだろうか。一般的に言っても、批評《クリティク》の鋭さが危機《クリシス》の意識の深さそのものから発現してくるような場合、その危機が存続し続けるかぎり、批判は鋭ければ鋭いほど、自他を傷つけてやまないだろう。むしろ教養小説を、ほかならぬその「崩壊」の面で捉えるという作業自体が、自他を傷つけずにはおかないだろうということは、はじめから著者が予期し覚悟しているところなので、と言うより、そのことを方法的な出発点とするところから、この仕事が始まり、そこから一歩距離を置いて踏み出そうとするところに、この仕事の展開が、かけられているように思える。それは、前半生を回顧するスタヴローギンの目立たないつぶやきから第一章を書き起こすという発端からも察知される所なので、そういう伏線を注意深く辿ってゆけば、この本で行われているのは、教養小説についての文学史的考察でもなく、また教養小説に対する批判でもなく、むしろ教養小説自身の自己清算、あるいは少なくとも著者自身の訣別の歌だと言えるのではなかろうか。そこにいささかの血が滲んでくるのは当然なのだ。その意味で、本書の全体の構図や発想、そして文体さえもが、自己回帰《レフレクシーフ》的な性格を持っていると私は思う。そしてさらに先走って言わせてもらえば、ここに響いている訣別の歌、転生の調べこそは、著者の激しい「崩壊」の認定にもかかわらず、教養小説（あるいは少なくとも「自己形成の理念《ビルドゥングスイデー》」）が持つ不滅のモチーフなのではないだろうか。そう私は思う。だがいささか私は先を急ぎすぎたようである。

（二）

池田氏がこの本で試みようとしたのは、さしあたり、古典的な教養小説概念に対して、「危機の表現」としての教養小説概念を対置し、その線に添って、具体的な作品の読みかえを行うことだろう。古典的一般的観念に従うなら、教養小説とは、「個性と発展の物語」であり、「明確な理想として設定された目標にむかって、迷いを重ねながらも着実に発展成長していく人物を画く小説形式」ということになる。しかしそういう発展や成長がけっして完成に至りえないだけでなく、むしろ崩壊と喪失にさらされている現代社会においては、古典的な形で捉えられた教養小説は、しょせん過去の遺物として感じられるほかはない。私もまたかつて学生時代に、古典的な観念に従い、そういう眼鏡をかけて、『マイスター』や『緑のハインリヒ』や『クリストフ』を読み、遂に退屈さのあまり投げ出した憶えがある（その頃私にとって唯一の真の教養小説と思えたのは『精神現象学』でないとすれば、『ツァラツーストラはかく語りき』であった）。

しかし教養小説が自己形成の理念の実現過程ではなく、むしろその崩壊過程を示すとすれば、事情は変わってくる。「〈いかに生くべきか〉を問う主人公たちは、危機の深まりとともに、ついには新しい生き方への道を予感的に発見することさえできなくなるだろう。かれの問いとかれらの行為は、かれらの成長発展につながらないばかりか、世界をもかれら自身をも、ますます解きがたい疑問として、かれらのまえに投げ出す結果にしかならないであろう」。もしも教養小説が、こういう危機的情況の表現であるとすれば、それはもはや過去の遺物どころか、きわめてわれわれに身近なものとなる。かれらと共通の危機の中にわれわれ自身がいるからであり、かれらとは、われわれわれにほかならないからである。他人事では済まないのだ。

こうして池田氏は、古典的教養小説概念に、危機の表現としての教養小説概念を対置することによって、私の見る所では、むしろ教養小説を、現在に蘇らせる。理想社会の実現を新大陸に求めざるをえない『マイスター』のゲーテが、童話のうちでしか現実をくつがえせないと考えた『青い花』のノヴァーリスが、狂気を代償にしてしか現実呪詛の苦しみから解放されえなかった『ヒュペーリオン』のヘルダーリンが、「新たな教養理想を設定しえぬまま夢と内面に越境することもなしえず、……内と外とを流動化させようとしつづけた」ジャン・パウルが、きわめてアクチュアルなものとして迫ってくる。こういう「危機の表現としての」教養小説概念に基づく読みかえ作業、本論の中心をなす具体的な作品論が、本書のもっとも生気と精彩に溢れる部分ではなかろうか。とりわけヘルダーリンとノヴァーリスの章、とくに「ザイスの弟子たち」をめぐる挿話に私は深く引き込まれていった。たとえば、ヘルダーリンとノヴァーリスの悲劇を、「良き社会人へと成り上っていく市民の和解の物語」という一面を持つ『マイスター』を超えて、かれらが「ゲーテよりもいっそう現実的に現実をとらえようとしたとき、その現実はかれらの文学のなかで、〈自然〉や〈童話〉という純然たる観念世界や、現実の半分でしかない〈私〉の絶対化としてしか実現されえなかった」点に求める視点。あるいは、「自立した〈私〉は、こうして世界を喪失した。現実の世界が失われたばかりではない。自分が夢みていることを夢に見たとき、もはやそこには目ざめるべき現実がなかったのである。かれらの夢は無限につづく悪夢となった。……夜のなかでノヴァーリスがかいまみた次の日の朝の曙光は、かれのあとからこの道をたどるものたちが流す血の色に染っていたのだ」といった文体。原テキストにうとい私などには、解釈の適否は言えない。しかし熱をはらみながらも硬質な白磁の輝きを失わない著者の叙述は、それだけで独立した魅力を持って、痛く読む者に迫ってくる。

（二）

だがこうしてあざやかに蘇ってくる教養小説の中に読者は引き込まれて行くが、そこで蘇ってくるのは、当然、自己形成の完成可能性でも、ジャンルとしての教養小説の復権でもなくて、むしろ自己形成の不可能性であり、危機のアクチュアリティである。読者は引き込まれれば引き込まれるほど、かえって自分自身に打ち戻され、自己形成の根拠の喪失の前に引き据えられることになる。生き生きと蘇ってくるのは、教養小説の生ではなくてむしろ死なのだ、と言うべきであろうか。

こういう逆説的で自己回帰的《レフレクシーフ》な構造に応じて、この本の魅力は、斜光を浴びてそそり立つ分水嶺のように、明暗を分けた二面性を持っているように思われる。まず陽の当たる斜面から登っていこう。

まずこの本の魅力は、（あるいは著者の意図に反して）教養小説の否定論にあるよりは、むしろ教養小説を解釈し直すことによって再発見し、その問題性のアクチュアリティを蘇らせた具体的な作品論にあるだろう。それが本書の魅力の明るい側面を形成している。しかし著者の意図からすれば、本書の狙いは、むしろ教養小説を、歴史的なものとして限定し、その死を告別し、それを超えた新しい地平に立とうとするところにあるように見える。だが第一の課題がほとんど輝かしい成功をおさめたのに対して、この第二の本来の課題は、充分な達成を示したのだろうか。当然のことながらこの困難な課題の模索は、しだいに苦渋の色を濃くして行く。尾根を超えると風景は荒涼としたものとなり、死の影の下に沈む谷あいには無気味な落石の響きが絶えない。たしかに池田氏は、この谷を渡り了えて、向こう側の嶺に取りついたのであろう。時折雲のはれまに、彼方の斜面を登って行く一人の登山家の後姿が垣間見えるようである。だが少なくともこの谷の風景は、第一の明るい斜面と同じだけの照明を浴びることはない。しかしこの暗い死の谷の風景のうちに、つまり第三章までに比べて必ずしも明晰とは言えない終章の叙述のうちに、この本の半面をなす暗い魅力がひそんでいるように私は思う。

(四)

「教養小説は、本質的には、西暦一八〇〇年をはさむ前後わずか十年のあいだに、はじめて生まれ、そして最終的に死んでいたのである。……ジャン・パウルが……描き出したのは、教養小説の必要条件のエッセンスであり、同時にまた教養小説を崩壊にみちびく充分条件の諸形象でもあった。だが、教養小説は生きつづけた。市民社会そのもののように、崩壊の充分条件をいたるところにはらみながら、死に絶えようとはしなかった」。この終章の書き出しに、著者の決定的な歴史認識と姿勢とを見ることができる。

いくらか形式的な整理を加えるなら、この本の一見一義的な崩壊論の叙述の中で、教養小説の崩壊とは、私の見るところ、ほぼ三通りぐらいの多義的な位相を持つように見える。第一は、個性の発展という古典的な教養小説概念。これが崩壊していることは、事実として認定され、前提されている。第二は、生の崩壊の実相の誠実な表現としての教養小説。これはむしろ肯定され再評価される。第三は、現実からの逃避の形式としての教養小説。これは価値的には崩壊すべきであるにもかかわらず、事実として崩壊していない。あるいは崩壊しないが故に、崩壊すべきなのである。このジレンマはノヴァーリスの「夢の夢」と同様に悪無限におちいるのだろうか。おそらく終章の課題はこの第三の問題層に関わってくる。すでに崩壊済みの教養小説に著者は今さら追い討ちをかけているわけではない。しかし他方教養小説から市民権を剥奪しようとする著者は、簡単にはその死亡診断書を書くことはできない。死ぬ筈の教養小説は死につつも生き続け、歪められた形で再生産を続けるからである。焦燥と無念の想いがそこからたち込めてくる。かすかな殺意さえ、そこに感じられるようである。何故に教養小説は崩壊しないのか。

教養小説を歴史的なものとして限定するために、著者はまず「発展小説」と区別しつつその歴史的上限を区切ろうとする。ついで「市民階級の表現形式」として、教養小説に「市民社会の刻印」を押すことによって、そしてついに「われわれ」に至りえない市民としての「私」の限界を露呈させることで、その歴史的下限を区切りとろうとする。だが教養小説が他ならぬ「市民社会の刻印をおびた」市民階級の表現であるならば、その崩壊は市民社会の崩壊と切り離すことはできまい。しかるにそういう現実との関わりを逃れて、内面性や自然や「内なる第三世界」にしりぞき、そこに戦いをずらし、そこに代償満足を見出す所に、「幻滅」、「挫折」、「転向」といったさまざまの形をとる疑似教養小説が輩出する淵源があるのだろう。それに対する著者の追求と論告は、苛酷なまでに克明で容赦する所がない。「市民社会の中にたたずむすべての〈私〉を」追いつめつつ、「すべての〈私〉を殺した現実そのものと同一化し、〈私〉に転向を強いる現実そのものとして立ちあらわれている〈私〉」といった屈曲した形をとりながら、遂に批判の刃は、自分自身にも向けられていくかのようである。

（五）

おそらく著者は市民社会の崩壊と切り離された教養小説の崩壊を信じないのであろう。著者はいわば、市民社会を道づれにした形で、両者を重ね切りにする形で、引導を渡したいのであろう。だが終末は遂に訪れない。市民社会が「死の充分条件をそなえているにかかわらず」生き続けるように、教養小説も生き続ける。とすれば残された途は、市民社会の外に立って、教養小説の崩壊の客観的可能性を証明することではなくて、むしろ市民社会の内部に留まりつつ教養小説と訣別することである。

だがそのような訣別は、常に連続したプロセスではなく、ある飛躍を意味するだろう。事実著者は、そのような飛躍を前提にしつつ、教養小説とは質的に異なる新しい文学の可能性を触知しているかのようである。大まかに図式化すれば、それは「近代—市民社会—教養小説」という相関項に対する「現代—市民社会を超えるもの—ドストエフスキーないし表現主義」という形で対照されている。ただそれは「反・教養小説」という形で提示されているだけで充分には展開されていない。あるいは少なくとも、死の影の谷間にいる私には、彼方の山陵にとりついた黒点のように、かすかに望見されるだけにすぎない。

(六)

この本を小説論としてよりは、歴史観として読むとすれば、その遠景に初期ルカーチの肉化された痕跡をあちこちに見ることもできよう。また「……の崩壊」という表現は、中期ルカーチの大著『理性の崩壊』を連想させるかも知れない。アドルノによってルカーチ自身の理性の崩壊だと酷評されたあの大著は、いわばルカーチが行った大規模な思想史的粛清であった。ああいう自己の社会と和解した安定した地点からの過去の裁断と、池田氏の「崩壊史観」とを区別しているのは、著者の関心が崩壊過程の客観的再構成というよりは、ある表現形式への訣別にそそがれていることであろう。「もはやどこにも自己を仮託することのできない地点」に立って、教養小説という古い形式が当初からはらんでいた矛盾を意識し、それをつうじて「みずからの新しい歴史的位置を意識化する」という著者の自己回帰的な姿勢が、フランス革命期以後の教養小説の歴史をひとしなみに堕罪の歴史と見るあまりにも明快な「崩壊史観」に、一つの切迫した焦点を切り結んでいる。

だがそれにしても、教養小説の歴史を堕罪史として摘発する白夜の光景は、けっして論証された動かしがたい結論ではなく、著者の回生への夢が跳躍のために築いた自由な虚構《フィクション》ではないかという疑念ないし祈念は、尚残るように思われる。このことを私は非難の意味で言っているのではない。むしろ逆なのだ。罪の自己告発は、それだけでは尚罪の歴史の内部の出来事だろう。罪の意識は、それだけでは罪の歴史を壊す力を持たない。かつてベンヤミンは「進歩の観念」への批判は、その底にある連続的時間観念にまでさかのぼらなければ徹底されないと主張した。同じことは教養小説の批判にも当てはまるのではなかろうか。人間の自己形成過程は、過去から未来へ飴のように伸びた時間に沿って行われるわけではない。そこには連続する契機とともに非連続の、断絶と飛躍の契機が働いているだろう。連続した時間に沿って行われる自己形成過程に、統一的な意味の網をかぶせようとする試みは、いずれ破綻せざるをえまい。再びベンヤミンの言葉を借りるなら、いわば「アポロ的破壊者」として、自由に自他のこれまでの歴史を破壊する飛躍が必要なのだ。池田氏の『匙』誌上などにおける一連の試みは、かつての教養小説の歴史からの、そしてそれへの自己告発の枠内に留まっているかぎりでの「教養小説の崩壊」論からの、こういう飛躍と訣別の試行の一端を示していると言えようか。

(七)

だがひるがえって考えれば、こういう飛躍と訣別、脱皮と変身と転生への夢、その跳躍台として自由に歴史を破壊し虚構する能力、これらは教養小説の滅することのできないモチーフだったのではなかろうか。内面性がいかに外部の力によって侵されていようとも、この舞台を「内面性の考古学」者にまかせることはできないし、werde, was du bist! という命令は、いかに was du bist の内容が不明確であろうとも貫かれねばならないだろう。私は池田氏の『教養小説の崩壊』のうちに、このような教養小説のモチーフが活性化されているのを見る。この意味では池田氏は、教養小説《ビルドゥングスロマン》という文学形式を、歴史的なものとして葬ることによって、かえって歴史における「自己形成の理念《ビルドゥングスイデー》」の貫きを証しているかのようである。そのようなイデーが小説の実作者の立場から、どのような形で表現されるか、従来の教養小説の形式が、はたして生かされるものかどうか、それはもちろん別の問題であろう。新しい形式への模索は、すでにあちこちで始められている。ただ私はいぜんとして死の影の谷間に佇立して、時折雲のはれ間に輝く彼方の銀嶺の斜面を、営々と登っていく黒点を望見するだけである。私はその後姿に声援を送る。谺は返ってきて峡谷のおちこちに響き合うかのようである。

池田浩士著『火野葦平論』を読む

「戦争と平和」と聞いて今の人が思い浮かべるのは、百年前のロシアの文豪の大作だろうか。それとも過ぎていったばかりの二十世紀の現実だろうか。二十世紀を折半して、前半を戦争、後半を平和に振り分けるやり方がある。これはいたく明快で判りやすい。しかしこういう時代区分にはつねに一定の飛躍が、認識上の空白と道義上の無責任がつきまとっている。この場合で言えば、「終戦」を折り目にして「戦後」から見られた時代区分には、しばしば非連続の面だけが脚光を浴びて、連続の面が無視されている。軍事外交面においても、四五年の大戦の終焉は、四八年の中東、五〇年の朝鮮戦争へと続いていたのだが、より内面的な「戦争体験」のレベルでも、戦争と平和とは通底している。その典型は、戦争に対して誠実だった「良心的戦争協力者」の軌跡であり、彼らの体験の深部へ測鉛を降ろすことは、二十世紀という時代そのものの意味と問題性を明らかにすることになろう。

日支事変から「大東亜戦争」、敗戦と続く戦争の季節を、九州で少年時代を送った私にとって、火野葦平は、ある意味で身近な存在だった。しかしそれだけに「通俗作家に成り下って」「河童に韜晦した」戦後の彼を私はまったく無視していた。一九六〇年の彼の死が自殺であったことも、(遺族によって長く隠されていたとはいえ)私は知らなかった。それだけに池田氏の力作『火野葦平論』は、じつに多くのことを教えてくれた。葦平に終始一貫していた「メールヘン」への関わりについて、『魚眼記』のロマンチシズムへの評価と、すでに戦時中になされていた宮本百合子の鋭い批評、河童ものに見られる「無可有郷《ユートピア》」と現実との関係、庶民としての兵隊の目からの現場報告というだけでなく、銃後の留守家族との「共鳴関係」に彼の戦記ものの特性を見る視点、しかし逆にそういう役割期待への「誠実さ」が「異化」を生み出せない弱点となっているという鋭い指摘等々。

ここに海外進出文学研究の一環として呈示されているのは、詳細な書誌学的注を含む文学史的学術研究の体裁を備えてはいるが、やはり作品の味読をつうじての一人の人間の表現者としての軌跡であり、戦争と平和にまたがる人生の変質であり、それに伴う自己凝視の屈折である。本格的な研究、周到な評伝でありつつ、鋭い批判と行き届いた理解を併せもつものは多くはないが、これは稀有のその一例と言えよう。

一九六〇年一月、葦平は福岡県若松市の自宅で簡略な遺書を残して自死を遂げた。芥川、太宰、川端、三島と自らの生命を絶った作家は少なくはない。しかし彼らがなぜ命を絶ったのかという自殺動機への問いは、ほとんど迷宮の闇に消えてゆくし、また好奇のまなざしで覗き込む非礼の振舞いとして斥けられる事が多い。池田氏もむろん礼節を守っている。だから葦平がなぜに死な、、、、、なければならなかったのかという必然性への問いは、大著の結末にあからさまには扱われてはいない。ある意味ではそれは物足りないとも言えるかもしれない。もちろん結末ではなくて、行論の全体が、この問いへの応答と考えることもできよう。初めに思いがけないサクセス（芥川賞と戦記の超ベストセラー）があった。そして戦後も、彼は誠実かつ真剣に戦争に協力したことに何のやましさも感じなかった。しかしその自負の感情は、戦争協力者ではなく戦争利得者という非難の前に色あせ、しだいに孤独の色を深めていったようである。そういう自己凝視と外からの役割期待の微妙なズレが、その時々の「過去の現場」に即して辿られていく。日本の敗北と復興よりはやや遅れながら葦平個人の崩壊からの再生の努力が始まる。しかし「河童天國」が人情溢れる仲間たちの共同体のなかで実現されたかに見えた、まさにその時点で書かれた詩「河童孤独」にも露出している人知れぬ絶望の深さ。ここにあるのは、社会との和解を予定調和として前提することのできない時代、「教養小説《ビルドゥングスロマーン》」の不可能な時代におけるマイナスの記号を帯びた自己形成過程、破滅への成熟の顚末である。その限界を超える視野、役割期待への誠実を超える抗命の視点は、この人情篤き侠気の人には原理的に阻まれていた。しかし彼は彼なりの自己正当化と再生の努力を続けたのだ。それが「行く所まで行った」と思えたとき、その努力と緊張が臨界に達して途切れたときに、ふと死の誘惑が訪れる。休息と、あえて言えば「永遠の平和」への誘いが。著者が言っていない事まで、私がこれ以上言うことはあるまい。しかし『花と竜』や『革命前夜』にいたる戦後の彼の仕事を、再生への努力とその空しい充足と捉えるこういう見方には、決してたんに鋭い批判だけでなく、行き届いた暖かいまなざしが滲んでいると言うべきだろう。それは「死者に鞭打つ」ことではなく、むしろ「鎮魂の曲《レクイエム》」の一節と言えるのではなかろうか。

五　さまざまの意匠

『匙』の頃　ユートピアはあったのか

後世、二一世紀末の頃、もし行き届いた文学史辞典が出されることがあるとすれば、人はそこに次のような項目とさりげない数行の解説を見出すことだろう。「『匙』、二〇世紀八〇年代に京大の反体制ゲルマニスト分離派を中心に出されていた同人雑誌らしいが、そのメンバーは種々雑多で、彼らが何を目ざし何をなしとげたかは定かでない。一説によれば、彼らは一種のユートピアを志向していたとも言われるが、その評価は尚後代を俟つしかないであろう」。

この記述は必ずしも正確ではない。何よりもこの記述だけでは——辞典というものはそういうものかもしれないが——空虚である。そこでおそらく二一世紀末の篤実な文学研究者なら次のような問いを立てるだろう。彼らが反体制と言う時、体制とはいったい何なのか。時の政治権力なのか、大学の管理体制なのか。気取ったアカデミズムの学風なのか。それとも自分自身という牢獄なのか。さらに俊敏な文芸批評家氏なら言うであろう。彼らのどこにユートピアがあるのか。どこに望見された未来が開けているのか。彼らは現存する資料（『匙』一〜一〇巻、一九七九―八六年、近代文学館所蔵）によれば、むしろ過去の重荷に押しひしがれており、十年の過去さえ清算できず、それでいて、真面目な顔をして笑えぬパロディを繰り返したり、したたかに現在を楽しんだりしているようだ。ここにあるのは、いわば「野戦病院」の風景である云々。
　おそらく二一世紀末に現れるであろうこのような辞典記述ないし文芸評論に対し、当事者の反論を求めようとしても、その時点で存命中の同人はもはや見当らないであろう。なにせ当時でさえ、平均年令四十を越えるというオジン集団だったのだから。そこでここに、京大ドイツ語教室に何の関係もないくせに、この同人にまぎれこみ、極楽トンボを決めこんでいた徳永某なる住所不定の男の私記を集録し、タイム・カプセルに封入し、栄えある京大ドイツ語教室の記念誌の中に隠して、後世の参考に資そうとする。なぜなら巨人軍はいざ知らず、京大ドイツ語教室の歴史は不滅だからである。以下その徳永某の私記。

　言い出しっぺは誰だったのだろう。たぶん好村冨士彦さんが広島へ移るので、京都での同志的結合（?）を繋いでおく集まりを持とうという事だったのか。あるいは六〇年代末の激動から十年が流れ、新しい志を建て直そうという気運が広く湧いてきたのか。新しく同人雑誌を出そうという話が、京大ドイツ語関係の有志の間で熟してきて、北大時代以来の旧友小岸昭君から、阪大の私などにも誘いがかかったのは、七八年夏前の事ではなかったかと思う。四条河原町のさる喫茶店の二階で（ちなみに以後七〜八年におよぶ『詎』関係の会合で、喫茶店を使ったのは、この一回だけだったと思う）、私は初めて、野村修さんと今は亡き土肥美夫さんに会った。たしか野村さんから、発起人に加わってくれとの依頼があったのだと思う。その時、見せられた趣意書の清潔な文章に共感して、私はいくらかのためらいの後参加することにした。

同人誌を始めたいと思います。

といって、肩肘はって気負っているつもりはありません。気らくでありうること、これがわたしたちの第一ののぞみです。

似合わぬことながら多少あらたまって、この雑誌についてのそのほかののぞみを言葉にしてみるなら、つぎのようなふうになるでしょうか。

わたしたちのうちの多くはいわゆるゲルマニストですけれども、この雑誌は〈ドイツ文学〉研究を主眼としてはいません。わたしたちはここでそれぞれの関心事を、それぞれのかたちで追求してゆくことになるでしょう。

雑誌の歴史のなかでいくつかのすぐれた範例は、明確な立場から明確な方向性をもった運動をおしすすめたことで、際だってきました。

この雑誌はしかし、少なくともこの呼びかけの段階では、かかげるべき綱領をもっていません。嘘でなく語れるのは、批判的でありたいということくらいです。

もちろん、批判的であることがしだいに困難になってきている時代の、これは願望です。批判的であることの具体化に不断の厳しい反省と柔軟な工夫を必要とするいまの状況を思えば、この願望の実現はたやすくはないでしょう。

生き生きとした相互検証・相互批判の場を欠いては、みずからの姿勢の崩れにも気づかぬまま、わたしたちは時間に流されてゆきかねません。

この雑誌は、そのような相互検証のための自主的な場であること、外部にはもとより内部にもあまえることの少ない場であることを、ねがっています。

どうかあなたの力をかしてください。

七八年八月

発起人　池田浩士　好村冨士彦　小岸　昭　佐藤康彦
徳永　恂　土肥美夫　野村　修　三原弟平

呼びかけに応じて集まったのは、石川夫妻や相良さん等、京大ドイツ語教室のメンバーをはじめ、たぶん非常勤で関係のあったのだろうシャイフェレ氏や山本尤、奥野ロスケ氏たち、学外では小川正巳さんなど、ゲルマニストが多かったが、森毅さんのような数学者や私のような思想史屋など、学内外の専門を異にする者たち、遠く在京の浅野さんなど、まずは多士済々、雑然としてさながら梁山泊の趣きがあった。じっさい百万遍に近い酒亭「梁山泊」で準備会をやっている時、後に阪大で同僚になる伊藤エルが入ってきて、「何ですか、これは。カゲキ派教官の会ですか」などと一同を失笑させたものだった。

『匙』という誌名の名付け親は、土肥さんだったと思う。昔帝政ロシア時代に農奴が自由の地へと逃亡する時、唯一つ持って逃げたのが木の匙だったそうで、ロシア未来派の画家たちが、それを解放のシンボルとして使ったらしい。土肥さんには最初から、視覚的イメージとして匙が想い描かれていたらしく、事実それは以後何らかの形で、雑誌の表紙に描かれることになる。人間生まれてまず匙でおマンマを掬って食べ、最後に匙を投げられて終わるなどと、めいめい勝手に理くつをつけて、この意表をつく誌名をけっこう愛用していたように思われる。

第一回の同人会が行われたのは六甲山頂だったと思うが、「エディション・アルシーブ」や「ふたば書房」の協力を得て、第一号が発刊されたのは、一九七九年六月のことだった。野村さんの詩、工藤正広・奥野路介・池田浩士・小岸昭・小川悟さんらの小説、脇阪さんの三島由紀夫や三原弟平さんの虫麻呂などの評論、小川正巳・浅野氏らの演劇論、森毅・石川光庸氏のエッセイなど、長編連載になるものを含め、ズラリと力作が顔を揃えている。ただし早くも雑然たる不統一性が露出してきて、物議をかもすことになった。

なかでも最も、一同を辟易させ、ひんしゅくさせたのは私だったろう。頭韻を踏ませた文語調の詩めいたものを投稿したりしたからである。これはたちまち好村氏などから「旧制高校的アナクロニズム」云々の指弾を受けた。これはまったくその通りなので、私としては原稿を新しく書く時間がなく、やむなく三十年前の日記帳から、そのまま抜き書きして出したのだから、新しい雑誌の門出を飾るには、場違いもはなはだしい申しわけない次第だったが、若干居直った魂胆がなかったわけでもない。第一は、何と言っても同人たちは文学の玄人たちで、いわゆる大学闘争の中で令名高しと言われた人たちも多く、またその体験の総括などが、いつも雑誌のテーマとして提起されたりしていたから、今後「肩ひじ張らずに」やっていくためには、まず自分の稚拙さ、ダラシナさ、アナクロ振りを自己紹介しておいた方が気楽だということ。第二には平均年令四十歳以上という同人の中でも、私は最年長に近く、齢い五十にさしかかって、しだいに自分の過去が見透しがたくなってきており、これまでの理屈っぽい論文スタイルではもう自己表現ができないのではないか、と思っていた矢先だった。だから『匙』に参加しようと思った時に私が考えたのは、毎号違ったジャンルで違ったテーマに挑戦したいという事だった。その第一回が詩でなければならない、というのは私の抜きがたい思い込みに由来する。ただ小気味よい批判を受けたことで、私は一種の爽かさを感じ、いくらかの自由を感じたことも確かなのだ。以後私は、第三号を除き、教養小説やエゴン・シーレ、演劇についての評論・エッセイ、はてはこれまた私小説もどきの小説（?）や戯文に至るまで、毎号異なったジャンルのものを何やら書き綴ってきたが、一応自分の目論見を果せたと思っている。それは何やら自分の手持ちの隠し芸を全部披露して見せたという趣きがあるが、どこまでが隠し芸でどこまでが表芸かわからぬ所まで自分を駆り立てる事を許してくれた『匙』の寛容さには感謝しなければならない。

いささか私事にわたりすぎたが、どうやら『匙』同人の中には、志を立ててそれを運動に持っていこうという「志派」と、自由な隠し芸をやろうという「リベルタン派」があって、その対立緊張は、時には齟齬軋轢を起こすこともあったかもしれないが、それが或る清新な活力となっていたことも確かだろう。ただ私のような「隠し芸大会」と心得るリベルタン派から見れば、独文を専門とする人々が、専門の翻訳を載せたりするのは、何やら約束違反で、ちょっぴりズルイなあという感懐もなかったわけではない。

三号雑誌とよく言われるが、編集、事務、営業担当者の並々ならぬ労苦もあって、『匙』は七九年の一号から八六年の第一〇号まで、とにかくよく続いたものだと思う。なかには池田さんの「隣接市町村」シリーズや、好村さんの花田・吉本論争を扱った「真昼の決闘」シリーズなど、独立した本になったものもあるし、三原君の「虫麻呂」シリーズなど、隠れた名篇も少なくない。ただ今私の念頭に浮かぶのは、野村さんの前記創刊の趣意書とか、いわゆる「池田屋騒動」に際して書かれた森さんの「ことばの棘について」とか、池田さんの小説に出てくる谷合いの山桜の描写とか、目立たない小篇や寸景である。書かれた作品についてなら、これは最初に掲げた二一世紀の文学史辞典ではないが、後の本格的評価を俟たねばならないだろう。むしろ「匙の頃」で何と言っても忘れがたいのは、各号について行われた合評会なるものの風景である。

各号が出るたびに、同人たち有志は各地に集合して、各作品、表紙、編集、販売に至るまで、すべてを血祭りにあげる火祭りの踊りのような祭儀を行った。その場所は、吉野の奥、能勢、生駒山、三井寺、敦賀の海岸、伊豆の妻良、熱海の初島等々を転々としたが、何せ車座になって、真中に一升瓶を林立させ、それから始まる遠慮ないやりとりだから、やがてはオルギー状態になり、一同討死して斃れ伏した後でも、壊れた蓄音機のような私の唄が永劫回帰するなど、なつかしい修羅場の数々。私が参加できたのは、一〇回のうちの七回にすぎないが、私が不参加の時も、似たような光景を呈していたらしい。

『匙』がはたして後代の文学史が言うように、或るユートピアを追い求めていたのかどうか。それは「ココロザシ派」と「リベルタン派」で異なるだろう。しかし私は言いたい。ユートピアは確実にあったのだと。少なくとも所載の作品の中ではなく、あの合評会の喧騒の中に。たとえそれが、野戦病院の、或いは梁山泊のユートピアであったにしても。匙はまだ投げられていない。今後匙は何を掬うことができるか。それが残された問いなのだろう。

自画像について　エゴン・シーレ覚え書

表へ出ると雨が落ちていた。傘はない。今しがた買ってきたカタログをぬれないように小脇にかかえこみながら、私は美術館から駅へ通じる三〇間道路をゆっくり歩いていった。この季節、一番鮮やかに紅葉するはずの南京黄櫨《ハゼ》の並木も、排気ガスにまみれて、ここでは灰色にくすんでいる。夕闇の故ではないだろう。辺りをかげらすように時雨がアスファルトをしだいに黒くしながら私を追い抜いていった。

東京の帰りに名古屋で降りてモジリアニ展を見ようとは、発つ前から考えていたことだった。今、モジリアニがとくに好きなわけではなかった。ただ四十年近くも前、上野で初めてモジリアニを見て異様な感銘を受けたことがある。三十数年の歳月を経た今、私がそれをどう感じるだろうか。そういう自分の側の変化を確かめるよすがにもと、途中下車してみたのだった。

なつかしい数々の肖像たち。たとえば一九一六〜七年にかけての裸婦連作。とりわけ衝撃的だった福島コレクションの「髪をほどいて横たわる裸婦」像。全体がラグビーボールのようなモジリアニ様式の抛物線でゆるぎなく組み上げられていながら、異様になまなましい肉感と不敵な放恣さをみなぎらせている下半身の線。そして真直に立てた縦長の顔の、すべてを見透すようで何も見ていない冷い瞳。かつてそこに「純潔な頽廃」を看て取った一人の少年は、敵意と侮蔑とに燃えながら、辛うじてそれと対峙すべく立ちつくしていたものだった。今、初老の男はその前に立って何を感じるのか。圧倒的な風圧。しかし彼にはもはやかつてのような危機感はない。放恣な時間をすでに彼は幾重にも閲してきているのだ。マッシイヴな量感の堅固な造型という、ほとんど彫刻的あるいは建築的なものをそこに感じてしまう。何が喪われ、そしてそれを代償に何が見えてきたというのだろうか。

彼にとって好もしかったのは、裸婦連作以前の一連の肖像画、まだ首長細面のモジリアニ様式が確立する以前の、たとえば「シャロン氏の肖像」などだった。どれか一枚と言われれば、彼はこれを採るだろう。おしなべてモジリアニに今彼が感じるのは、むしろ意外な仄明るさ、静けさ、誠実さ、ボチィチェルリを想わせる端正な優しさ、イタリア美術の伝統との正統的な連なり等だった。そのかぎり彼のモジリアニとの再会は平静のうちに終わるはずだった。青春客気の揺蕩する自己投影や、数々の神話、映画「モンパルナスの灯」によってまぶされた糖衣を洗い落して、ささやかな、しかし確かな手応えを握りしめて帰路につくことができるはずだった。だが、やはりそうはいかなかったのだ。一枚の画が、彼を釘づけにした。今になって見ると、それが会場に掛けられてあったのか、それとも出口に積んであった画集の中にふと見かけたのかさえはっきりしない。それは死の前年に描かれたモジリアニの「自画像」である。だがその自画像の何という空虚さ！　そこに画かれているのはモジリアニその人ではない。むしろ一つの空白だった。その空白の風穴から白々とした霧が吹き込んできて辺りを煙らすように、冷いものが一つ一つ色彩と形を吹き消して行くようだった。

モジリアニはその三五年の生涯を、（二、三の例外を除けば）もっぱら人物画、肖像画を画いて過ごした。それもほとんどが彼を取り巻く女たちや親しい友人たちの単独像。自画像は唯一点しかない。そのたった一点の自画像のこの弱々しさはどうなのだろう。線描は力を失い、表情は消え、何よりも他の作品にあるような適確な人間把握と対象への深い愛情が見られない。あるいは人は晩年のモジリアニを蝕んでいたというアルコールと麻薬中毒の故にするかもしれない。しかしこれと同時期に彼は多くの優れた画を残している。時期の故にすることはできまい。それに彼はスーチン像を画くにはスーチンの手法を借り、キスリングを画くにはキスリング風に画くほどの、立ち入った人間把握と技法を身につけていたはずだ。その彼が自己自身を画く時に明確な対象把握を持たぬはずがない。もちろんこの浮世画風のノッペリした顔が実物と似ても似つかぬなどを問題にしているわけではない。画家として自己自身を画く時に、対象をどのようなものとして把握しているかという画家の眼の問題なのだ。私にはほとんどこの自画像は贋作ではないかと思えるほどだ。だが贋作でないとすれば、モジリアニにとって自己とは空白にすぎなかったのであり、少なくとも、自己を画くということは空白以外の何ものでもなかったのだ、と言うしかないように思える。題材としての自己にモジリアニは何の愛情も関心も持っていない。自分を画くことは何の救いにもならなかったからなのか。「モジリアニの画く瞳のない目は鰡の目に似ているな」。駅の地下の大衆食堂で熱いキシメンをすすりながら私はあらぬ狂想に落ちこんでいった。

「私は自画像は画かない。自分は題材になりえない」と言ってのけたのはクリムトである。それに対して「すべてが自画像」だったのは、エゴン・シーレだろうか。モジリアニに先立つこと二年、一九一八年に共に世を去ったこの二人は、さまざまの形で対照されているが、二人の画風の内容、と言うより絵かきとしての生き方の基本にかかわる差異は、この点にもっともはっきり認められるように思える。

だが人は、いったい何故に自画像を画くのだろうか。中世には自画像はなかったと言われているらしい。とすれば自画像とは近代に独得のものなのか。近代の自画像画家たち。レンブラント、デューラーから始まってゴーギャン、ゴッホ。日本でなら中村彜や青木繁などの古典的作品群。だがゴッホを除けば、彼らはシーレからはずい分遠くに居る。もっと彼に近い所で特異な自画像を残したのは、キルヒナーやココシュカ。

キルヒナーの「右手首のない自画像」は一九一五年に画かれた。背景に裸婦のカンバスを置いて一人の男が煙草をくわえている。画家の自画像なら当然の配置。だがこの男は真新しい軍服を着ている。しかも絵筆を持つはずの右手首は切断され、真赤な血がしたたり落ちている。そしてゾッとするようなその表情の冷たさ。もしこれが自画像なら、ここにあるのは自嘲もしくは自己断罪という形での戦争への抗議なのではなかろうか。少なくともここで自画像は外に対する意志表示として逆説的に自己を主張している。ココシュカは初期から晩年に至るまで、ポスターやりトグラフを含めて何枚もの自画像を画いた。しかし今私の念頭にあるのは、三七年の「ある頽廃芸術家の肖像」である。もちろんこれはナチスによる「頽廃芸術」への指定に対する諷刺、と言うより挑戦であり、これ見よがしに、それを逆手にとった彼の「この人を見よ《エッケ・ホモ》」という自信がみなぎっている。ココシュカにしろノルデにしろ、あるいはもっと遡ってホードラーにしろ、一般に表現主義の系列に属する画家の作品では、私は人物画より風景画——とくに「遙かな自己」によって遠望された眺観図——の方が好きなのだが、とにかく彼らの自画像には、ある適確な自信と自己主張とが込められている。だが、エゴン・シーレにとって自画像とは何だったのだろう。

シーレはその二六年の短い生涯に数百点の自画像を残した。初期の「肩を露わにした自画像」から「坐っている」あるいは「立っている」「叫んでいる」「自慰している」自画像から、「二重の」あるいは「三重の」自画像に至るまで、彼は鏡の前でさまざまのパフォーマンスを演じさせながら、これでもかこれでもかとばかり自分を追い回し追いつめ取り逃しながら自画像を画き続ける。自画像と題されていない作品、たとえば「枢機卿と尼僧」「死と少女」「家族」等の中でも必ずと言っていいほどシーレ自身が登場するから、それらはすべて自画像のヴァリエーションと言っていいだろう。いやそればかりではない。「向日葵」「秋の太陽」「大気の中で揺れ動く一本の樹」といった画でさえ、それがあらゆる肉をそぎ落とし、神経のへばりつく骨だけにされたシーレのエレメントの表現であってみれば、それさえ彼の自画像と言えるだろう。この意味で彼にとって「すべては自画像」なのである。題材として自分の肖像を選んだのではない。何を題材にしても彼は自分しか画かなかった、否画けなかった。自画像は、彼が終身逃れることのできなかった牢獄であろう。その意味でシーレが技法的にクリムトの影響を脱して独自の自画像を確立するのが、一九一二年のいわゆる少女誘拐事件による入獄を契機としているのは象徴的である。たとえば「獄衣を着た自画像」。そこで彼は牢屋に入れられている自己を見つめたのではない。自己自身を牢獄として発見し確認したと言うべきだろう。

　シーレは何よりも線の画家であり、デッサン家である。しかもその線は勁く、ほとんど意志的と言っていいほどの強靭さを備えている。その線で彼は自己を、自己の肉体を画く。それ以外に何を画くことがあろうか。しかし衣装を剥ぎ、裸にされた肉体をさらに裸にしていくと、肉体はほとんど精神そのものに近づいていく。ちょうど精神を裸にしていくと、肉体そのものの相を呈するのと同じように。肉体を魂の牢獄だとする考えはプラトン以来の古い伝統を持っている。しかし霊肉二元論や心身関係という哲学的議論と関わりのない所で、シーレは精神と肉体とが相互に透けて見えるような人間存在のエレメンタールな深層を露呈して見せる。シーレが画いたのは肉づき豊かなヌードとしての裸体ではなかった。性と死という人間存在の赤裸々なエレメントだったのだ。

　シーレのエロチシズムと人は言う。しかしシーレの裸像や抱擁図には、たとえばクリムトの「ダナエ」に見られるような粉飾と暗喩と快楽はまったく欠如している。「生けるものは生きたままで死んでいる」と看るシーレにとって、性は寒々としている。それは、――フロイトの概念を使えばエロス《（生・性）》よりはむしろタナトス《（死）》に通じているように思える。そこに鮮烈なエロチシズムがあるとすれば、それは線よりもむしろ色だ。勁い線の肉体を最小限に彩る色彩、とくに水彩の一筆。

たとえば彼が獄中で描いた一三枚のデッサン。その一つは「たった一つのオレンジが唯一の光だった」と題されている。ゴッホの寝室を想わせる独房の粗末なベッドの上に投げ出された衣服、その上に置かれた一個のオレンジ。それはシーレのモデル（分身）であり愛人であったヴァリーが窓から投げ入れた現実のオレンジだったのか。それともそこにシーレは女性の性器を見ていたのか。そのオレンジが唯一の光だったのだ。シーレのエロチシズムは、その描写素材の直接性にあるのではなく、こういう色彩の象徴性のうちに輝いているように想われる。

一般に、シーレにとってエロチシズムはナルチシズムに含まれる二次的な態度だったのではなかろうか。大きな鏡の前でさまざまのポーズに自己を追いやる苦しみ。シーレのナルチシズムには、自己陶酔が欠けている。鏡の前で苦しげにのたうち回っているのは、己れの姿にうっとりと陶酔している美少年ではない。だが己れの肉体が終身の牢獄だったシーレにとってその独房の住人とは何者だったのだろう。そのミクロ・コスモスには、男と女とがいるわけではない。そこの住人はアダムとイヴではなくて、両性具有のアンドロギュノスなのだ。シーレのナルチシズムの中では、肉体と精神とが相互に透けて見えるように、男性と女性とも相互に滲透し重なり合う。しかし両性具有とは、両性原理の平和共存ではなくて、シーレにとってはむしろ「近親相姦」の関係にあったのではなかろうか。

シーレをして自画像しか画かせなかったもの、そしてくり返し自画像を画かせるべく駆り立てたもの、それはナルシスの中に棲むアンドロギュノスの近親相姦という罪だったのではなかろうか。だが近親相姦とは、自然なのか、反自然なのか。自然は自らのうちに本質的に反自然の傾向を含む。そういう自己自身とついに和解できない自然自身が自らの自画像をどう描くか。シーレの自画像は、一ネクロフィリアの画家の作品ではなく、むしろタナトスとエロスの相姦という二〇世紀初頭の歴史が画いた自画像だったのではないか。とすれば、モジリアニの自画像の空白さもはるかにそれに呼応しているのである。

立花隆『シベリア鎮魂歌――香月泰男の世界』にふれて

暗い（ゴヤの『犬』を想わせるような）黒い絵。香月の絵（シベリア・シリーズ）が与える一般的印象は、まずそういうところだろうか。黄土色の素地に、木炭や方解石の粉を混ぜて作られた特殊な絵具で、厚く薄く画かれた異形な黒の濃淡。何が画かれているかは定かではない。しかし極限の悲惨は、自然主義リアリズムで画くことはできないだろう。原爆被災図などに間々見られる直接写実性の方法的限界がそこにある。だがオブジェやモチーフが定かでないとすれば、何がしかの解説が必要だろうか。亡父が偏愛していた故もあって私は早くから香月作品に接してきたし、今日ではシベリア・シリーズの全作品について一応の解説も出版されているが、立花の新著は、それらの原点を含み、たんなる作品解説を超えた感動的な出会いを示している。

いかに単純化されていようと香月の画面は、素朴ではない。方法的に、彼は構成や配色に早くから工夫と実験を重ねてきた。たとえば、黒とセルリアン・ブルーの対照。営庭に転がったガスマスクの上に拡がる『雲』の空。蟻の穴から見上げられた『青の太陽』は、黒枠に縁どられた彼の内面の明り窓とも言えよう。シベリアの原始林タイガでの伐採労働の合間にも、切り倒された巨木の切株に、香月は「能舞台のような清々しさ」を感じる。そういう絵画きの眼をひそかに持ち続けた彼は、将校たちの肖像を画いてやったりすることで終始絵筆を離すことなく、帰国《ダモイ》時にも、出征時に母親から贈られた絵具箱をかかえて復員してきたのだった。その内ぶたに、帰ったら画いてやろうと期していた画題を、雨とか雲とかいう一文字の漢字で書きつらねて。体験としては、彼の苦難に充ちた戦争・虜囚体験はここまでで終わる。しかし絵画きとしての苦しみは、むしろそこから始まる。たとえば帰国直後の「甘く感傷的」で人工的な明るさを持つ『雨〈牛〉』を捨てて、本当に「戦場に降る雨」として納得できる黒い『雨』を画くためには二〇年の歳月が必要だった。シベリア・シリーズを打ち切ろうとしつつ彼は打ち切ることができない。パウル・ツェランやプリモ・レビや石原吉郎のように、すでに過去が未来を追い越しているのだろうか。

　はたして彼には「シベリア以《い》後」の時期というものがあったのだろうか。人間としては、シベリア体験のトラウマから遠去かろうとする離心力と、絵画きとしては、むしろ繰り返しそこへ帰ってそれを反復熟成して作品へ昇華結晶させようという求心力と、その二つが交差しつつそこに働いているように思える。帰国後、彼が故郷山口の三隅村にこもって自然風物を画き、人形や陶器の製作に興じ、あるいはモロッコやタヒチに遊んだ時にも、彼の心は故郷や自然に安住していたわけではなかったろう。下絵段階では故郷の村を囲む山や岡の名が記されていたのに、完成段階ではホロンバイル、バイカル、インパール、ガダルカナル、サン・フランシスコという敗戦の歴史を刻む地名に変えて、それを『私の地球』と名付けた時、彼の心には、戦争の世紀のグローバルな歴史が黒く刻みつけられていたにちがいない。体験は超えても歴史を越えることはできないのだ。

立花隆の新著『シベリア鎮魂歌』は、香月の生涯を全人間的に追った力作である。これまで香月自身の自作解説とされてきた『私のシベリア』が立花による聞き書きだとすれば、彼はごく早い時期から、深い次元で香月の生涯とつき合ってきたことになる。ゴースト・ライトといった出版界の風習は私にはやや不明朗に思われるが、この仕事が香月の内面を開かせる貴重な証言であり、またそれを浄書する立花の「最初の仕事」が、以後の立花の、外へ向かう、権力を撃つルポ活動の原動力となったことも疑えないことのように思える。

「最後の誘惑」とは何だろうか——天使と悪魔の同一性をめぐって

事実と虚構のはざまで

雨が降っていた、と思う。映画館の出口で私は空を見上げ、傘をひろげようとしていた。その時横に立っていた小母さんが、チラシを渡してくれた。何気なく私はそれを受けとって、もう暗くなった外の街へ出て行ったのだ。喫茶店に腰を降ろして、はて次週上映の予告かな、と先程のチラシをポケットから出してみると、何とそれは、「最後の誘惑」に反対するキリスト教団体の声明文だった。「映画『最後の誘惑』は聖書に基づかない作り話であり、事実に反したキリストを描いています。……クリスチャンの私たちは、この映画によるキリストへの冒とくに深く心を痛めています。云々」。おやおやと思いながら、私は改めて館内の売店で購入してきたパンフレットを鞄から取り出す。「キリストにもスキャンダルはあるのか⁉ 愛、そして性に苦悩するキリストの真実の姿を画いた映画として、公開前から激しい論争に揺れ、……上映反対デモは、アメリカ大統領選をも揺がす事態に発展した。……固唾を飲んで待ち構える観客の前に全貌を現した問題作は……全米マスコミの嵐のような激賞の中に迎えられた。『アメリカの最も優れた、最も大胆な映画監督マーチン・スコセッシは、遂に最高傑作を作った』（タイム）……」。このオーバーな宣伝文句に、私はやれやれと思う。そしてそうでなくてもフッキレない物想いが重く沈んでゆくのを感じる。なぜならこの映画は、冒とくとも感じられない代わりに、それほど最高級を連ねて激賞するほどの傑作とも思えなかったからだ。現代的イエス像を自分に納得のいく形で再現しようとする真剣な、——ある意味ではすでに文学にとって伝統的な——意図に発する力作。しかし強い自己主張がこめられているわりには、かなり難解な未整理な部分、映像的処理の問題点を残している。失敗作とは言わない迄も、少なくとも、ルイ・マルの「さようなら子供たち」やヴェンダースの「ベルリン・天使の詩」に比べて印象の純度は低い、と言わざるをえない。

イエスとキリストのはざまで

私はいわゆるキリスト教信者でもなければ神学者でもない。しかし西欧精神史に親しむ中で自分を作ってきた人間として、キリスト教には深い関心を持っている。とくにエルサレムに留学中、二ヶ月かかって、旧約、新約聖書を、自分の眼と印象だけを頼りに、通読するなどという勝手な実験をしたり、聖書というテキストの読み方には、素人なりの関心を持っている。だがクリスチャン団体の言う「聖書に基づかない作り話」とか「事実に反したキリスト」像とは何だろうか。この映画が、ギリシャのカザンカキスの小説を何分の一かに縮めて脚本化したものの映画化である以上、原テキストの聖書から見れば、二重の翻案であり、想像力に基づいたフィクションという意味で「作り話」なのは当然なのだ。問題は「聖書に基づく事実に即したキリスト」像を作ることができるかどうかにある。なぜなら聖書の記述自体の中に数々の食い違いや矛盾があり、極端に言えば、「聖書からはあらゆる対立的な命題を引き出すことが可能だ」と言われるくらいだからだ。解釈の多様性に統一を与えてきたのは、事実ではなくてむしろ教会の権威だったのではないか。

新約聖書は、内容上神の言葉《ロゴス》を宣べ伝えたものであるにしても、それを書いたのはもちろん人間である。紀元後一世紀の半ばから二世紀の半ばにかけて、イエスの弟子たちによって書かれた資料を二世紀から四世紀にかけて古代教会が編集し正典として決定したものである。内容的には、イエスの言行を記した福音書、原始教団の歴史としての使徒行伝、パウロの書簡、ヨハネの黙示録から成り立っているが、成立年代からすれば、パウロの書簡が最も古く、次にマルコ（六〇年代）、マタイ・ルカ（七〇〜八〇年代）、ヨハネ（九〇〜一〇〇年代）の順となる。

ところで近年の編集史的研究が明らかにしたところによれば、こういうイエス像構成の資料となる文書の記述もしくは編集の方針のうちにある対立が認められる。それはマルコ伝対パウロ書簡の対立であり、イエス中心主義とキリスト中心主義の対立である。クリスチャンたちは自明のことのように「イエス・キリスト」とのたもうが、もともと、イエスとキリストとは素姓を異にする言葉なのだ。イエスとは本来ヨシュアと表記されるのと同じ人名を示す固有名詞であるが、キリストとは、香油を塗られた者、つまり世の人々を救うべき使命を授けられた人という使命・資格を示す普通名詞なのだ。問題は、ナザレに生れたイエスという男が、――ベツレヘムで生れたというルカの記述はイエスを無理にダビデの血統に結びつける後世の脚色だろう――本当にそういう資格を持ったキリストなのかどうか、という所にある。ナザレ人・イエスが、救世主・キリストたる資格を持つかどうか、それが争点なのだ。世を救うということの意味を、ローマの圧制に対するユダヤ国の再興という意味に解したユダヤ人やユダは、それをイエスに期待し失望し否認した。救いということを、魂の永遠の救いと解したキリスト教徒は、イエスこそキリストだったのだと考える。

だがそこに前記の微妙な対立が生れる。パウロにとっては、十字架にかけられたイエスの復活、つまり屍体の蘇生ではなく、弟子たちの心の中に、より普遍性をもって蘇った愛の精神＝キリスト論の教義が重要なので、生前のナザレ人イエスの具体的言動は、その普遍性の中へ吸収されてしまう。その意味で、それはキリスト中心主義的解釈なのだ。それに対してマルコ伝をそれに対照させる人々は、あくまで生前のその人の生き方に固執し、キリスト論ではなくイエス信仰に止まろうとする。ヨハネ伝作者に受け継がれ、三位一体論という形で公認されるキリスト教神学の伝統のうちでは、明らかにキリスト中心主義が主流を占めると言っていいだろう。それに対してイエス中心主義は、傍流もしくは異端的な位置を占めると言えるだろう。なぜならそれはいつもキリストの人間化の危険を伴うからである。しかし公認の神学から自由に、ナザレ人イエスの生き方に固執し、イエス伝を、歴史的もしくは文学的に再構成しようとした人々は、一九世紀のシュトラウスやルナン以来、常にこの危険にあえて身をさらしてきた。カザンカキス、スコセッシの「最後の誘惑」は、この古くて新しい伝統に属する一つの試みなのだ。

人が超人になる教養小説《ビルドゥングスロマン》？

映画「最後の誘惑」の主題は、イエスがいかにしてキリストに成るか、という問いにあると私は考える。つまり生身の人間——処女懐胎によってではなく、ヨセフの息子として生れた——イエスという男が、どのようにして、キリストつまり救世主という崇高な使命に燃え、超人間的な過重な負担に耐えて、そういう役割に相応しいように自己を形成していくか、極論すれば、そういう自己形成＝教養小説がここにある。ただしこの主人公は、そういう克己の過程で、——宣伝パンフレットにあるように——「性に苦悩」したりしてはいない。キリスト教の倫理は最終的に性を肯定できなかったのか（処女懐胎という神話の導入はその証拠なのか）どうかは別として、ここでは性は罪とは関連づけられてはいない。彼が戦ったのは、罪としての性というようなものではなくて、普通の男として、女を愛し、交り、子を生み家庭をつくる、それ以外に幸福や救いはないのではないか、という小市民的な理想である。それはおそらく現代のアメリカ人にとって普遍人間的と思われている理想ではなかろうか。それが彼にとって「最後の誘惑」だったのだ。おそらくマルコ等の福音書中で最もイエスの人間的な面が現れているのは、十字架上での「主よ主よ、何故に我れを捨て給うか」という悲痛な叫びだろう。後のヨハネ福音書では消されてしまうこの叫びのうちには、救いの確実さを信ずることのできない弱い人間の姿が何の飾りもなく示されている。

だが、そこに天使が現れる。十字架上の放心の一瞬、イエスはその天使に誘われて、生身の人間の幸福、市民生活の平穏の夢へと帰ってゆく。問題とされるセックス・シーンなどはその夢の中に現れるのだが、そのどこにスキャンダルの影があるだろうか。そこには騒ぎたてる人々自身が抱いている生活理想があるばかりなのに。だが一瞬の夢は醒める。あの天使は実は悪魔なのだ、というユダの囁きによって。我れに帰ったイエスは従容として救いを神にゆだねて死んでゆく。そしてそのことによって、はじめてイエスはキリストに成り、イエスからキリストへの形成過程は完成するのである。

平板なスキャンダリズム

だがここで当然、ある反問が出てこなければならない。もしもユダの言うとおり、あの天使が悪魔なのであれば、それを指摘されて我れに帰り、「最後の誘惑」を振り切って、首尾よくキリストと成ることに成功するこの結末は、課題の達成であり、その意味でハッピー・エンドということになる。そしてユダはそれを助けた貴重な助言者ということになる。だがはたしてそうだろうか。あの天使はやはり天使なのであり、それを悪魔だと囁くユダの言葉は、真相の曝露ではなくて、それ自身が悪魔の囁き、「最後の誘惑」だったのではなかろうか。私にはこの映画を解くキー・ポイントは、この天使と悪魔の同一性をどう解するかにかかっていると思われる。スコセッシはイエスがキリストに成るサクセス・ストーリーを画いたのか。それともあの天使はやはり天使だったのではないか、という反問の前に観客を立ち止らせることを暗黙のうちに目指していたのか。新約聖書をイエス中心主義的に解し、イエス像を人間の側から再構成しようとするならば、後者の方こそ、むしろ首尾一貫した態度のように私には思われる。

この映画には、悪魔やピラトにはキングスイングリッシュを、キリストにはブロンクスなまりの米語をしゃべらせ、エスニック・サウンドを流し、上からのカメラアングルを多用するなど、イエス像をアメリカの日常生活に引きつけて浮彫りにするためのさまざまの技術的配慮が行われているらしい。聖書解釈上のさまざまな問題も一応意識されてはいる。しかしたとえば「罪と罰」といった問題が充分な深みにまで掘り下げられているわけではないし、ヨハネ伝福音書が掬いあげた最も印象的な場面、マグダラのマリアにかこつけてイエスを罠にはめようと取り囲むパリサイ人の中で「地面に身をかがめて何かを描いている」イエスの姿なども平板化されている。磔の場面のいわゆるリアリスチックな描写なども疑わしい。芸術に対して「作りもの」の冒険は当然許されていいだろう。だが芸術的達成度から言って、この映画は、新約聖書そのものの記述に及ばないのである。そこにスキャンダルとしか見ない信者たちの固陋な反対声明と、それを宣伝に利用しているそれ自体スキャンダラスなパンフを屑籠に捨てて、私は雨脚の強くなった夜の町に出ていく。

演劇あるいは劇薬について

『匙』の今度の特集は「演劇」だということだ。その話を聞いた時、僕はいささか鼻白む想いを禁じえなかった。なぜなら僕は生来の「劇嫌い」で、学生の時から友人たちが演劇の話に興じていると、いつもいくらかのコンプレックスと反発を感じながら、横を向いていたものだったからだ。「生来の」ということは、つまりは「喰わず嫌いの」ということで、まったくというほど演劇など観たことがなかったから、当然そういう話題に加われるはずもなく、だからソッポを向いていたというだけではない。観たことがないというだけでなく、そもそも観る気がしないのだった。そして心中ひそかに「あんなもの観る奴の、ましてやる奴の、気が知れない」と唾を吐いていたものだった。

なぜにこういうことになってしまったのか。僕だって芝居をやったことが皆無というわけではない。あれは小学校の二年の時だったか。学芸会で浦島太郎の役をやらされたことがある。浜辺でいじめられている亀を子供たちから買い取って、さて海に放してやろうとした途端、ボール紙でつくられた亀の首が、ポックリ落ちてしまったのだ。うろたえた浦島太郎は一生懸命亀頭を胴体にはめこもうとするのだが、手もとがふるえてうまくいかない。あわてればあわてるほど亀はバラバラになって、観客は爆笑。恥ずかしさに泣かんばかりになった僕を救ってくれたのは、「幕。幕」とどなりながら、始まったばかりの舞台に幕を引いてくれた先生だった。それ以来僕は劇というものは、けっして筋書どおりにはいかないものだと思い込み、一刻も早く幕を引いてくれないかという願望だけが心に焼きついたのだった。

だがこういう子供の頃の想い出が、それほど大きな影響を残したとも思えない。僕の喰わず嫌いの演劇嫌いは、その後に観念的な先入見として形成されたものらしい。いささか異様に響くかも知れないが、劇というと先ず僕が想い出すのはデカルトである。あれはたしか『方法序説』の中だったろうか。「人生の観客としてばかりではなく、同時に演技者《アクター》として」生きようというくだりがある。それを読んだ時、僕は「これだ」と思い、ただいささかの不満は、順序が逆だということで、「演技者としてだけでなく、同時に観客として」と修正すれば、これはりっぱに「哲学する」ことの定義になる、と思ったものだった。

人生をドラマと見ることには誰も異存はあるまい。しかし人生をドラマだとすれば、このドラマには脚本がない。少なくともあらかじめそれを読むことはできない。舞台を操っているのは、背後にいる「隠れた神」であり、前のガランとした暗い観客席からは、一切を見通すような、神の視線が感じられる。隠れた原作者としての、あるいは「絶対的観客」としての神。救世主としての神を僕は容易に信じないが、こういう神の観念を僕はなかなか拭い去ることができない。こういう書き割の中では、しょせん人間は盲目の俳優にすぎまい。彼は自分にどういう役柄が与えられているかを知らない。ただ自分は誰なのかを、悲喜劇を演じながら発見しようと努めるほかはない。ドラマはすでに始まっており、僕らはいつもすでにその唯中に居り、劇を演じ続けている。それなのに何を今更演劇なのか。それは一種の同語反復にすぎないのではないか。問題は本当の自己に成ることで、わざわざ他者の仮面の蔭に隠れることではない。こういう先入見が、じっさいに演劇に接する前に、僕の中に巣喰ってしまっていたらしい。

僕がじっさいに演劇を見たのは、後にも先にも一回こっきり、二十年ほど前にケルンだったかで、ベケットの「ゴドーを待ちながら」をたまたま見たことがあるだけだ。その時の、とくに照明効果の、異様な感銘は忘れがたい。しかしそれは、この作品が演劇だったからではなく、いわゆる演劇らしからぬ演劇だったからではなかったろうか。絶対に他者というものに会うことのない荒涼とした明暗の中で演じられる独演とパントマイム。そこに自分が演じている劇との異様な身近さを感じて僕は戦慄したのではなかったろうか。しょせん僕にとって演劇とは、独り芝居と無言劇にすぎないのである。だが本来演劇とはこういうものではあるまい。他者と出会い、他者と言葉を交し、他者と入り乱れる共同性の上に、それは成り立つものであろう。あるいはそういう共同の場そのものを、想像力によって現出させることが、本来の演劇の使命なのであろう。

先だって僕はたまたまテレビで、ある老舞台女優の述懐を聞いた。戦後の少女時代、彼女は夜、東京の屋敷町を弟と歩いていて、数人の占領軍兵士に暴行された。そのことを彼女は誰にも、疵物になったといって取り乱すであろう母親にも、一言も話さなかった。この沈黙の中から彼女の重たい人生が始まる。何年かが経ち、彼女は演劇の道に進んだ。そして他者の役を演じ他者になりきった時に、彼女はようやく自分から、自分を演じることから解放されるのを感じたという。演劇というものが、灰色の日常を破壊して、高揚した空間に飛翔させるドラマチックな効果を持つものかどうか僕は知らない。ことさらそういうものが欲しいとも思わない。しかし演劇というものが、宿命を演じさせられている自己からの脱出であるとすれば、人間が筋書きを書き、人間が演出し演戯し、人間がそれを観る地平への解放であるとすれば、それは「隠れた神」の操りの糸と、「絶対的観客」としての神の赤裸な視線を断つ劇薬としての効果を持ちうるであろう。僕が今演劇に期待するのは、そういう劇薬としての劇である。

美談の「修正」と「解体」——「杉原ヴィザ」をめぐって

（1）

もう昨年（二〇〇八年）秋のことになるが，ベルリン工科大学の「反ユダヤ主義研究センター」（Zentrum für Antisemitismusforschung）から東大に留学しているオーストリアのビストロヴィッチさんが訪ねてこられた。同センターのヴォルフガング・ベンツ所長のもとで、「日本の反ユダヤ主義と親ユダヤ主義」をテーマに博士論文を準備中とのことだった。ほんの一時間あまり、上京中の私の止宿先のホテルのロビーでの、日独チャンポンの会談だったから、むろん意を尽くした議論はできなかったが、日本における反ユダヤ主義的な言論が、国際的に疑念を呼び、危惧の念を呼び起こしていることには、当方としても、あらためて憂慮を覚えざるをえなかった。ただ、そこには、いくらかの当惑と鬱陶しさも混じっていたかもしれない。

というのは、さしあたり疑惑の基礎になっているのは、その国における反ユダヤ的な「出版物」の数だからである。かつてウィーンのナチ資料センター長であり、ナチ残党ハンターとして有名だったシモン・ヴィーゼンタールは、なかなかの文筆家であり、かつて私も彼の『希望の帆――コロンブスの夢、ユダヤ人の夢』(新曜社、一九九二年)を訳したことがあるが、彼の名を冠した研究機関が、今はロス・アンジェルスにあって、世界中の反ユダヤ主義的文献の出版に、監視の眼を光らせている。先年も、某社の雑誌『マルコ・ポーロ』の記事が摘発され、来日した調査団に対して、謝罪と廃刊を余儀なくされた事件は、まだ記憶に新しいだろう。ただし、その時の調査団の一人が述懐したように、「過激な反ユダヤ的言論が横行しているわりに、来てみると、反ユダヤ主義者は居なかった」ことに戸惑いを感じたという。

出版物の数の多さやタイトルのどぎつさが、そのまま民衆の心性への影響力の広さ深さに比例するとは限らない。日本へ定住するユダヤ人は、後に述べる例外的な一時期を除けば、いつもほぼ千名程度しか居なかったから、ほとんどの人は直接に会ったこともなく、日本人のユダヤ人イメージは、自分の体験に基づかない外来の表象であり、輸入されたレッテルの受容という形で形成された。シニアカレッジなどで「知っているユダヤ人の名は？」と聞いてみると、上位を占めるのは、たいていの場合、アインシュタイン、シャイロック、アンネ・フランクの三名であり、その三点セットから出てくる三題咄は、「ユダヤ人は頭はいいんだが、金に汚いので、だからいじめられるんだろう」といった無邪気なレベルに止まっていることが多い。マイナスイメージとしても、「イエス殺し」という宗教的動機を持つ人は少なく、マルクスやトロツキーの名をあげて、

「赤」というシンボルで一括して危険視する人もあまり居なくなった。圧倒的に多いのは、かつてのような政治的な「世界征服の陰謀」よりは、経済的レベルでの「金融資本による世界支配」、とりわけイスラエル支援を焦点とするアメリカの外交政策を左右するユダヤ人ロビーという憶測である。ただし、これは、伝統的な用法での「反ユダヤ主義」と言うよりは、日本が主要な石油輸入先として依存しているアラブ寄りの目から見た「反シオニズム」もしくは、素朴な正義感に基づく「イスラエル批判」に分類すべき態度かもしれない。

いずれにせよ、今日、日本民衆のメンタリティの表層に浮かんでいるユダヤ人イメージは、浅く不充分ではあっても、東・西欧諸国に見られるような宗教的深層や土着的伝統に由来する悪意はなく、社会的迫害などの現実活動に結びつく可能性も少ない。その意味では、現在、日本における「反ユダヤ主義」は、泡沫的な出版物の氾濫にもかかわらず、「ヴィーゼンタール機関」が危惧するほどのエルンスト（重大）なものとは考えられない。ドイツから来た大学院生にも、とりあえず、私は、そういう意味のことを伝えたのだった。

（2）

その時、私の念頭には、ずっと前、一九六二年、私がはじめてフンボルト研究員として、ドイツへ留学した時の、忘れがたいシーンが浮かんでいた。零下二十度にもなる寒い冬だったが、ちょうど、ミュンヘンの「ノイエ・ピナコテーク」だったか、有名な「退廃美術展《エントアルテテクンスト》」を復元した展覧会が催されていた。郊外のゲーテ・インスティテュートにいた私が出かけていった日は、寒さの故か、ほとんど人影もなく、私は、ナチスによる見せしめなどどこへやら、初めて見るクレーの原画の魅力に酔いしれていた。「金色の魚」と題された一九二五年の小品の前に立ちつくして息を呑んでいると、ふと肩を叩く者がいる。振り向くと、いかにもバイエルンの百姓爺（というのも差別語か）風の小男が立っていて、"Achtung! Jude ist gefährlich"（気いつけなはれ、ユダヤ人て奴は危険なんだ）と耳元でささやくではないか。その時の、その男の暗い、それでいて私をたしなめるような目つき。一九六二年の時点で、そういう土着的メンタリティが、未だにドイツには生きていることに、私は暗然とした。

もう一つ忘れがたいシーンを付け加えておけば、それから二十年は経っていたろうが、まだ東独が現存していた頃、ヴァイマールを訪ねた折、郊外のブーヘンヴァルトの強制収容所跡を訪ねたことがある。建物は半ばソ連の戦勝記念館のようになっていたが、だだっ広い敷地の斜面の一角に、一箇所だけ柵で囲んだ大きい石が置かれている。立札を見ると、何と、かつてゲーテが散歩に来ては、腰を下ろしていた石だと言うのだ。むろん日本にも義経が腰かけた岩とかがあちこちにあるし、エルサレムのヴィア・ドロ・ローサには十字架を負ったイエスがゴルゴダの丘に引かれていく途中に、しばし息をつくべく腰かけたと称する石などがある。事実かどうかは別として、一応それらしい雰囲気と借景がしつらえられていた。しかし、強制収容所の敷地内に大切そうに保存されているゲーテの散策記念碑とは。これは高貴な文化への尊敬なのか、侮蔑なのか。ここにも背筋を寒くするような、あるいは胸に空洞をあけるような空しさがある。

ミュンヘンの「退廃美術展」に飾られたクレーの絵の前にたたずむ私に、反ユダヤをささやく男と、ブーヘンヴァルト強制収容所の空漠とした敷地内にポツンと保存されたゲーテ記念石とは、むろん直接には何の関係もない。しかし、そこには、文明の野蛮への転落と言わないまでも、文明と野蛮とが、通底し、共存し、両立する事態が、まざまざと見てとれるのではなかろうか。

文明と神話、あるいは文明と野蛮、これら対立項の相互転化を、近代あるいは人類史の全体に適用して反省し自己批判しようとする『啓蒙の弁証法』のテキストを、私が初めて手にするのは、ミュンヘンのゲーテ・インスティテュートを切り上げて、フランクフルトのアドルノの許に行ってからだったが、そういう着想自体は、私自身それ以前から抱いていたと思うし、そういう着想の元となる事態は、すでに一九四五年夏、長崎の原爆の跡に目撃していたと言えよう。

ホルクハイマーとアドルノの共著として一九四七年に出版された『啓蒙の弁証法』には、「反ユダヤ主義の諸要素——啓蒙の限界」と題された一章がある。主としてホルクハイマーの執筆と言われているこの章は、(後に戦後になってからレーヴェンタールを交えて補筆、加筆されたとはいえ)大部分が一九四〇年代前半つまり第二次大戦中に書かれたらしい。したがって東欧の地で行われたホロコーストの全貌は未だ充分には知られておらず、「アウシュヴィッツ以後」を時代区分の原点とする後のアドルノの決意を知る者には、ややもの足りない思いがしないではない。しかも「反ユダヤ主義の諸要素」として挙げられているもののうち、人種論的、経済的要素はともかく、ユダヤ教側からのキリスト教神学批判、「投射理論《プロジェクション》」を応用した「病的憎悪《イデオジンクラシー》」分析など、宗教的要素の章は、難解なこの本の中でも、もっとも難しく、日本人には理解しづらいのではなかろうか。絶対的一神教の裏面にある深層心理とでも言えるものが、逆説的に概念化されているからである。日本人にとくに理解しづらいのは、日本人にとってなじみがなく、自己分析によって心当たりのない深層に、それが根差している故だろうか。異教に対する警戒、恐怖と迫害とは、キリシタンに対するそれをはじめ、むろん日本にもないわけではないが、こういう形而上学的な深淵に根差した憎悪は、見当たらないのではなかろうか。「鬼神を語らない」儒教と、多神教的と言える仏教と、自然崇拝的な土着信仰とがないまぜになった日本の宗教的伝統の内では、キリスト教的伝統の内部で、さまざまに屈折、内向、発酵を繰り返しながら、一貫した底流をなし、二〇世紀になって狂い咲いたかに見える反ユダヤ主義の哲学的要素は、なかなか理解できないのである。

しかし、逆に言えば、それは日本に「反ユダヤ主義」と呼べる風潮があるにしても、底の浅いものだ、ということを意味する。それは、哲学的基礎ないし神学的な深淵に根を持たない表層の、政治、経済といったリアルな次元に動く、社会心理的現象と言えないだろうか。そうだとすれば、『啓蒙の弁証法』の中の「反ユダヤ主義の諸要素」の章よりは、むしろ「文化産業」の章の方が、日本における「反ユダヤ主義」を見る上で参考になるだろうか。そこには、「権威主義的パーソナリティ」だけでなく、マス・メディアや流行に踊らされる大衆心理、ステレオ・タイプ化され、画一化された偏見が、容易に「潜在的な反ユダヤ主義」に結びつく、という洞察が示されているからである。

（3）

日本の出版界には反ユダヤ的出版物が目に余るとしても、その影響度は浅く、それほどエルンストなものではない、と私は先に、ドイツから来た研究生に言った。しかし、浅いものは、浅いにもかかわらず、あるいは浅いが故に、容易に横に広がる力を持っている。ユダヤ人と直接接触したことのない日本人にとっては、反ユダヤ主義とは一種の外来思想である。輸入された外来のイメージや偏見が、露骨なプロパガンダでなくとも、風評や伝聞によって広がる可能性は充分にあるだろう。無知は無垢ではない。免疫がない、という意味では、白紙はもっとも汚れに染まり易いからだ。そういう点では、世界中の反ユダヤ主義の風潮にナーバスな眼を光らせているヴィーゼンタール機関や、ベルリンの「反ユダヤ主義研究センター」が、日本における出版動向に注目するのもいわれのないことではない。

ベルリンから来た学生との会談にあたって、私は、日本の現在の出版状況から類推される、民衆レベルでの反ユダヤ主義が、根の浅いものと指摘することで、過敏すぎる反ユダヤ主義疑惑を晴らそうとはしたものの、むろん、とくに日本人が親ユダヤ的《フィロゼミティッシュ》だなどと主張するつもりはなかった。だが私は、いくらか問題を、やや一般化したレベルで捉え過ぎていたきらいがある。じつはベルリンの「反ユダヤ主義研究センター」サイドでは、もっと限定された視点で、問題を立てていたのだ。つまり低俗な反ユダヤ的出版物の氾濫への危惧ではなく、日本が国家レベルで「親ユダヤ的であった」とする――ドイツ歴史家論争での言葉を借りれば――一種の「歴史修正主義《レビジオニスムス》」への警戒が、彼らの関心事だったのだ。そのことに気がついたのは、今年（二〇〇九年）春発行の同研究センター「ニューズ・レター　37号」の新刊案内の欄に金子マーティン『日本戦時内閣の対ユダヤ人政策』（Martin Kaneko, *Die Judenpolitik der japanischen Kriegsregierung*, Berlin:Metropol Verlag, 2008）の紹介を見た時である。「日本における親ユダヤ主義と反ユダヤ主義」という研究テーマは、おそらくこの本をもとに発想されたのであろう。このドイツ語版を私はまだ見ていないので、速断はしかねるが、添えられている簡単な内容紹介からすると、これは日本語版『神戸・ユダヤ人難民1940-41――「修正」される戦時下日本の猶太人対策』（みずのわ出版、二〇〇三年）の――全訳ではないかもしれないが――ドイツ語版のように思われる。事は、有名な「杉原ヴィザ」問題にかかわる。

一九四〇年夏、当時リトアニアのカウナス（旧名コヴノ）の日本の領事代理・杉原千畝が本省の訓令に逆らって発行したヴィザによって、数千人のユダヤ難民が、シベリア鉄道経由でウラジオストック、さらに海路敦賀へ、そして神戸からアメリカ、上海等へ散っていった。それによって数千人のユダヤ人の命が救われた。その正確な人数はともかく、これは確認される事実であり、助けられた人々から見れば、このヴィザは「命のヴィザ」であり、このヴィザの発行者は命の恩人として感謝されるのも当然のことと言えよう。

問題は、杉原が「本省の訓令に逆らって」という箇所をどう読むかにある。これを強調してとれば、杉原は、本省の命令に反し、いわば「職を賭し」、場合によっては「生命を賭し」て、ユダヤ人を救った英雄的人道主義者として、美化もしくは聖化されることになる。一方修正主義者によれば、杉原は本来、本省、政府の方針に従ってヴィザを発行したということになる。たとえば、一九三八年に満州里国境で入国できずに立往生していたユダヤ人難民に入国を許した「オトポール事件」における関東軍の方針、そういう現地の対処法だけでなく、当時の政府の最高方針を決める「五相会議」（一九三八年）からしても、日本政府は、「親ユダヤ的」政策をとっていた、と主張される。こうして、杉原ヴィザの美談化は、日本政府の美化へと拡大される。そして、「南京事件」その他の報道によって民族的誇りを傷つけられたと思いこむ人々によって、「戦時下日本政府の親ユダヤ政策」が、汚名挽回の看板として掲げられる。それによって「自虐史観」によって歪められていた日本史を「修正」し、汚名をはらそうとするのが、日本における「修正主義者」と呼ばれる。こういう「修正主義」を批判することが、金子マーティン著の主題であり、それに基づいて、研究生に「日本における親ユダヤ主義と反ユダヤ主義」というテーマを与えて日本に派遣した、ベルリン「反ユダヤ主義研究センター」所長ベンツ氏の狙いも、またそこにあるように思われる。

（4）

今日、これらについての各種資料は、ほぼ出揃っているように思われるので、委細は、それについて直接検討していただきたいが、結論的に言えば、杉原が一九四〇年七月末から九月初めにかけて、ユダヤ人避難民に日本通過ヴィザを署名発行した期間に――日付の間違いや、最後の訓令を彼が見たかどうかなど、若干の疑義があるにしても――杉原の照会に対する外務省当局の数次にわたる回答は、いずれも、禁止、制止の意向を示しているのは明らかで、ヴィザ発行を推進、肯定している気配はまったくない。そのかぎりにおいて、日本政府が直接に杉原のヴィザ発行に手を貸したとか、それを保護促進したとか、おしなべて「親ユダヤ的」方針を持っており、杉原はその方針に従っただけだ、と主張することで、杉原個人の美談的行為を政策レベルにずらし、日本政府を美化しようとする「修正主義者」の主張は、まったく誤りと言わなくてはならない。杉原は「是認訓令に従って」ではなく、「禁止命令にもかかわらず」ヴィザに署名したのであり、両者は対立、背反の関係にある。しかし、その対立線を延長して、「反ユダヤ主義研究センター」の「ニューズ・レター」が言うように、「日本では、たんにメディアや世論の大部分だけでなく、政府指導層が反ユダヤ的態度をとっていた」ことが明らかになった、とするのも短絡すぎる。過剰な美化と過重な非難とは、ともに歴史の真相を覆い隠してしまう。「修正主義者」たちの日本＝親ユダヤ説と、金子マーティン流の日本＝反ユダヤ説とは、相反する方向を向いているように見えるが、じつは共通の基礎に立っている。それは、杉原ヴィザ発行を美談化した形のまま前提している。杉原ヴィザは、たしかに結果としては、多くのユダヤ人の生命を救うのに寄与しただろう。救われた人々の感謝に声を合わせて、人々がそれを称賛の合唱で包む。だがいったい杉原は、どういう動機で、本省の訓令に反するヴィザに署名し続けたのか。杉原ヴィザの動機は謎に包まれている。それを解き明かすためには、①内面にまで立ち入った杉原個人の自己形成史。②

ヴィザに署名した時のカウナスの現場の状況。③当時の国際機関の中での杉原の任務。とりわけこの第三の点、とくにポーランドとの関係が、杉原ヴィザの動機の謎を客観的に解く手がかりを与えてくれるように思える。

（5）

杉原千畝（一九〇〇～一九八六年）がリトアニア領事代理という資格でカウナスに日本領事館を開設したのは、一九三九年八月末のことだった。この時期の問題はきわめて重要である。同年五月には、いわゆる「ノモンハン事件」が起こり、満蒙国境で日ソ両軍が衝突、日本軍は手痛い敗北を喫する。他方八月には、突如「独ソ不可侵条約」が発表され、九月一日ドイツ軍はポーランドに侵攻、やや遅れてソ連軍もポーランドへ侵入、リッベントロップ、モロトフという独ロ外相の密約によってポーランドは東西に分割され消滅する。一九三七年夏の天津郊外盧溝橋の衝突以後始まっていた日中戦争は、年内には南京占領にまで拡大。前年末、日独防共協定によってソ連の北からの脅威を牽制、対抗しようとしていた日本政府は、この意外な独ソ接近に周章狼狽、八月二三日、平沼内閣は、「欧州情勢は複雑怪奇」という声明を残して総辞職。九月一日のドイツのポーランド侵攻に対して、ポーランドの同盟側、イギリス、フランスは、ドイツに宣戦、第二次世界大戦に突入。翌一九四〇年五月には独軍はオランダなどへ侵攻。六月一四日にはパリに無血入城。八月三日にはソ連はリトアニアを併合、すべての在外公館の退去を命じる。杉原がカウナスに着任したのが一九三九年八月二八日。退去したのが一九四〇年八月三一日（ただし、これはヴィザ発給の最終日付で、記録によれば、九月四日夜ベルリンに向け出国）つまりリトアニアに居たのは一年あまり、ヴィザ発給は一九四〇年の七月から（ヴィザに代わる証明書を含めて）一ヶ月あまりに限定されている。したがって杉原ヴィザの発行と日本政府の対ユダヤ人政策ないしその実行状況を問うとすれば、それはまさしくこの一九四〇年夏における日本政府のユダヤ人政策に集中、限定されなければならない。第一次大戦期（とくに「シベリア出兵」）に始まり、第二次大戦の終結に至る日本の対ユダヤ人政策は、かなりの分裂と動揺、変化を示しているからである。その全期を通じて、いちがいに反ユダヤとか親ユダヤとかレッテルを張って済ますわけにはいかない。

（6）

日本にユダヤ人がやってきたのは、イエズス会士の中に隠れユダヤ教徒（マラーノ）が居たとか、ペリーの黒船にユダヤ人が乗っていたとかいう、ごく少数の例外を除けば、ほとんどが「安政通商条約」以後の開港地における商業、交易を通じてである。長崎、神戸、横浜などに居住区が出来、シナゴーグが建てられることもあったが、二〇世紀初期まで、総人口が千人を越えることはなかった。だから日本人のユダヤ人イメージは、現実の接触経験によってではなく、もっぱらシェイクスピアやグリム、グリルバルツェルなど文学作品を通じて形成されるほかなかった。それが大正期以後、二つのルートを通ってかなり多くのユダヤ人が極東地域に流れこんできて、接触度は急激に上昇してきた。二つのルートとは、一つはインドから香港を経て上海へ至る南ルートでセファルディ系、国籍からすればイギリス系の人々であり、もう一つはシベリア経由でハルビンに至る北方ルート、アシュケナージ系のユダヤ人で、国籍からすればロシア、中東欧諸国の人々が多かった。阿片戦争以来、老大国「清」から次々に利権を奪ってきた列強は、上海を、共同植民地とも言うべき自由貿易都市に仕立て、サッスーン商会をはじめとするユダヤ資本も、商業機会を求めて積極的に進出をはかった。神戸のユダヤ人コロニーは、その延長線上に位置すると言えよう。

それに対してハルビンに集まってくるユダヤ人グループは、帝政時代のロシアからの移民もあるが、一九世紀末に世界ユダヤ人口の大半を占めていた東欧、ロシア地域で荒れ狂った「ポグローム」（ユダヤ人への集団迫害、暴動）を逃れてきた亡命移住民たちである。ロシア革命、第一次世界大戦期以後では、その混乱を逃れてきた、いわゆる「白系ロシア人」が多く、ハルビンには、ほぼ五千人のユダヤ人が居住していた。一九三七年暮、同地で開催された第一回「極東ユダヤ人大会」の参加者は、主としてこのハルビングループであり、上海グループはほとんど加わっていない。それは大会で議決された方針としての「反ソ・反共」路線にも反映し、ソ連の北方からの脅威を最重要視している当時の日本政府、軍の厚い後援を得ることになる。そこに出席していた日本人数名を代表して行ったハルビン特務機関長樋口少将の祝辞は、ユダヤ人への敬愛を述べ、公正な待遇のみならず、独立運動としてのシオニズムにもエールを送る態の、明らかに「親ユダヤ的」な響きに満ちたものであった。こういう路線は、「シベリア出兵」（ロシア革命への干渉戦争）以後、急激に浮上してきた日本の「ユダヤ人問題」への関心の基調を如実に示している。当時ユダヤ人問題の専門家だったのは、ハルビン・大連・上海などの特務機関長、犬塚、安江、樋口といった在欧経験を持つ「国際派」のエリート将校たちで、彼らによって輸入された「ユダヤ人問題」への知識と献策が、関東軍首脳部（石原、東條ら）に、さらには一定の期間、外務大臣（松岡ら）、日本政府にも或る程度受け入れられ、基本路線をなすことになる。彼ら専門家たちは、それぞれ何らかの形で、当時流行の「シオンの議定書」など反ユダヤ文献の紹介・翻訳を行ったりしているが、後に札付きの反ユダヤ主義者になるフランス帰りの四王天延孝を除けば、必ずしもドイツの反ユダヤ路線には同調せず、「反共、反ソ連」を第一として、そのためにユダヤ人を利用しようと考えたのだった。「反ソであっても反ユダヤではない」という外相松岡洋右の方針は、満州重工業総裁（後の日産コンツェルンのボス）鮎川義介らの、ユダヤ資本の導入案によって満州の開発をはかろうとする、いわゆる「河豚《フグ》計画」となって現実化する。他方「満鉄調査部」には、大杉栄暗殺事件の甘粕大尉をキャップとする専門部局が設けられ、ユダヤ人自治区を満州に作ろうとする計画が、かなりの綿密さで練られることになる。この時期の関東軍ないし満鉄の調査機関におけるユダヤ研究は、資料の収集、文献の翻訳ともにかなり精力的なもので、前記「シオンのプロトコール」など反ユダヤ主義文献から、アルトゥール・ルピンの『ユダヤ人の社会学』、レオ・ベックの『ユダヤ教の本質』に至るまで、左右、傾向をとわずではあるが、四十冊に及ぶ小冊子印刷物を含め、相当の成果をあげている。

こういう知的蓄積以外にも、現実に目の当たりにしたハルビンの白系ロシアないしユダヤ人の動向、あるいは日ロ戦争時、ポグロームの帝政ロシアと戦ってくれる日本に好意的で、外債購入や講和の斡旋をしてくれたアメリカ・ユダヤ人という、伝来のユダヤ人観も働いたであろう。一九三八年一月には関東軍が「現下における対ユダヤ民族施策要領」を定め、「民族協和、八紘一宇」の精神の看板を掲げ、「列国の誤解」を避けつつ、「ユダヤ人なるが故の圧迫はこれを取締り」、「ユダヤ教会に対しては裏面的援助補導を与う」ことを決めている。これを基に同年一二月には板垣陸相提案の下に「ユダヤ人対策要綱」が「五相会議」で決定される。「五相会議」とは、首相（当時近衛）、外相、陸相、海相、蔵相によって構成される政府の最高議決機関であり、この「要綱」が当時の日本の対ユダヤ政策の基本をなす。「前文」を除き、「方針」だけを記すと、

方針

一、現在、日、満、支ニ居住スルユダヤ人ニ対シテハ他国人ト同様公正ニ取扱ヒ之ヲ特別ニ排斥スルガ如キ処置ニ出ヅルコトナシ

二、新ニ日、満、支ニ渡来スルユダヤ人に対シテハ一般ニ外国人入国取締規則ノ範囲内ニ於テ公正ニ処置ス

三、ユダヤ人ヲ積極的ニ日満支ニ招致スルガ如キコトハ之レヲ避ク但シ資本家技術家ノ如キ特ニ利用価値アル者ハ此ノ限リニ在ラス

（7）

この「五相会議」決定になる「対策要綱」については、その解釈についても種々疑義がある

ようだ。しかし、一応反ユダヤ主義は採らないにしても、その動機が、ユダヤ人を利用する余地を残すためであることは明らかであろう。これが「河豚計画」と呼ばれるのも、その発案者が当時満州の政、経面を牛耳っていた岸信介、鮎川義介両名が、ともに河豚の本場、山口の出身であり、「毒をもって毒を制す」という戦略にもとづくからであった。利用することを目的とするこの擬似的なソフト・ユダヤ対策は、純粋な動機に発する、日本では稀な小辻節三博士のような「親ユダヤ主義」と到底一緒にするわけにはいかない。日本のユダヤ人対策は、「要綱」の文面の多義性にも見られるように——宮澤正典の表現を借りれば——ドイツへの気兼ね、米英への気兼ね、「八紘一宇」という建前との「三角関係」の中で動揺しており、さらに軍、政それぞれの内部の対立によって時期的に変転を繰り返している。

時期的変転に関しては、五相会議決定が一九三八年暮になされた後、一九三九年にはドイツ軍のポーランド侵攻によって第二次大戦が勃発、一九四一年六月には独ソ戦、一二月には日本軍の真珠湾攻撃が行われる。この間の日本政府の最重大決定は、ソ連を仮想敵とするいわゆる「北進政策」から、米英を標的とする「南進政策」への転換であろう。これによって対ソ警戒のためにハルビンのユダヤ人を利用する必要も、アメリカユダヤ人の投資を期待する可能性もなくなり、上海のユダヤ人財閥はイギリスの手先として敵視されるようになる。こういうユダヤ人の利用可能性の減少、消失に伴って、当初の「親ユダヤ派」と目された安江、犬塚、樋口といった特務機関長グループは、この間次々左遷、失脚してゆき、「ユダヤ禍」を説く四王天のような札付きの反ユダヤ主義者が登場してくる。そして一九四二年三月には、「大東亜戦争発生に伴うユダヤ人対策」を決めた内閣連絡会議は、擬似的とはいえ、歯止めにはなっていた先の一九三八年暮の五相会議における「ユダヤ人対策要綱」の廃止を決定し、「日満支其ノ他我カ占領地ニ対スルユダヤ人ノ渡来ハ特殊ノ事由アルモノヲ除キ一切之ヲ禁止ス」ることになる。

　やや長々と、日本における経過を追ってきたが、こう見てくると、日本政府のユダヤ人に対する政策は、時期的にかなり微妙な起伏と変化があり、ベルリン「反ユダヤ主義研究センター」の「ニューズ・レター」が金子マーティンの本を要約して言っているように、「日本ではユダヤ人は千人ぐらいしか居なかったのに、さまざまのメディアや世論だけでなく、政府の代表者たちも、反ユダヤ的な態度をとっていた」と一括して結論づけるのは単純に過ぎると言うべきだろう。ただし、金子マーティンの日本語本は、杉原ヴィザ美談を拡大して日本政府の親ユダヤ性を主張する「修正主義」を批判するという論争的文脈で書かれており、その批判の方向には異論はないので、ここでは、基準になっている杉原ヴィザ物語が、そもそも美談として成り立つかどうかを問題にしたい。結果として杉原ヴィザによって数千人のユダヤ人が救われたのが事実だとしても、その動機は、（明らかに「ユダヤ人利用論」者とは異なるにしても）はたして純粋な人道主義であり、彼はそれによって職を賭して英雄的行為を行ったのかどうか。その「動機の謎」の解明は、「杉原ヴィザ美談」を日本の国家レベルに拡大格上げしようとする「修正主義」とは別の形で、美談を脱構築することになろう。

（8）

すでに決められた紙数も尽きようとしているので、委細は別の機会に譲りたいが、その方向だけを予示しておけば、それは今の所もっとも周到な調査に基づいた見識を示していると思われる中日新聞社会部編『自由への逃走——杉原ビザとユダヤ人』（一九九五年）の中の次のような指摘である。

「杉原を人道主義者としてヒーローに奉ってしまうことは、他の大きな要因を見逃すことになる。諜報活動という彼の任務だ。

杉原はポーランド軍スパイから情報を収集し、見返りにポーランド人難民への日本通過ビザの発給を求められた。一九四〇年の春から初夏のことで、これが「杉原ビザ」の出発点になったのは、ほぼ間違いないだろう。

だが、実際にカウナスの領事館に殺到した難民はポーランド人ではなく、ユダヤ人だった。」

現在参照しうる日本、満州、ドイツ、ポーランド等の機密外交文書をはじめとする全資料は、基本的にこの見通しの正しさを裏書きしているように思われる。もともとキャリア外交官ではなく、「ハルビン学院」での給費生になり、対ロシア諜報活動の専門家として養成されたロシア正教徒杉原少尉は、満州里、ヘルシンキ、カウナス、プラーハ、ケーニヒスベルク、ブカレストとソ連周縁の国境地帯を転々と、時には秘密裡に、配属されながら、軍事情勢を探知して、参謀本部へ報告することを主要任務としていた。その際「二重スパイ」を使う彼の手法は、まず日本側の憲兵隊に睨まれ（十年つれそった白系ロシア人の最初の妻とも別れざるをえず）、次ぎにロシアに派遣されようとして入国を拒否され、カウナスの後のケーニヒスベルクでは、ドイツの対ソ戦準備を（ポーランド亡命政府の情報士官を使って）探索しているのをゲシュタポに察知されて、国外退去を要求されるなどしている。このことから浮かび上がってくるのは、ソ連の動向をめぐる情報活動に、きわめて真剣かつ有能な杉原の姿である。そういう任務への忠実さからすれば、ユダヤ難民へのヴィザ発行は予期せざる出来事だったろう。

領事館とは名ばかりの、道に面したしもた屋を、連日――杉原自身の表現を借りれば――「暴徒のような」百名以上の血走った群集に囲まれて要求されれば、否でも署名せざるをえなかったろう。それに何度も断った末、本省に発行許可を求めた杉原の要請には、たしかに認可の答はこなかったが、一九四〇年夏の時点での日本政府の「五相会議」決定は生きており、滞在許可は別にして、通過ヴィザは、行先国の許可と必要費用の保証があれば、在外公館が発行権限を持つ慣行があり、一九三〇年代の満州国境における入国ヴィザの甘い放漫な発行状況の実態を知っていた杉原にしてみれば、たとえ訓令には沿わないでも、それが重大な違反行為とは思えなかったろう。行先国のオランダ植民地、キュラソーにはヴィザなしで入国可能という亡命オランダ領事代理の証明書や、渡航費用はユダヤ難民の国際的救援組織、通称「ジョイント」が、事後的に立て替えるという保証書など、一応、発行の必要条件として決められた点についても、それに代わるものも添付されていたのである。杉原本人が重大な訓令違反と考えなかったと同様、外務省側もそれを重大な違反とは受け取らなかった。カウナス以後の彼の転地、転任はその都度昇任、昇給を伴っており、帰国後数年経っての解雇は、処分ではなく、（対ソ情報の必要性消失に伴う）リストラの一環にすぎなかったろう。

一九四〇年八月ソ連によるリトアニア併合に伴ってすべての在外公館は閉鎖退去を命じられ、九月四日夜、ベルリンへ出発するカウナスの駅頭まで、杉原は押しかけるユダヤ難民のパスポートに署名し、証明書を渡し続けた。それをもらえなかった人々は、リトアニアのソ連併合により、ソ連国民となり、出国できないままナチス軍の侵攻後、ことごとくその犠牲になったという。その意味で杉原ヴィザは、難民たちの「命の綱」であり、杉原美談を広く日本で知らせる基となった杉原夫人の著書名どおり『六千人の命のビザ』であり、杉原が「命の恩人」として感謝されるのも当然かもしれない。その顕彰碑は現地リトアニアの現首都ヴィルニウスにも、杉原の故郷、岐阜の八重津にも、難民の何人かが辿りついたエルサレムのヤド・ヴァシェイムの丘にも建てられている。遅まきながら公的にも復権と顕彰の行事が、総理大臣（宮沢）まで動員して行われた。杉原の行為が、ユダヤ難民に対して日本人が行った数少ない貢献であり、それに対する謝意を受けるとすれば、受ける者にとっても、それはよろこびであろう。しかし、ナチス・ドイツとの連帯責任の免除、過去の浄化、贖罪の域を超えて、国家レベルでの日本の美化につなげ、ひいては「南京事件」の「修正」にまで行くとすれば、それは美化と言うより神話化に近い。誇張された神話は、それへの誇張された否定によっては脱神話化されない。歴史の実相というものに迫りうるとすれば、それは周到な精査と、必要な距離と醒めた眼を必要とするだろう。

杉原千畝自身にとっても、この美談化、神話化は意外で有難迷惑と言わないまでも鬱陶しいものだったのではなかろうか。対ロシア情報活動の上で、日ロ戦争期以来伝統となっていたポーランド情報機関との密接な連携をとりつつ、欺瞞的な「不可侵條約」下で進められていたドイツの対ソ戦準備状況を探査することが、杉原の本務であり使命と感じていたことだった。一九四一年六月、ドイツ軍はソ連地域に侵攻を開始する。早くからそれを察知した杉原は、リガ、もしくはストックホルムの駐在武官を通じて本国へも報告していたのだが、ドイツの主目標が対イギリス本土上陸作戦にあると思いこんでいたベルリンの大島大使説の方が採用されたのだろう。もしも日本の大本営や戦争指導部が、大島説ではなく杉原情報を重視し、対英米の「南進」ではなく、対ソ「北進」戦略をとって、リッベントロップ外相の思惑どおり、東西からソ連を挟撃していたならば、第二次大戦の形と帰趨は、大きく変わっていたにちがいない。

その時には、杉原は、いち早く日本の「南進作戦」への転換を通報し、極東赤軍の西部戦線への投入によって「大祖国戦争」の勝利に貢献したリヒャルト・ゾルゲと同じように、特別功労賞を授与されたかもしれないし、たとえスパイとして処刑されようとも、それを情報活動を使命とする者の本懐としたかもしれない。美談を解体して見れば、その先にはこういう空想の余地が開けてくるように思われる。

〈参考文献〉（信用しうる本格的研究書の一部のみ）
宮澤正典編『日本におけるユダヤ・イスラエル論議文献目録：1877~1988』（新泉社、一九九〇年）
宮澤正典編『日本におけるユダヤ・イスラエル論議文献目録：1989~2004』（昭和堂、二〇〇五年）
阪東宏『日本のユダヤ人政策 1931~1945：外交資料館文書「ユダヤ人問題」から』（未来社、二〇〇二年）
金子マーティン『神戸・ユダヤ人難民 1940~1941：「修正」される戦時下日本の猶太人対策』（みずの

わ出版、二〇〇三年）
中日新聞社会部編『自由への逃走：杉原ビザとユダヤ人』（東京新聞出版局、一九九五年）
田嶋信雄『ナチズム外交と「満州国」』（千倉書房、一九九二年）
芳地隆之『ハルビン学院と満州国』（新潮社、一九九九年）
丸山直起『太平洋戦争と上海のユダヤ難民』（法政大学出版局、二〇〇五年）
エヴァ・パワシュ＝ルトコフスカ、アンジェイ・T、ロメル（柴理子訳）『日本・ポーランド関係史』（彩流社、二〇〇九年）
小林英夫『満鉄調査部の軌跡１９０７～１９４５』（藤原書店、二〇〇六年）

この主題をめぐるドイツ語文献等については、Birgit Pansa, *Jüden unter japanischerherrschaft. Jüdische Exilerfahrungen und der Sonderfall Karl Löwith*, München:Indicum, 1999 を参照されたし。

（なお、引用文中、「猶太」をユダヤとするなど表記を改めたことをお断りしておく）

さまざまの記念碑

この春（二〇〇五年）、五月の連休が過ぎて、日本列島を洗った人出の波が去った後、私は長崎を訪れた。どちらが主目的というのでもないが、長崎市で例年開かれている中学の同窓会に久しぶりに出席するかたがた、諫早市にあるという詩人・伊藤静雄の文学碑を訪ねよう、というのが当初の漠然とした予定だった。小学校四年の時に東京界隈から転校していった私は、昭和二十年、終戦の年の春、長崎中学を四年で卒業した。当時の旧制中学は五年だったが、われわれの場合は、戦争末期の特例で、中学は四年で打ち切り、上級学校へ進学しようがしまいが、否応なしに四年で卒業させられることになっていたのだ。一年後、戦争が終わると中学はまた元に戻ったから、後にも先にも、われわれの年度だけが、栄えある（?）四年卒と呼ばれているのだ。その数、約三五〇名。だがこの春、市内のホテルで開かれた同窓会（正確には同期会）に参集した者は三五名。一割にも満たない。むろん何せ卒業以来六十年、皆いいお年頃だから、櫛の歯が抜けるように、名簿から名前が抜けていくのは当然、と思われるかもしれない。しかしじつは、われわれはすでに卒業した年の夏に、その何割かを失っていたのだ。

昭和二十年（一九四五年）八月九日、われわれが中学三年以後動員されて働いていた重工業地帯の上空で、広島に次いで史上二発目の原子爆弾が炸裂した。私自身は、その春、旧制五高に入学したものの、進学よりは勤労動員が優先するということで、そのまま長崎三菱造船所機械工場で働かされていたのだが、ようやく七月になってから熊本の本校に召集されて「最後の授業」を受けさせられることになった。僥倖と言うしかない。後一ヶ月あまり本校へ呼び出されるのが遅れていたならば、私も長崎に何かの形で残っていた多くの級友たちと同様の運命に遭っていただろう。

原爆投下の報を聞いて、私は、後に当の三菱重工の社長になった友人と二人、寸断された鉄道を乗り継ぎ、三日がかりで被爆現場に辿りついた。幸いに爆心地からやや離れていたため、家は半壊し、怪我はしていたものの、家族もどうやら無事だった。だが以後繰り広げられた待避、捜索、救護、整理活動を含め、焦土で体験したくさぐさの出来事は、ほとんど語るに耐えない。原爆の惨状を公表することは、戦後進駐軍の命令できびしく統制されてしまったのだが、私はそれ以前にすでに言葉を失っていた。一人の死を人は悲しむことはできる。しかし十万人の死を前にして、人は言葉だけでなく感情も壊されてしまうのだ。多くの人々を助けるというよりは見殺しにしてしまったという想いが、私の胸に深い空洞をうがっている。

戦後私は東京の大学へ、実家は福岡へと移ってしまい、長崎は少年期の風景の中に霞んでいったが、空白の想いは常にどこかに残っていたのだろう。以後約十年の間、私はほとんど原爆体験について語ることはなかったし、用あって長崎を訪ねることがなくはなかったが、爆心地を訪ねることはまったくなかった。しかし今回、数十年ぶりの同窓会に姿を見せることのない旧友たちへの追憶は、私の足を爆心地・浦上へと向けさせたのだった。

今日、かつての惨憺たる焦土はすっかり整地され、花壇に飾られた小高い公園の奥には、巨大な「平和記念像」が、鎮座している。どっかと腰をおろして、足を組み、片手で天を指しているたくましい男の裸像。あたりでは大勢の観光客が、三々五々とこの像を背景に写真をとったりしている。これが有名な原爆記念碑・平和記念像なのか。だが私はどうしてもある種の違和感を禁ずることができない。いや、違和感というよりもっと強い不満・憤懣とさえ言えるようなもの。なぜならここにあるのは、死者への追悼でも悲惨さへの慟哭でもなく、むしろ復興のエネルギーを謳歌し力を誇示しているように思えるからだ。死者の横、傷ついた者のかたわらでは、健康さはむしろ残酷に映る。この像の作者は、戦争中には、勇ましい戦士像を制作していた有名人らしいが、いったい彼はこのたくましい男性の肉体の力強さに何を託そうとしたのだろう。ここには何か錯覚があるのではないか。

私は何か気持ちとスレ違う白けたものを感じながら公園の丘を下り、りっぱに修復された浦上の天主堂を経て、爆心地の中心、つまり原爆の落下地点へ巡っていった。そこはささやかな小公園になっていて、片脚だけの小さな鳥居が危なっかしい格好で立っている。だがそれを見た時私はハッとした。それは原爆投下後、初めて私をのせた列車が残骸さえロクに残されていない空白の焦土に入ってきた時、そこにポツンと立っていたあの時そのままの姿ではないか。それは、あの平和公園の丘の有名作家によるたくましい記念像よりは、はるかにあの時の体験を適確に記念し、その意味を象徴しているように見えた。傷ついた片足だけで身を支え、しかし倒れることなく、けなげに、しかも無心に、それは立っているのだった。

翌朝、枇杷の産地として有名な茂木からフェリーで富岡へ渡った。富岡は天草北端の小村だが、天草四郎率いるキリシタン軍は、蜂起後まずこの郡役所を襲って小高い丘の上の砦に立て篭もろうとしたのだ。しかし頑強な抵抗に遭って占領できなかったため、やむなく海を渡って島原半島の西南端・原城を拠点とすることに方針を変更したのだった。

フェリーの着く口の津から第三セクターのローカル線で十五分あまり、二つか三つ目に原城跡という無人の小駅がある。コインロッカーもなく、親切に荷物を預かりましょうと言ってくれた保線係の人に聞くと、城趾までは畠の中を二十分ほどの道のりらしい。人家も人通りもない野の道を海の方へ曲がってしばらく行くと、岬と言うほどもないが、三方を崖に切り落とされて海へと突出したこんもりとした小丘があって、その登り口の草むらの中に原城趾と書かれた白い棒杭が埋もれている。せいぜい二十メートルあるかないかのその丘に登っていくと、上は中学校の運動場ほど、桜の老樹に囲まれた人気のない草原が広がっているばかりだ。何もない。しかしその何もない空間の静けさが、異様な感銘となって迫ってくる。

よく見れば、隅の樹陰に由緒を記した説明書きの板が立てられているし、天草四郎を形どったとおぼしき稚拙な少年像も立てられている。大きさも、せいぜい、戦前ならどこの小学校の校庭にも見られた二宮金次郎か渋谷の忠犬ハチ公程度のもので、どうやら近所の奇特の士が近頃寄進したもののようだ。他には何もない。何の記念碑もない。これがかつて天下の耳目を聳動し、国中からの大軍を相手に孤軍奮闘数ヶ月、敵将さえ討死させた古戦場、キリスト教殉難史上広く世界にも名を知られた島原の乱の故地なのだろうか。

この何もない空地の拡がりは、一瞬、あの長崎の、長崎に最初に私が入った六十年前の、爆心地の何もない光景を想い出させた。しかし今ここにあるのは、遺跡でもなく、廃墟でさえない。「城春にして草木深し」とか「つわ者どもが夢のあと」といった、時の移ろいにたゆたう感興を拒む或る空しさ。それは、ここにあるのは、たんなる時の流れではなく、むしろ記憶の抹殺だからなのではなかろうか。「邪宗門」の処刑場という呪われた場所を、おかみの権力は、徳川三百年の平和から遠ざけ、歴史の彼方に封印してしまいたかったのではなかろうか。原城が再建されることはなく、有明海に面して崩れ落ちた石垣は、わずかに安全上の見地から、土地の人々の手で修復されようとしているだけだった。

夕方近くなっても戻ってこない私を案じて、さっき駅で荷物を預かってくれた線路工事の人は、勤務時間が終わったからと言って、自分の車で迎えに来てくれた。別れ際、わずかのお礼を渡そうとする私の手を押えてその人は言った。「こんなとこまで来てくれる人はめったに居らんけん」。そしてあたりの畠を見渡すようにつけ加えた。「今年はジャガイモの実りのよかですたい」。

島原城は、駅の正面・雲仙岳を背景に、その白亜の天守閣を聳やかせている。前にも何度か来たことがあり、その偉容は誇りやかに仰がれたものだったが、今はそれはむしろ眩しく威圧するように感じられる。なぜなら、私はここで不明を告白しなければならないのだが、今まで私は、この島原城こそ、「島原の乱」の際に、キリシタン側が立て篭もって戦い抜いた栄えある戦跡と思い込んでいたからだ。あるいは名称の上から、多くの人たちもそう思っているのではないだろうか。しかしこの城は、キリシタン側の城砦をことごとく取り壊した幕府側が、そのすべての資材を運んできて造り上げたものなのだ。信教の自由であれ重税への不満であれ、すべての公儀への抵抗や一揆を鎮圧し監視するために。だからこの天守閣は、キリシタン民衆の抵抗と叛乱の記念碑ではなく、むしろ封建暴力によるその弾圧と統制の記念碑なのだ。歴史は勝者が記す。

記念碑には、記念されるもの、記念する者によってさまざまのものがある。しかし長崎平和公園のたくましい記念像よりも、爆心地に残された片脚の鳥居の残骸の方が、はるかに私の心に沁みたように、島原城天守閣の偉容よりは、廃城趾の荒れ果てた空白の草地の方が、はるかにキリシタンたちの熱い心を偲ばせるのだった。

帰途諫早に寄って伊藤静雄の詩碑を訪ねるのが今度の旅の目的の一つだった。しかしこの郷土詩人の文学碑——これも一つの記念碑なのだが——について記す余裕はもうない。ただここに彼も愛していたリルケの詩を掲げることにしよう。

記念の碑《いし》を建てるな
ただ年ごとに薔薇《バラ》の花をさかせよう

細谷貞雄における「転回《ケーレ》」——亡き師への追悼

旧臘、一九九五年の暮近く、細谷貞雄先生は亡くなられた。長らく闘病の床に伏しておられたから、すでに予期されていたことではあった。夏前に東京で学会があった折に、吉田夏彦と二人で仙台まで足をのばし、入院中の先生をお見舞いして、事実上最後のお別れを済ませてきたつもりではあった。……あの時、すでに意識も濁りがちだった先生は、それでも僕等を識別してくださり、「君らが学会で活躍してくれるのを誇りに思っています」といったことを一語一語駄目を押すように口にされた。よろこぶべきだったかもしれない。しかしむしろ私にはそれが悲しかった。「学会とは君にとってどういう意味があるんですか。哲学会には学者は来るけれども哲学は来ないとフッサールも言っているではないですか」。そういう昔なつかしい毒舌を僕は言っていただきたかった。だがやがてまた先生は深い混濁の中へ落ちていかれた。だからいずれこの日が来ることは覚悟していた。しかし昔僕らが「坊や」と呼んでいた長男の曉夫君（後の東京工大の理論物理の教授）から訃報を受けた時には、今さらのように重い打撃が胸深く刻印されるのを、どうすることもできなかった。私の住む神戸から仙台は遠い。一度は葬儀への参列を断念したのだったが、当日朝、関西空港発の一番機で発てば、午前十一時の葬儀に間に合うことを知り、急遽駆けつけることにしたのだった。しかし離陸した飛行機の揺蕩に身をゆだねながら、たとえ古い弟子として一言弔辞めいたものを求められても、私は何も言うことができないだろうという想いに、胸のしめつけられるのを感じていた。

私が先生にはじめて出会ったのは、戦後間もない一九四七年、熊本の旧制五高でのことである。当時私はまだ十八歳、先生もまだ二八の若さだったのだ。東京から来られた新進気鋭の先生の哲学史の講義を、私たちはむさぼるように聞き、課外の研究会を組織して、バーネットの英訳でプラトンを読んでいただいたりした。一九四八年、私たちはそれぞれ大学へ進むことになり、先生は伊藤吉之助先生の下に創設された北大文学部へ赴任されることになった。哲学史の講義が、二十世紀の初期までで時間切れになってしまったのを残念とした研究会のメンバー三人は、当時荒れ果てた学生寮の二階にあった先生の仮住居に押しかけて、幾晩も、奥さんが赤ちゃんをあやしておられるのを横に見ながら、大部屋の畳に端座して、講義の続きに耳を傾けた。それはやがて出版されることになる先生の最初の著書『歴史哲学』の最後の部分で、それまでの新カント派流の哲学史の枠組みを壊し、理性・生・実存の三拍子で二十世紀前半の哲学運動を捉え、ハイデガー出現の必然性で終わるという、新鮮かつ刺戟的なものだった。後になって先生の『歴史哲学』は、カウフマンへの依存度が高い、といった中傷を耳にすることがあったが、そして、ハイネマンやミッシュを使いこなしておられるのを後で知ったが、少なくとも当時の私たちへの影響力からすれば、それはどうでもいいことだった。私は今でもこの本を歴史への透徹した見透しという点で、先生の名著の一つだと信じている。講義を聴き終えて、寮の二階の非常階段から辞去する時、先生は「暗いから気をつけて下さいよ」とおっしゃった。「大丈夫です。暗いのには慣れていますから」と私が、当時の停電続きを念頭に置いて答えたのに、先生が「そうですか。暗さには慣れてますか」とつぶやかれたのにハッとしたのを覚えている。

その時の三人は、いずれ何かの形で先生を慕って札幌に飛んでいくことになるのだが、曲折の末、他の二人はやがて先生と絶縁してしまう。たしかに、一度先生に傾倒した者で先生から離れていった者は少なくない。あるいは斜に構えた先生の一太刀を浴びて傷ついた者も多かったかも知れない。時にその切れ味は、名刀政宗よりも妖刀村正に擬せられることもある。口の悪い木田元などは、「細谷さんの魔力に魅せられながら、その毒舌に当てられずに生き延びたのは徳永だけだ」などと軽口を叩くが、冗談ではない。吉田夏彦のように最初から悪びれずに先生に哲学問答を挑んでたじろがなかった青年将校とちがって、私などは、幾度か破門されたと思いつつも、また先生の呪縛からの脱走をはかりつつも、三歩下って、と言うより、接近遭遇と側近化を避けて迂回しつつ、辛うじて同心円の中に止ってきたにすぎない。

御葬儀での何人かの門下生の方々の挨拶や想い出を聞くとはなしに聞いていると、先生の鋭い言語感覚やイロニーとウィットに充ちた巧みな話術を讃える一方で、先生の「きびしさ」について触れる人が多かった。しかしそのきびしさとは、学生をビシビシ鍛える、という訓練のきびしさではなく、「朝に道をきかば夕に死すとも可なり」という先生自身の自律のきびしさであり、すべてから何かを学びとろうとする、自らの動揺を賭けた謙虚さの表現だったのではなかろうか。ただその奥深い屈折した表現に巻き込まれた者は、時にその迷宮の中で道を見失い、茫然自失して我れに帰ろうともがくことも無くはない。私とてもちろんその例外ではなかった。

私が先生に親しく接することができたのは、熊本時代に始まり、学士入学でもして北大に行く気だった私を助手として採って下さった札幌時代のことだった。東北大に移られ、私が大阪に来てからは、集中講義にうかがった折ぐらいしかお会いすることはなかったが、岡山へ来られてからは、またしばしばお会いし、その都度家庭的に暖かく迎えていただいた。札幌へ行ったごく初期の頃、夏休みには、連日のように郊外の月寒《ツキサップ》にあったお宅まで、リンゴ園を通り抜ける……その頃はバス代にも事欠いていたから、『森の道』のリルケ論やヘーゲル論を読んでいただくために、ほとんど二里の道を、「祭りの日に農夫が畠に出ていくような」気持で通った日々のことは忘れられない。しかし学問的な意味では、私は遂に先生の期待に添うことはできなかった。私の方からもし先生に何がしかの影響を伝えることがあったとすれば、それはマックス・ウェーバーの、……ヤスパースとは別の実存論的な読み方か、あるいはアドルノのインパクトをお伝えすることしかなかったと思う。だから一方的にあまりに多くを先生に負っている私としては、どうしても先生を語ることは、自分を語ることになってしまう。しかし今ようやく何十年か経って、少しは先生を距離を置いて見ることができるようになったと思えるとすれば、いったい細谷貞雄の哲学とは何だったかについて、できるだけザッハリッヒな管見を記しておくことにしたい（以下しばらく細谷さんと呼ばせていただく）。

細谷さんは、昭和十七年に『哲学雑誌』に連載された東大の卒業論文「ハイデガーにおける人間と世界――投げられている気分について」で、学問として哲学を学ぶ「学究」の徒と、「哲学を生きる」者とを区別している。細谷さんの魅力は、ためらうことなく、或いはたじろぐことなく、後者の道を進んだ所にある。そう私は思い込んでいたが、正しくは、「哲学を生きる」ことと「学究する」こととの緊張を生き抜かれた所にある、と言い直すべきだろう。さらに言えば、その緊張《シュパンヌング》が、常に動揺と不安に曝され、「不幸な意識」に裏打ちされ、放心《エントシュパンヌング》を求めていた所に、細谷さんの魅力があったと私は思う。

実存的に生きることと、実存論的に考究することとの緊張を、その都度、今ここで、しかも形而上学の歴史の根源に遡って、投企しようとする力業の、今世紀における唯一最大の試みは、若き細谷さんにとって、ハイデガーの『存在と時間』以外にない、と思われたことだろう。「ハイデガーをやろうと思ったら、行く所まで行かなければなりません」。内に飛び込むことなく、外から覗き込んで調べようとする学究の徒や、オリエンタル・メイドの叡知や禅問答によって内側から超克したつもりになる自己肯定者たちの「歴史に対するわがまゝ」を批判しつつ、細谷さんはそう言われたことがある。前記卒業論文から昭和二三年の『歴史哲学』を経て、後の『哲学の作文』（一九七四年、未來社）から『若きヘーゲルの研究』に至るまで、またシェリングの『近世哲学史講義』（一九五〇年、福村出版）から後の理想社版ハイデガー選集中の『森の道』、『存在と時間』、『ニーチェ』の翻訳に至るまで、そこには……微妙な変貌に隈取られながらも、ハイデガーとともに「行く所まで行こう」とする細谷さんの気魄が貫かれていると思う。理論的主題としてその中心にあったのは、「歴史的実存における超越」の問題だったと言えようか。その場合、「超越」とは、むろんキェルケゴール、ヤスパース流の「世界からの超越」ではなく、「世界への超越」として捉えられている。「存在問題《ザインスフラーゲ》とは世界問題《ヴェルトフラーゲ》です」と、細谷さんは、フィンクを先取りする形で、早くから問題の所在を見定められていた。

　そういう細谷さんにとって、ハイデガーのいわゆる「転回《ケーレ》」は、どういう意味を持ったろうか。一九五二年に「北大文学部紀要」に発表され、後に『哲学の作文』に収録された「ハイデガーの思索とニヒリズムの転回」は、先生自身は、後に「たんなる紹介文」だと、例によってシニカルに言い放しておられるが、細谷さん自身の経験にとって、分水嶺とも言える重要な意味を持つ力作だと言えよう。そこで「ケーレ」とは、ハイデガー個人の立場の転回ではなく、ニーチェによって「ニヒリズム」と指名された歴史的運命の転回を予感する「思索の境涯」の深まりとして捉えられているのだが、そこには細谷貞雄個人にとっても一種のケーレが経験されていた、と私は思う。それは「不安の無の明るい夜」の中で、投げられている実存の意味と無意味とを、明晰に理論化しようとする尖鋭な自己集中、過度の緊張からの脱自的解放《エントシュパンヌング》を意味すると同時に、そこには、始めから理論以前に伏蔵され、理論の彼方に遠望されていた「自然」への、詩的言語を通じての、復帰の可能性の承認が垣間見られていたと言えようか。

　歴史から自然へ、主題的にはそういう形で指示される移行の途上で、細谷さんはその道の先行者レーヴィットの招きを受けて、ハイデルベルクに一年滞在され、そこで偶然にハバーマスに出会う。それは衝撃とまでは言わないが、「すべてから学ぼう」とする細谷さんにとって、新しい地平を目撃させるものだったろうか。帰国されてからのヘーゲル研究については詳説することはできないが、少なくとも、それとハバーマスの『社会哲学論集』（『理論と実践』）や『公共性の構造転換』の間には、或る飛躍が認められるように思う。だがこの点で細谷さんのケーレは、ハイデガーとはおのずから別の道を辿る。何故なら細谷さんが立たれた新しい地平では、ギリシャ的な自然《プュシス》への単線的な道ではなく、むしろ自然と社会への複線的な道が、……相互に不協和な形で、望見されたからである。だから細谷さんのケーレはけっして単純ではない。しかし一度歴史的実存から自然と社会とに分岐するかに見えたその道は、やがて再び、自然へと、「森の杣径」へと帰一していったように思われる。細谷さんが理論武装を解いて詩的思索のよすがとされたのは、……ハイデガーとは違って、ヘルダーリンではなく、東北の土の香に充ちた宮沢賢治のコスモローギッシュな言語だったし、時折感懐を託されたのは、清澄なゼンチメンターリッシュな想いを古風な形式のうちに展止された短歌だった。

　六十年代末の学生運動の昂揚期における細谷さんの動静については、はるかに側聞するだけで忖度する術もないが、おそらく細谷さんは、永遠の野党ではあったかも知れないが、それは右か左かという政治地図を超えた所に根を持っていたのではなかろうか。「歴史から自然へ」というケーレの途上で、細谷さんは「社会」へ分岐する道を一歩進まれるかに見えながら、たとえばハイデガーの「世界開示性《オッフェンハイト》」をハバーマスの「公共性」と読み換える方向を目ざされながら、遂に主題的にそこへ向き直ることはされなかったのではなかろうか。岡山での細谷さんは、……健康上のこともあって、ほとんど隠居同然の生活をしておられたし、再び仙台へ帰られてからも、ハイデガーのナチス問題など知らぬ気に、「東西ドイツが統一できてよかったですね」と、ただ微笑んでおられるだけだった。

　哲学的に社会を主題化することを回避されたというだけではない。ひょっとしたら細谷さんは、「哲学を生きる」という無理な姿勢から、すでに自分を解放しておられたのかもしれない。最晩年に仙台に隠棲されてからの書斎には、事実一冊の哲学の本も置かれてはいなかった。それは、すでに「ニヒリズムの転回」を見届けた哲学者の、「見るべきほどのことは見つ」という自負に基づくものだったろうか。それとも、かつてのような「世界への超越」ではなく、「世界からの超越」を細谷さんは願われたのだろうか。

　伝え聞く所では、臨終も間近に、葬儀の様式を聞かれた先生は、ドイツ語で、fast christlich（キリスト教みたいなのでいいよ）とつぶやかれたという。しかし「神の名を呼ぶことなく」、有限な「地上の子《エンデルキンダー》」として生きることを、人間のいさおしとされた先生が、西欧の或る冒険者のように、最後に「回心」されたわけではあるまい。先生のつぶやきは、キリスト教への入信の合図ではなく、葬式仏教の儀礼への拒否にすぎなかったのではないだろうか。

　かつて私は、最初に出した本（『社会哲学の復権』せりか書房、一九六八年）の「あとがき」で次のように書いたことがある。「筆者と哲学との途切れがちの結びつきは、ニヒリスト合理主義者、ウェーバーを（『森の道』時代の）ハイデガーの目で読む、という所から始まった。その後は、むしろそれへの抵抗と離反の方向を辿ったように思われる。しかし少なくとも、哲学への尊敬を一貫して失うことがなかったのは、熊本、札幌時代を通じて接することのできた細谷貞雄先生の思索の姿勢に負う所が多い。遠くから一言御礼を申し上げたい」。その後を含め、長年近く或いは遠くにあって接しながら、……先生とともに「行く所まで行く」ことなく、一貫して不肖の弟子であり続けた私としては、今もそれ以上のことを言う言葉を持たない。先生がハバーマスの翻訳にたずさわれるようになって以後、フランクフルトへ出奔した蕩児の帰宅が許されるような形で、不肖の弟子の師への連なりが自然承認されるような気配が漂っているかに見えるが、私から見れば、先生への連なりは、そういう系列の中に帰属の証しを見出されるとは思えない。むしろ、……先生の初心とも言うべき卒論の表題をもじって言えば、「細谷貞雄の思索とニヒリズムの（転回ではなく）展開」を問うことが求められているのではないだろうか。先生が去っていかれた今、「この地上の世界」以外に生きる場所を知らぬ者として、私には「御冥福を祈る」といった言葉を言うのもはばかられる。今はただ、いくらか足の不自由であられた先生が、春霞の中をかろやかに去っていかれる後姿に、万感の想いを込めて黙礼と黙禱を捧げるばかりである。

細見和之君への祝辞　三好達治賞授賞式の夕べに

このたび、詩集『家族の午後』で、三好達治賞を受賞された細見和之君について、贈呈式の後、お祝いの懇親会で何か一言を、ということであります。唯今の御紹介では、私は彼の学問上の恩師でエライ先生だとか言われておりましたが、そういうのではなく、乾盃後のことでもありますので、少しくだけた調子でシャベラせていただきたい。

細見君と初めて出会いましたのは、彼が大阪大学の大学院に入ってきた時ですから、もう三十年近くも前になりますか。始めの間は、何やら理くつっぽいドイツ語のテキストを一緒に読んだりしていたわけですが、いつの頃からか「片雲の風に誘われて」一緒に世界中をアチコチとさまよい歩くようになりました。スペイン・ポルトガル・オランダ・モロッコ・インド。彼と同行二人では、南アフリカのケープタウンまで脚を延ばしましたし、私一人ではポーランドからバルト三国まで、彼は別の人たちとブラジルへも出かけて行ったようです。こうやって列挙しますと、いかにも当てどない遍歴の旅のようですが、必ずしも漂泊の風に吹かれるまま、というわけではない。ある目的が、少なくとも共通する名目がありました。当時私は京大にいた友人（小岸昭）や、ドイツから来ていた外国人教師たちと小さな研究《ヨリッセン》グループを作っていまして、そのテーマは、「近世におけるキリスト教の布教活動とヨーロッパ植民地主義の展開」というものでした。この二つが、連動しながら大航海時代以後、グローバルに拡がっていく中で、ユダヤ人たちが、どういう運命を蒙ったか、というのが、私たちの共通の関心事であり研究課題でもあったわけです。

一四九二年。どういう年か皆さんご存知でしょうか。この年、コロンブスが、黄金の国ジパングを探して、セビリアの港を大西洋に船出していった。時を同じくして、ヨーロッパに残っていた最後のユダヤ人たちがスペインを追放されて離散していく。この二つの出来事の同時性の彼方に、「近代」というものの幕が開かれていったのだ、と言えましょう。このスペインからのユダヤ人追放、これをセファルディ・ショックと呼ぶとすれば、その衝撃波は、ヴァスコ・ダ・ガマが開いた東廻りの海路を辿って、インドから極東《ファーイースト》まで、グローバリゼーションの輪を拡げていき、その先端は、十六世紀半ばには、はるかジパングの「種子島」にまで到達した。ザビエルによるキリスト教の伝道と、ほとんど時を同じくする鉄砲の伝来。この二つの出来事の同時性から、「日本の近代」というものの運命が展開していったと言えましょう。

ポルトガル人による貿易と植民地化の拠点は、マラッカからマカオにまで進められていきましたが、イエズス会による東洋への布教拠点は、いぜんインドの西海岸ゴアに置かれていました。フランシスコ・ザビエルは、日本へキリスト教を伝え、さらに中国へ渡ろうと志して果せず、殉教した聖人として今もゴアの大聖堂にその遺体が安置されています。しかし彼がゴアに設置した「異端審問所」は、ヨーロッパ以外でもっとも残虐な神聖裁判《オート・ダ・フェ》が行われ、ユダヤ人が火炙りの刑に処せられた所でもありました。私はとくにザビエルを貶めるつもりはありませんが、光とともに、その蔭の暗い面にも目をそそがなければというわけで、われわれは、インド西海岸にあったユダヤ人のコミュニティや殉難の跡を尋ねて、何年も続けてインドへの旅に出かけていったのでした。細見君以外にも、カバン持ちを兼ねて京大の大学院生などもお供することがあったと思います。

四回目の旅の終わり。インドユダヤ人の光と闇の探査行も一応のケリがつき、さすがにわれわれも疲れていました。暗いテーマにとりつかれていると気が晴れない、ということもあります。ニュー・デリーまで引き上げてきて、われわれも考えました。「せっかくインドまで来たんだ。この機会に、予定の研究計画にもスケジュールにも入っていないが、一度ネパールまで登っていって、雪に輝くヒマラヤの銀嶺を仰ごうではないか」、衆議一決したものの、何せ乏しい科学研究費によるギリギリの貧乏旅行。すでに予算をオーバーして、ダージリンまで足を延ばす路銀がない。この調査行を通じて、われわれは辺地を歩くには、タクシーを調達し、何日か借り切る交渉をして何とかやってきたのでしたが、今回は同勢六名、もはや二台のタクシーを借りる余裕がない。そこでやむなく一台だけにして、とにかく教師連中は座席にギュウギュウ詰めに坐ったのですが、哀れ大学院生は、車の後部トランクの中に詰めこまれることになった。ガンジス河のほとりの飛行場から、海抜二千メートル近いリゾート地・ダージリンまで数百キロ、どれぐらいの路のりだったか。とにかく、そこまでタクシーのトランクの中に身をかがめて登り着いたのは、天下広しと言えども、細見君ぐらいしかいないでしょう。だから現在、もし細見君が『ギネス・ブック』に登録されることがあるとすれば、それは詩人としてではなく、「タクシーのトランクに身をまるめてダージリンまで登った男」ということになりましょう。

さて何時間だったか。車はやっとダージリンに着いた。無事にタクシーのトランクから這い出してきた細見君の気持ちは、さぞよろこびに充ちていたことでしょう。昔から、『出エジプト記』の昔から、人間にとって、捕われの身からの脱出こそ、よろこびの源でした。息も詰まるような暗闇の中に、身動きもできずに閉じ込められている状態。一般的に言えば、閉塞空間・屏息時間からの脱出・解放こそが、人間のよろこびの源泉だと思います。しかし脱出だけでは、まだ足りない。脱け出して外へ出た時に、親しく出迎えてくれるもの、それは必ずしも人間でなくてもいいと思いますが、そういうものがなければならない。ダージリンにやっと辿りついて、トランクから這い出した時に、細見君が目にしたもの、彼を出迎えてくれたのは、屹立する世界屈指の高峰カンチェンジュンガの白銀に輝く頂でした。

あれから三十年近い時が経ちました。先ほどうかがったところでは、細見君も五十才になったところだという。五十才になるとは何でしょうか。それは四十代からの脱出です。人間四十代というのは、職場でも家庭でも、さまざまの義務と役割期待に縛られた、一種の閉塞の時期・捕われの季節だ、とは言えないでしょうか。そういう四十代の捕囚状態を、無事やり過ごし、新しい時間の地平に立った時に、チラホラと降りかかる風花のように、細見君の肩に、三好達治賞が舞い降りて出迎えてくれた。これは彼にとって、かつてカンチェンジュンガの頂を見た時以来のよろこびだったにちがいありません。

私は、作品の価値というものは、それ自体にあるのであって、必ずしも他人の評価によるのではない、賞をもらうかどうかにも依存しはしない、と考えます。しかし自分の作品をわかってくれる人、それも親切に、行き届いた理解を示してくれる人に出会えるということは、幸せなことです。先ほどからの紹介や講評をうかがいながら、私も、そういう幸せを傍らで感じることができました。そういう意味でも、心から「おめでとう」と申しあげたい。

ところで、今日ここにお集まりの皆さんは、ほとんど皆、詩人もしくは詩に関わって生きておられる方々だと思いますが、そういう方面の方からは見えにくい細見君の別の側面で、ユニークな点について、二、三お話しさせていただきたい。場合によっては、彼の詩人にふさわしくない、あるいは詩人にあるまじき、と私に思える点に触れることになるかと思います。

一つは、先ほどの受賞者自身の決意表明にもありましたように、詩と哲学の二本立てでやろうとしていること。もう一つは、彼が詩人でありながら、よき家庭人であるということ。これらは場合によっては、矛盾する事態ではないでしょうか。

かつて太宰治は、詩人という言葉の反意語《アントニム》は？という問いに政治家と答えたことがありますが、政治家ほどではないにしても、抽象的概念で理屈を並べたてる哲学者だって、言葉に生命を吹きこむ詩人とは、対立線上にあるにちがいありません。哲学者の文章と言えば、ドイツでも悪文の見本のフレーズとされています。むろん哲学者の中にも、詩を大事にし、詩を高く格付けしている人はおりますが、自ら実作を試みる人は、――ニーチェのような――少数の例外を除けば、ほとんど思い当りません。それなのに細見君が今後とも二本立てでやっていこうと言うのは、どういうことでしょうか。いつまで哲学なぞに恋々としているのか。詩人は哲学なぞを捨てるべきではないでしょうか。

それはむろん、どういう哲学かによります。細見君が勉強していた哲学者とは、主としてヘーゲルとかアドルノとかいう人たちでしたが、彼らは何をしようとしていたのか。ヘーゲルのやろうとしたことを、あえて私なりに一言で言いますと、――ヘーゲルを一言で言うなどとは、哲学者にあるまじき乱暴な話ですが――それは「近いものは遠く、遠いものは近い」ということ。直接的なものが具体的なのではなく、本当に具体的なものとは、じつは間接的なもの、媒介されたものなんだ。そういう矛盾を突きつめて考えた人だと思います。アドルノ、私の直接の師匠筋に当たる人ですが、彼にしても、自分というものは、「おれはおれなんだ」という形では表現できない。「おれはおれではない」という、否定形でしか表現できないんだ。そういう非同一性としての真理ということを考え抜いた人です。哲学者の間にも、証明できないことには沈黙せよという禁欲的な清掃業者はけっこう多いのですが、ヘーゲルやアドルノといった人たちは、むしろ「言いえないことを、どうやって言うか」を課題として、苦闘した人たちだと思います。こういう課題の共有という点では、哲学と詩とは、同一化はできないまでも、相互研磨しながらの、共同戦線を組むことができるのではないでしょうか。私は「詩人哲学者」などという耳ざわりのいい科白は信じませんが、詩と哲学の二本立てという姿勢は、ふさわしい相互批判に立つかぎり、充分に託すべき課題に耐えうるものと考えています。

次に第二の点、「よき家庭人」への危惧という問題に移りますが、四十何年前、私、北大から阪大へ転任してきた当座、大阪と京都の間にある高槻に住んでおりました。高槻とは、キリシタン大名で、日本では数少ない宗教的亡命者だった高山右近の居城があった所として有名ですが、もう一つ私の念頭には、市の北郊「上牧《カミマキ》」という所に、詩人・三好達治のお墓のある菩提寺があるはずだ、という想いがありました。彼はそこで生まれ育ったのではないかと思っていた私は、転任早々さっそく訪ねていったものです。案内を乞うと、出てこられた住職は、達治の兄弟と名乗られたので、私は、人口に膾炙した彼の初期の詩を想い出しました。

「太郎を眠らせ、太郎の屋根に雪降り積む、
次郎を眠らせ、次郎の屋根に雪降り積む」

この御住職が御兄弟だとすると、達治が太郎で、この方が次郎なのだろうか。とにかく仲よくスヤスヤ眠っている小さな兄弟を想い浮かべていると、住職は言われた。「達治のおかげでここも有名になったが、達治は親不孝者でした。親が病気で死にかけているのに、彼は立ち寄りもしないで、この前を通り過ぎて行ってしまった」。指さされる目の前を、京都行きの阪急電車が轟音をたてて通り過ぎていく。しかしその時、私の気持ちは、むしろ達治とともに走り去っていくようでした。「あのように、澄んだ、典雅な叙情を歌えるためには、肉親への愛情などに恋々としてはいられないのだ。詩人であるためには非情でなければならない」。

私は戦中、戦後にかけて学生生活を送った者。詩心を養われたのも、遅ればせの「日本浪漫派」でなければ、「四季」、「コギト」、戦後でも「マチネ・ポエティク」止まり、要するに「荒地」以前の古色蒼然たる身の上ですから、故郷を捨て、家を捨てる西行ばりの非情さこそ、詩人たる者

の「定言命法」と心得ていたのでしょう。萩原葉子さんの『天上の花』などを見ても、達治はカッとなれば手を上げることもあった人らしい。しかしそれはそれでいいのではないか。非情もまた情の現われの一つなのだ。

そういう「武骨流《サムライブリ》」から見ると、細見君の詩集は、どう見えてくるでしょうか。『家族の午後――子育て詩集』。私とて八木重吉のある詩などに感動したことがない、とは言いませんが、この題名を見た時感じたのは、「何だこれは？　マイ・ホーム主義とはちがうのか」。でも覗いて見ると、どうやらそうではないようです。帰るべき終着駅はわが家ではないようだし、窓を開ければ遠くの景色が入ってくるし、家の中も、隙間風が吹き抜けたりして、けっこう風通しもいいようだ。少なくともこれは「閉ざされた空間」ではない。安住された家庭生活も、制度化された学問企業も――場合によってはマンネリ化した詩法でも――タクシーのトランクの中のように、息苦しい閉鎖空間になることもある。しかしここには、何か真面目な可笑しさのようなものが、自由な遠近法となって、近くと遠くとを反照している。おそらく、或る閉じられた空間を内側から破って脱出させる力となるのは、ユーモアの持つ自由な遠近法の働きではなかろうか。選考委員長の中村稔氏も、ここに滲んでいるブラック・ユーモアを評価する、と講評しておられた。ブラックとまで色濃くないにしても「薄墨色」のユーモアが、日常という閉鎖空間のよどみを和らげ、奥行きを拡げつつ、小品の枠の中に無理なく収められている。街の眼鏡屋の小父さんの口調なぞ、思わず苦笑を誘うし、その余裕には、一抹の「午後のアンニュイ」さえ隠し味として添えられているのかもしれない。

細見君の詩集も、これで五冊目だということで、それぞれ別の姿を見させてくれた。前作の長編詩『ホッチキス』は、私の眼から見ても、なかなかの実験的な野心作だと思われますが、やや志が先走って、哲学への批判が込められているのか、それとも詩への不当介入であるのか、鉾先の向きが判りかねる所がある。それに比べると、今回の第五作『家族の午後』は、言葉遣いの柔らかさだけでなく、内容と形式との調和が読む人に和らぎを与え、評価される一助になったのではないかと思います。脱出と大げさなことを言わなくてもいい。脱皮して肩の力が抜けたことが、足取りを軽くしているのではないでしょうか。

先年、チャップリンが最後に訪日した折のこと、ご存知、森繁久彌――彼もこの辺り、たしか枚方《ヒラカタ》の出身だと思います――が、尋ねてみたそうです。「チャップリンさん。あゝた俳優として、監督として、仰山、映画を作らはった。その作品のうち、どれを一番ベストだと思うてはりまんねん」。チャップリン、やや間を置いたあげく、答えて曰く。「next one」。私も細見君に、ネクスト・ワンを期待したいと思います。たんに次回のことだけでなく、その都度の新しいネクスト・ワンを。どうもありがとうございました。（本稿は二〇一二年四月七日、大阪市公館で行われた三好達治賞贈呈式・懇親会でのスピーチを、記憶のみに基づいて復元したものなので、意図的な変更はないが、必ずしもそのままではない。）

あとがき

米寿を目の前にして、私の眼はなお前方にそそがれていて、振り返った過去は、読み、書き、しゃべる、という単純労働の反復だったような気がする。もう少し感情の色彩を添えて言えば、読む楽しさ、書く苦しさ、教える空しさ、という三つのキーワードに集約されるだろうか。そう私は、昨年出した別の本のあとがきに書いたことがある。だが、事はそれほど単純ではないだろう。

たしかに五十年にもなる私の大学生活の中で、重心は、教育よりは研究に置かれていただろう。しかも権威のある学者よりは、一介の物書きという自己イメージの方が気楽でいい。定年はないし、仕事は終わりなく続く。そう聞くと人は直ちに反論するだろう。それならなぜ、「書く楽しさ」と言わないのか、と。たしかに私はこれまでに、一応の専門とする哲学・思想関係の本を、翻訳や共・編著を合わせれば何十冊か書いてきたかもしれない。しかし想い出すのは、書けない苦しみだし、書き切ったと思えた時でも、達成感よりは、むしろ虚脱感が強かったと思う。

苦しんで生んだものへの愛着はあっても、満足はない。それは「汝自身を知れ」というソクラテス以来の哲学の使命が、永遠に満たされることのない課題だ、という一般論に尽きるものではないだろう。学術論文の則るべき論証的明晰性といった文体理想や、専門領域を侵すべきではないという学者倫理が、無言のタブーとなり、見えない境界となって、自由に書くことを遮断したり分割したりしていたからである。自分が捕われている既成の枠を壊し、ジャンルや境界を超えて楽しく書く自由は、権威ある学術専門誌や中央ジャーナリズムよりは、むしろ地方の文学同人誌によって保たれているのではないだろうか。

今回、私が札幌や京都の文学同人誌、あるいはそれに類するあまり目立たない所に書いてきた小説、評論等、文芸関係のものを選んで一本にしていただけることになった。

以下、哲学と文学との間の越境者、境界を目に入れない者の想い出。

私が大学を受けたのは、戦後間もない昭和二三年のことだったが、当時、東大文学部では、入学時には細かい専攻に分けることなく、哲学、史学、文学という大まかな三学科に分けるだけで入試をすることになっていた。だが、この程度の分割枠に合わせることさえ、私には苦痛だった。なぜなら私は、高校でも哲学や歴史の研究会や文芸部に関わり、哲・史・文の全部をやりたかったのに、一つの専門を選ぶことは、他の二つを断念することを意味するからである。専門への集中は、他への断念を意味するのか。

結局私は哲学科に進んだが、以後もヘーゲルやウェーバーのゼミを除けば、手塚富雄先生の「ドイツ現代詩」や大塚久雄先生の「欧州経済史」など、他学科、他分野の講義の方に熱心に出かけていったものだった。昭和二七年、北大文学部の哲学の助手として赴任して数年の間は、殊勝にも、フッサールだけを読むことに熱中してみたが、こういう禁欲はつらかった。結局それは長続きせず、ふと手にしたルカーチなどで何かを書いた縁で、社会思想史の講師になってホッとしたのを覚えている。断念した歴史への関心がこれで充たされた。だが、もう一つ文学は？　それは職務とは一応別の、文学系の友人たちとの夜の交際から開けてきた。以後、三十代のアドルノの許への留学を含め、私の読み書きの中心は、むろん哲学、思想系に置かれてきたが、文学、芸術への関心は、切り捨てられることなく、むしろ不可欠の周縁として、中心を守り育ててきたような気がする。

しかし文学への関わりが、「読む」ことから「書く」ことへと開き直るに当っては、京大独文の友人たちとの同人誌『匙』によるところが大きい。この間の経緯については、本書中の「『匙』の頃――ユートピアはあったのか」などの章を見ていただきたい。『匙』での活動は、一部の注目を浴び、文芸誌の新人賞候補に擬せられたり、文芸時評の長期連載を頼まれたりしたこともあって、一時は本気でそちらへ向き直ろうともしたが、やはり本業に止まることになった。はたしてどちらがよかったか。容易には言えそうにない。

本書は、小説や作品論など、文芸関係のジャンルに収まるものを集めてはいるが、「杉原ヴィザ」をめぐる秘史は別として、哲学者たちの文学芸術への傾倒や沈潜の物語なども、かなりの部分を占める。哲学が言語の概念化や理論の体系化を目指す時、そこには固定化と自己閉鎖の危険がつきまとう。それを和らげ破るものとして、「言えないことを言おう」とする文学や芸術の表現形式に、ジャンルを横断した期待が寄せられるのは当然だろう。その時、芸文への傾斜、沈潜は、寄り道や余技ではなく、自己閉鎖を越える活路という意味を帯びてくるだろう。

その意味では、これまで書かれた文芸関係のさまざまなジャンルのものを集めた本書は、たんなる落穂拾いではなくて、本当の私自身を、少なくとも私の人生の最後の見晴らし台からの風景を打ち明けているとも言えよう。

本書の、あるいは哲・史・文にわたる私の書くことの、全体を貫いているモチーフは、私にとって小説もまた、自己像構成の実験であるとすれば、小説のタイトル「継ぎだらけの履歴書」も示しているように、「コラージュとしての自伝」だと言えようか。一人称を主語にして、自己の成長物語や私生活の記録を、時間の流れに沿って並べる態の通常の自伝を書く気はない。

自己自身からの解放をめざし、常に境界線上にある自己は、その都度の断面と異物《コラージュ》をつうじてしか表現できないだろう。「異郷こそ故郷」という表題は、たんに場所としてのディアスポラの肯定だけでなく、またそういう脱自的な方法をも示しているだろう。

終わりに、こういう本を出していただく、せりか書房・武秀樹さんの御好意に感謝したい。

二〇一六年春

徳永恂

初出一覧

序詩　針葉樹林　『匙』ふたば書房、創刊号、一九七九年秋（『結晶と破片――現代思想断章』国文社、一九八三年に収録）

（一）詩と思想

山猫の死――石川道雄詩集『半仙戯』によせて　『北大季刊』一六号、一九五九年六月（『結晶と破片』に収録）

リルケとウェーバー――マリアンネのエピグラムをめぐって　『本』講談社、第一巻第三号、一九七六年六月（『結晶と破片』に収録）

リルケの墓碑銘をめぐって　『表情』二一号、二〇一二年。後『Messier』四〇号、二〇一二年に完全稿掲載

ハイデガーとヘルダーリン――ドナウ川と石狩川　『ブレーメン館』第八号、二〇一〇年七月

アドルノとラフカディオ・ハーン　1．アドルノ文庫を訪ねて　『みすず』二〇〇〇年六月・七月／2．ハーンの基本視点考　『関西文学』〇二三号、二〇〇〇年一二月

（二）小説

継ぎだらけの履歴書　第一部＝『匙』第六号、一九八二年／第二部＝『匙』第七号、一九八三年

長靴の話――あるいは「カントと形而上学の問題」　『匙』第九号、一九八四年

（三）旅の空から

ヴェニスのゲットーにて　『みすず』一九九三年九月号（『ヴェニスのゲットーにて――反ユダヤ主義思想史への旅』みすず書房、一九九七年に収録→『ヴェニスからアウシュヴィッツへ――ユダヤ人殉難の地で考える』講談社学術文庫、二〇〇四年に再録）
旅の曾良・筑紫の白魚　『ブレーメン館』第三号、二〇〇五年六月
北海道＝約束の地？　『ブレーメン館』第五号、二〇〇七年六月

（四）作家論
井伏鱒二論――黒・水中世界・自然のナルシシズム　『人間として』筑摩書房、第一二号、一九七二年一二月／日本文学研究資料叢書、有精堂『井伏鱒二・深沢七郎』の巻に再録、一九七七年
「彷徨える人」・石上玄一郎の肖像　『ナマール』神戸ユダヤ文化研究会、第一六号、二〇一一年
池田浩士著『教養小説の崩壊』を読む　『匙』ふたば書房、第二号、一九八〇年四月（『結晶と破片』に収録）／同『火野葦平論』を読む　『人環フォーラム』No.11、京都大学人間・環境学研究科、二〇〇一年九月

（五）さまざまの意匠
『匙』の頃――ユートピアはあったのか　『DURST　あるドイツ語教室の歴史』、『あるドイツ語教室の歴史』の会編集・発行、一九九三年六月
自画像について――エゴン・シーレ覚え書　『匙』第一〇号、一九八六年
立花隆著『シベリア鎮魂歌――香月泰男の世界』にふれて　『週刊読書人』第二五五九号、二〇〇四年一〇月二二日
「最後の誘惑」とは何だろうか――天使と悪魔の同一性をめぐって　『ライフ・サイエンス』

一九八九年五月
演劇あるいは劇薬について　『匙』第八号、一九八三年
美談の修正と解体――「杉原ヴィザ」をめぐって　『ドイツ研究』第四四号、二〇一〇年
さまざまの記念碑　CANDANA №.221、二〇〇五年
細谷貞雄における「転回」――亡き師への追悼として　『未來』一九九六年五月
細見和之君への祝辞（三好達治賞授賞式の夕べに）　『ブレーメン館』第一〇号、二〇一二年

著者略歴

徳永　恂（とくなが　まこと）

1929年、浦和市生まれ。1951年、東京大学文学部哲学科卒業。北海道大学、大阪大学、大阪国際大学教授を経て、現在、大阪大学名誉教授。専門は、ドイツ現代思想・社会思想史・ユダヤ思想。

著書に『社会哲学の復権』（せりか書房、1968年／のち講談社学術文庫、1996年）、『ユートピアの論理——フランクフルト学派研究序説』（河出書房新社、1974年）、『現代批判の哲学——ルカーチ、ホルクハイマー、アドルノ、フロムの思想像』（東京大学出版会、1979年）、『結晶と破片——現代思想断章』（国文社、1983年）、『ヴェニスのゲットーにて——反ユダヤ主義思想史への旅』（みすず書房、1997年／のち『ヴェニスからアウシュヴィッツへ』と改題、講談社学術文庫、2004年）、『フランクフルト学派の展開——20世紀思想の断層』（新曜社、2002年）、『現代思想の断層』（岩波新書、2009年）、『絢爛たる悲惨——ドイツ・ユダヤ思想の光と影』（作品社、2015年）他。

訳書にホルクハイマー／アドルノ『啓蒙の弁証法——哲学的断想』（岩波書店、1990年／のち岩波文庫、2007年）他、共訳書にマンハイム『イデオロギーとユートピア』（中央公論社、1971年）、ハーバーマス『過ぎ去ろうとしない過去——ナチズムとドイツ歴史家論争』（人文書院、1995年）、アドルノ『否定弁証法』（作品社、1996年）他。

異郷こそ故郷——徳永恂文芸選集

2016年8月5日　第1刷発行

著　者　徳永恂
発行者　船橋純一郎
発行所　株式会社　せりか書房
〒112-0011　東京都文京区千石1-29-12　深沢ビル2F
電話03-5940-4700　振替00150-6-143601
http://www.serica.co.jp
印　刷　中央精版印刷株式会社
装　幀　工藤強勝

ISBN978-4-7967-0354-3